KB062991

뚜언의 얼음

뚜언의 얼음

안명지 소설집

도화

목 차

첫 소설 창작집이 출간되니, 설렘보다는 만감이 교차한다. 나는 늘 그리움의 갈증이 있었다. 일찍 돌아가신 어머니, 이루어 내지 못한 결혼 생활이 근원이었다. 어느 순간 단절된 일들은 내가 감당하기에 버거웠다. 나는 무언가를 찾아야 했고 마침내 글이 내 안으로 들어왔다. 좋아해서라기보다는 살기 위해 그 무엇이 절실했지만, 글이 늘 마음에 자리 잡고 있었기에 가능한 일이긴 했다. 그렇게 시작한 글쓰기로 그리움은 조금씩 잦아들었다. 글쓰기가 산재해 있는 문제처럼 어려웠지만 그럼에도 내 삶의 버팀목이 되어 주었다.

글을 쓰기 시작한 지는 꽤 오래되었지만, 게으름의 소치로 이제야 그동안 발표했던 소설을 묶었다. 삶은 글에 기대어, 글쓰기는 삶에 기대어 살아온 '또 다른 나'라고 생각하니 우이동 사람들이 떠오른다. 지금은 발전이 많이 되었지만 수십 년 전엔 기와집,

한옥이 많았던 우이동은 변두리 도시였다.

세상이 무서운 줄 모를 때, 나는 이곳 우이동에서 정육점을 시작했다. 현실에 무방비 상태였던 나는, 녹록지 않았던 세상에 대번 무릎이 꺾였다. 그럴 때마다 순수했던 어린 시절이, 어머니가 사뭇 그리웠다. 내게 결핍과 그리움은 나를 늘 따라다녔다. 그러나 수십 년 함께 했던 우이동 사람들의 삶은 내 안에서 점점이 뿌리를 내리다가, 내 삶과 접목되어 작품이 되어 주었다. 내게 아픔을 준 사람들도 우이동 사람들이지만, 소박하고 사람 냄새 나는 우이동 사람들은 참으로 내게 소중한 분들이었다. 그들에게 많은 위로를 받았고 때로는 서로의 아픔을 나누기도 했던 우이동 사람들은 이제 나의 일부가 되었다.

상처는 내게 깨달음을 주었기에 마냥 손해라고만은 생각하지 않는다. 잃은 만큼 지혜를 얻었고 덤으로 글을 얻어서일까, 나는 나의 경험들이 고마울 때가 많다.

다만, 우이동에서 고립되다시피 살아서 더 넓은 시야로 소설을 그리지 못함이 부끄럽기도 하고 아쉽다. 그러나 이제부터라도 고립을 벗고, 더 넓은 세계를 좋은 소설로 그려보리라는 희망을 가져 본다.

이미 수필가로 활동을 하고 있을 때, 내게 소설을 가르쳐 주신 이채형 선생님께는 감사함을 말로 다 못하겠다. 선생님이 아니었다면, 소설 쓰기는 내 환경에서 어림도 없는 일이었다. 선생님 못지않게 옆에서 동생처럼 나를 감싸주시는 사모님께도 감사드린다. 두 분께 큰절 올린다. 소설을 쓰지 않고 미적거리고 있던 어느 날, '소설 안 쓰려면 수필이나 쓰소' 하시던 선생님의 호통은 지금도 잊히지 않는다. 그 두려움으로 어려운 소설의 길로 들어섰다.

늘 바쁜 데다가, 글을 쓴다는 이유로 소홀했던 아들 현진에겐 미안함을 전한다. 내가 어머니에게 받았던 넘친 사랑에 비해, 턱도 없이 부족한 사랑을 준 것 같아 마음 아플 때가 많았다. 이 소설집이 아들에게 미안함을 덜고, 나를 조금이라도 이해할 수 있는 계기가 된다면 참 고맙고 기쁘겠다.

갈 길이 멀고 어려운 소설의 길, 인생의 길을 함께 가고 있는 박준서 소설가에게 고마움을 전한다. 내가 삶의 가치 중 으뜸으로 여기는 여러 가지 '선'을 소유한 사람이어서 믿음직스럽고 든든하다.

혼자인 사람은 혼자여서 불편한 것만 생각하고, 둘인 사람은 둘이어서 불편한 것만 생각할 수도 있겠다. 그러나 삶도, 사랑도 더불어 함께일 때 행복할 수 있음을 깨달았던 과거를 잊지 않고 감사하면서 살고 싶다. '사랑'은 언제나 나의 영원한 로망이고 글쓰기의 주제이므로.

따사로운 햇빛과 잔잔한 호수 같은 사랑을 주셨던 어머니를 그리워하는 내 마음이, 하늘에 계신 어머니에게 닿기를 기원하면서….

2023년 1월에

안명지

과녁

이른 새벽, 지하실 문을 여는 그녀의 다리 사이로 검은 고양이가 쏜살같이 빠져나갔다. 한발짝 뒤로 물러선 그녀가 균형을 잃고 비틀거렸다. 그녀는 마당을 통과하여 삽시간에 사라져 가는 고양이를 눈으로 좇았다. 얼마 전부터 그녀 집 지하실에 몰래 보금자리를 튼 고양이였다. 지하실에서는 무언가 썩어 들어가는 듯한 냄새가 났고 어둠과 버무려진 탓인지 살벌한 분위기마저 맴돌았다. 그녀는 백열등을 켰다. 폐품들은 얼키고 설켜 있었고 잘못 건드렸다간 와르르 무너질 것처럼 위태로웠다. 그러나 그녀는 위험 수위엔 아랑곳하지 않고 들쑥날쑥 쌓인 신문지와 종이, 옷가지를 마당으로 옮겼다.

지하실이 휑해지고 나니 고양이 집이 오롯이 드러났다. 그녀는 자신이 주워 온 옷으로 고양이가 보금자리를 틀었던 날을 떠올렸다. 옷이 아깝다는 생각은 들지 않았고 바람 없는 봄 햇살이 속을 파고들던 그날을. 혼자 밥 먹고 혼자 잠자고 폐지만 줍는 그녀에 겐 음침한 지하실에 숨어든 고양이가 꼬물거리던 어린 자식들 같았다. 게다가 살아 숨 쉬는 생명과 한 공간에서 생활하는 것으로도 삶의 의욕을 불러일으켰다.

마당가에 있는 그녀의 유모차에도 폐지가 수북했다. 여기저기 비닐과 천으로 만든 주머니가 주렁주렁 매달린 유모차는 불편한 다리를 의지하느라 끌고 다니는 여느 노인들의 용도와는 달리, 그녀만의 유일한 폐지 운반용 도구였다. 그녀라고 큼지막한 손수레가 편리한 줄 모르는 건 아니었다. 다만, 한번 소유한 것을 버리지 못하는 성격 때문이었다. 옷 속으로 흘러내리는 땀이 스멀거렸다. 마당에 가득 찬 폐지는 당장 팔릴 것과 묵혀 두어야 할 것들을 분리해야 했다. 작업은 아침 먹고 하면 될 일이었다. 그녀는 습기 찬 신문지, 그 위에 얹힌 옷들, 신발들을 대충 정돈하고 2층으로 올라갔다.

올라가는 계단마다 늘어선 그릇들이 그녀를 흐뭇하게 했다. 계단까지 잠식한 플라스틱 그릇과 음식들은 고립된 집을 지키는 수호신과 같은 것이었다. 집안 구석구석 무엇이든지 채워져야 빈 마음이 채워지는 그녀는 태양고추장이라고 쓰인 플라스틱 그릇 뚜껑을 열었다. 된장이었다. 흩날린 벚꽃처럼 핀 곰팡이를 들어내고 된장을 냄비에 퍼 담았다. 배춧잎을 넣어 끓인 된장국은 아침 식사로 훌륭했다. 그녀는 전혀 불편한 기색 없이 옷가지를 발로 밀어가며 실내를 돌아다녔다. 소파 위에 작은 산을 이루듯 쌓여 있는 옷가지들, 거실 바닥 여기저기, 작은방, 고전 문학작품에나 나올 법한 오래된 침대에 올려진 옷가지들에게 여러 귀신이 들러붙어 있을 것만 같았다. 그 외 신발, 아무렇게나 널려진 신문지, 그릇들이 뒤섞여 있었다. 와중에 안방에서 현관으로 가는 길, 작은방에서 안방으로, 안방에서 화장실 가는 길이 빤하게 나 있었고 그녀는 용케도 요리조리 물건들을 피해 가며 집안을 잘도 다녔다. 우거진 숲길처럼 길이 좁아질수록, 물건으로 둑이 쌓일수록 그녀 마음은 안온해졌다.

그녀 집으로 동네 여자들 네 명이 몰려들었다.

"도대체 냄새가 나서 살 수가 없어요. 쓰레기를 치우세요. 그러지 않아도 서울에서 제일 집값이 싸다고 난린데 이런 집구석이 있으면 집값이 바닥일 거라구요. 집값이 떨어지면 댁이 책임질 거에요? 멀쩡한 집에, 배울 만큼 배운 사람이 사리 분별을 왜 못하는지 모르겠네 참."

삿대질해가며 중년 여자가 큰소리로 떠들었다. 순식간에 사람들이 모여들었고 앞집, 옆집 베란다에서 내다보는 이들이 여럿 있었다. 여자들에게 둘러싸인 그녀는 태연한 표정으로 입을 앙다물었다.

"무슨 일이오?"

여자들이 핏대를 올리며 소리치고 있을 때, 말쑥한 차림의 남자가 여자들을 헤집고 그녀 가까이 다가와 소리쳤다.

"무슨 참견이야. 이런 집하고 뭔 연관이라도 있기나 하나?"

순 반말인 여자의 목소리는 앙칼졌고 남자를 위아래로 훑어내렸다.

"동네 주민을 이렇게 함부로 대하면 안되지요. 아주머니는 2층으로 올라가시는 게 좋겠습니다, 그만."

"별꼴이야, 이런 인간을 두둔하다니….”

"멀쩡하게 생겨갔고는 한통속인가 봐. 나이로 봐서 아들은 아닐 테고."

이마를 잔뜩 찌푸린 또 다른 여자가 말했다. 여자들은 팔짱을 낀 채, 눈을 치뜨며 남자를 째려보더니 그녀 집을 빠져나갔다. 2층으로 올라가는 그녀에게 남자가 큰소리로 말했다.

"너무 낙심하지 마세요. 누구나 다 내 방식대로 살아가는 겁니다."

뒤를 돌아본 그녀는 남자의 눈빛과 마주쳤다. 어떤 경계가 필요 없는 순한 눈이었다. 그녀 얼굴에 미소를 짓게 하던 남자가 가던 길을 걸어갔다. '별사람도 다 있네. 동네 여자들 말마따나 나를 두둔하는 사람이 다 있다니….' 그녀는 중얼거렸다. 그날 밤, 밤새 뒤척이면서도 그녀는 알 수 없는 기쁨으로 충만했다.

이른 아침 그녀의 집 대문 앞에 신문지 묶음이 놓여 있었다. 신문지 위엔 빵도 몇 개 얹혀 있었다. 횡재였다. 책보다도 돈이 되는 신문을 누가 갖다 놓았는지 생각할 겨를도 없이 그녀는 빵으로 아침을 때웠다. 며칠 후 털고 있는 신발에서 먼지가 너울거리고 있을 때, 남자가 신문지 묶음을 들고 그녀 쪽으로 오고 있었다. 그제서야 그녀는 얼마 전 신문지 묶음과 빵을 갖다 놓은 사람이 남자였음을 짐작했다.

"며칠 전에도 신문지와 빵을 갖다 놓으셨지요?"

그녀가 묻자 가지런한 하얀 치아, 엄장한 남자는 빙그레 웃었다.

"잠깐 이야기를 나눌 수 있을까요?"

신문지를 대문 앞에 내려놓으며 남자가 말했다.

"저 같은 사람에게 무슨 할 이야기가 있나요?"

그녀 얼굴이 붉게 물들었다.

"저 같은 사람이라니요. 소중하지 않은 사람은 이 세상에 아무도 없습니다."

"그렇게 말씀해 주시니 몸둘 바를 모르겠긴한데 도대체 무슨 말씀을…,"

"아, 네. 그저 아주머니가 왜 보통사람과 다르게 사는지 평소 궁금했습니다. 별 뜻은 없습니다."

"그렇다면 이야기해드리는 거야 별문제 없지요."

그녀가 2층으로 올라가는 층계참을 가리켰다. 플라스틱 그릇들, 곰팡이가 낀 액체가 담긴 병이 계단마다 줄지어 있었고 둘둘 말아 놓은 낡고 헤진 이불이 난간에 걸쳐 있었다. 남자는 코를 벌렁거리면서도 태연스럽게 층계참에 앉았다. 말끔한 차림과 또렷한 이목구비를 가진 남자와 추레한 자신이 나란히 앉는다는 게 불편한 그녀는 엉거주춤 앉지도 일어서지도 못하고 있었다.

"여기 얼른 앉으세요."

남자의 말에 그녀는 여고 시절 사모하던 총각 선생님이 옆으로 지나갈 때처럼 가슴이 떨렸다. 그녀는 머리를 매만지며 되도록 남자와 거리를 두고 앉았다.

"제 소개 먼저 하지요. 저는 무명 시인입니다. 가끔 이 골목길을 지나면서 아주머니 집을 봤지요. 특별하게 살고 있구나 싶었는데 옥상에 핀 꽃들이 제 눈길을 끌었습니다. 해마다 봄이면 꽃이 만발하더군요. 죄송한 얘기지만 어둠과 빛이 공존하고 있는 듯한 아주머니 삶이 궁금했습니다."

"아, 시인이시…."

그녀가 말끝을 흐렸다.

"한낱 무명 시인에 불과한 걸요. 저는 작고 여린 들꽃처럼 소박하게 살아가는 서민들의 삶을 대변하는 시인이 되고 싶었습니다. 그래선지 들꽃을 아주 좋아합니다. 예쁘기도 하고요. 그건 그렇고 언제 한번 옥상에 핀 꽃을 구경해도 될까요?"

시인이 그녀 쪽으로 고개를 돌리며 말했다.

"되다마다요. 꽃이 영광이겠습니다. 시인을 만날 수 있으니 요."

사람들과 단절된 그녀 마음이 세상을 향해 개화하듯 열리기 시작했다.

"꽃의 말을 들어보겠습니다. 꽃이 아주머니에게 뭐라고 말하는 지를요."

"꽃이 말을 하나요? 시인님도 참 엉뚱하시네요."

시인과 그녀는 마주 보며 웃었다. 갑자기 후두둑 비가 한두 방울씩 떨어지기 시작했다.

"날을 잘못 잡았군요."

떨어지는 비를 손바닥으로 받는 시인의 목소리에서, 아쉬워하는 듯한 감정이 묻어 나왔다.

"날이야 많지요. 이 봄이 가기 전에만 오신다면…."

시인을 방으로 들일 수는 없는 일이었다. 다음 기회에 이야기를 듣겠다며 엉덩이를 털고 시인이 자리에서 일어났다. 그날 밤도 바람처럼 왔다 간 듯한 시인이 그녀 머릿속을 헤집었다. 무엇보다 정중한 태도, 부드러운 눈빛과 표정이 그녀 머릿속에서 아슴아슴 피어올랐다. 그 누구도 그녀에게 그런 태도를 보인 사람은 아무도 없었다. 하다못해 자식조차 분을 내고 원망만 했을 뿐, 그녀의 삶을 이해하지 않았고 발길마저 끊지 않았던가.

그녀는 뒤엉킨 폐지 속에서 자주색 줄무늬 티와 주황색 운동화를 골라냈다. 그 외 잡동사니와 가격표도 안 뗀 단화까지 모두 배낭에 담았다. 단화는 오래전 딸이 사다 준 것이었다. 딸의 손길과 체온을 버리는 것 같아 보관했는데 때로 그것은 그녀를 우울하게 만들기도 하였다. 차라리 팔아버릴까 몇 번 망설였던 것인데 오늘에서야 팔기로 작정한 것이었다. 그녀는 수요일, 토요일은 동묘시장으로 장사하러 가는 날로 정해놓고 한 번도 속다짐을 어긴 적이 없었다. 토요일 아침 불룩한 가방을 등에 메고 대문을 나서는 발걸음은 깃털처럼 가벼웠다. 장작개비처럼 말라서가 아니었다. 물건을 팔아 얼마를 손에 쥘 수 있을까 상상하는 동안 느끼는 희열 때문이었다.

그녀는 좌판에 비닐을 깔고 물건들을 가지런히 진열한 다음 먼지를 털어냈다. 상인들이 커피잔을 들고 깔깔대며 어젯밤 술 먹은 이야기, 자식 이야기를 나누는 동안 그녀는 물건만 매만졌다. 온몸에 밴 퀴퀴한 냄새를 꺼리는 사람들 속으로 굳이 끼어들고 싶지 않았고 그들도 그녀를 꺼렸다. 그녀를 투명인간쯤으로 여기는 상인들이나 상인들을 투명인간쯤으로 여기는 그녀나 서로 소 닭 보듯 하기는 마찬가지였다. 주황색 운동화와 단화가 팔린 건 오후였다. 만이천 원이 그녀 손에 쥐어졌다. 배에서 꼬르륵 소리가 나고

서야 그녀는 시인이 갖다 준 단팥빵 한 개를 먹었다. 빵에서 시인의 평화로운 표정이 눌어붙은 듯 그녀는 그것을 오래도록 입안에서 녹이며 씹었다. 맞은편 상인들이 하나둘씩 물건을 갈무리하기 시작했다. 그녀도 팔다 남은 분홍색 머리띠, 양말, 팔찌와 자질구레한 물건들을 배낭에 주섬주섬 담았다. 주머니에서 꺼낸 돈은 이만 오천 원이었다. 운수 좋은 날이었다.

불 꺼진 집 앞에 도착한 그녀에게 잠식하듯 담을 기어오른 담쟁이가 신경을 거슬렸다. 그녀는 눈을 찡그렸다. 자신의 돈을 갚아먹던 세입자들의 검은 속처럼 담쟁이는 엉큼한 식물이었다. 몇 번 잘라내도 어느새 벽을 기어오르는 걸 나뭇가지로 걷어냈지만, 벽에 찰싹 달라붙은 담쟁이는 꿈쩍도 하지 않았다. 나뭇가지를 내동댕이치고 그녀는 집 안으로 들어왔다.

우선 거실과 방의 전등과 텔레비전을 켰다. 텔레비전 소리가 퍼지자 곤두선 신경이 가라앉았다. 문득 가출한 딸이 그리워 수화기를 들었다가, 날카로운 딸의 목소리가 환청으로 들려오자 그만 수화기를 내려놓고 말았다. 벽을 타고 쌓여가는 물건, 소파 위, 거실 바닥에 쌓인 오만 잡동사니들을 보면서 밀려오는 그리움이 어느 정도 잦아들었다.

밤 10시가 되자 그녀는 유모차를 끌고 밖으로 나갔다. 하루의 마지막 수거였다. 골목을 누빌수록 비닐과 천으로 만든 그녀의 유모차에 달린 주머니들이 불룩해져 갔다. 유난히 밝은 달이 그녀를 따라다녔다. 그림자 같은 달이 그녀를 위무하는 것 같았다. 혼자라는 생각이 들지 않았다. 다세대주택 앞에 멈췄다. 헌옷 수거함이 커다란 우체통처럼 우뚝 서 있었다. 입구까지 꽉 찬 옷들을 빼냈다. 종이나 박스보다 훨씬 단가가 높은 옷을 만나는 건 행운이었다. 각종 폐품들이 단가하락 중이었지만 폐지와 쇳덩어리에 비해 단가가 워낙 높은 옷은 아직도 괜찮았다. 헌옷수거함에 기댄 밥솥까지 유모차에 싣고 있을 때, 어디선가 남자의 노랫소리가 들려왔다. 그녀는 멈칫했다. 까마득하게 잊었던 남편의 노랫소리 같았던 것이다. 이미 세상을 떠난 지 오래된 남편일 리는 없는 노릇이었다. 어느 순간 남편의 귀가 시간이 늦어지기 시작했다. 그녀는 밤이 깊어도 돌아오지 않는 남편을 기다리느라 밖에서 서성이는 날이 많아졌다. 새벽이 되어서야 고성방가 하며 귀가하던 남편은 다리를 휘청거렸다. 그녀는 잠시 유모차를 세우고 빌라 입구 계단에 풀썩 주저앉았다. 부르던 노래를 멈춘 남자가 그녀 얼굴에 제 얼굴을 가까이 들이밀었다.

"이 밤중에 누구야, 누구? 남의 집 앞에서 알짱거리고 말야."

빌라 주민인 모양이었다. 술 냄새와 시큼한 냄새가 그녀의 얼굴에 입김처럼 들러붙었다. 익숙한 냄새였다.

"에이 냄새, 퉤퉤."

오히려 냄새를 역겨워한 취객은 길가에 있는 유모차를 흘끗거리며 말했다. 남자는 비틀거리며 빌라 안으로 들어갔다. 남편의 얼굴이 떠오르는 듯하더니 이내 지워졌다. 문득 남편이 생각날 때가 없었던 건 아니었다. 그러나 막상 남편과 살던 때를 헤집으면 몸이 진저리쳤고, 암흑 속에서 도망 나오듯 추억에서 재빠르게 빠져나오곤 했다. 과거가 아름다운 추억이듯, 남편이 아련하게 떠오르는 건 그녀 과거 속에 남편이 있었고, 단지 그 과거가 자신을 연민할 뿐이라고 애써 남편에 대한 회상을 그렇게 해석했다.

대문 앞에서 폐지를 정리하는데 시인이 신문지 묶음을 가지고 그녀 앞에 나타났다. 시인이 신문을 가져온 후로 괜히 대문 밖에서 서성이거나 일부러 일을 벌인 덕분이었다.

"산책 가는 길에 가지고 왔습니다."

"저 같은 인생에게 매번 이런 것까지 손수 갖다주시니 이 은혜를 어떻게 갚아야 할런지요."

신문의 부피로 값을 점쳐보며 그녀가 말했다.

"버리는 걸 가지고 왔을 뿐입니다."

시인은 여전히 친절하고 정중했다. 그녀는 시인 앞에서 몸에 밴 폐품 냄새를 지우고 싶어졌다. 그녀라고 정리 정돈된 곳에서의 생활이 얼마나 쾌적하고 편한지 모르는 건 아니었다. 젊어서는 청소를 매일같이 하지 않으면 견디지 못한 적도 있긴 있었다. 그녀는 계단에 있는 생수 한 병을 시인에게 건네주었다. 둘은 자연스럽게 대문 앞에 나란히 앉았다.

"언젠가부터 저는 소나무를 좋아하게 되었지요. 소박한 사람들의 일상에 관심을 두다가 어느날 소나무에게 푹 빠져 지금은 소나무에 대한 시도 쓰고 있지요. 아주머니께서 이 많은 물건을 모으는 것도 좋아서 하시는 것이겠지요?"

시인이 조심스럽게 물었다. 어차피 버린다는 신문을 갖다주는 건 그렇다 쳐도 일반적이지 않은 그녀 삶의 방식을 이해하려는 시인은 분명 그녀에게 낯선 사람이었고 낯선 일이었다. 그녀와 상대조차 꺼리는 이들과는 사뭇 다른 사람이었다. 그녀는 남편의 삶의 방식도 이해해야 했을까, 잠시 생각했다. 남편이 떠나고 바닥에 뒹구는 깨진 유리 조각 쓸어 담듯 한 조각 한 조각 아픔을 쓸어 담았던 세월. 그 고통의 가해자를 이해했어야 했을까. 그녀는 자문했지만 답을 내릴 수는 없었다.

"그렇겠지요. 하고 싶어서라기보다 어떤 계기 때문이었지요."

"그 계기를 들어보고 싶군요."

그녀가 한숨을 쉬었다.

"오래전 1층과 지하에 세를 주었답니다. 1층에 살았던 남자는 이천만 원 보증금에 얼마간 월세를 냈었는데 어느 날 삼천만 원짜리 계약서를 들고 오더니 도장을 찍어달라고 했지요. 그저 형식일 뿐이라면서요. 처음 있는 일이었고 찜찜했지만 계약서에 도장을 찍어 주었어요. 설마 무슨 일이야 있겠냐 하면서요. 그런데 몇 개월 뒤 계약만기가 돌아오자 세입자는 보증금 삼천만 원짜리 계약서를 내밀었습니다. 세상이 망해가도 그럴 순 없는 일이었지요. 억울했지만 법도 소용없었습니다. 법대 나온 아들조차 계약서 앞에서는 어쩔 수 없다고 하니 고스란히 당할 수밖에요. 얼굴색 하나 변하지 않고 당당하게 권리를 주장하는 세입자가 너무 무서웠습니다. 그때부터 집에 세는 놓지도 않았고 사람조차 들이지 않게 되었지요."

그녀는 폐품을 줍기 시작한 이야기는 하지 않았다. 차마 그 일은 말하고 싶지 않았다. 세입자들이 모두 집을 비우고 빈방이 허전했던 건 사실이었다. 세입자들의 행위는 그녀 가슴을 날카롭게 찔러댔다. 어느 날이었다. 그녀는 상점이 늘어선 도로가에서 우연히 버려진 마네킹을 발견했다. 마네킹은 팔과 다리가 한 짝씩 빠져 있었다. 팔과 다리가 빠진 곳에 난 동그란 구멍 속은 깊고 어두웠다. 그 어두운 구멍이 마치 버려졌던 자신의 모습을 보는 듯했다. 그녀는 옷가게 주인을 쏘아보며 팔과 다리가 한 짝씩밖에 없는 마네킹을 집으로 가져왔다. 빈방 의자 위에 마네킹을 앉혀 놓았다. 그리곤 며칠 동안 사라진 팔과 다리를 찾아다녔다. 끝내 찾을 수는 없었다. 빈방을 채운 마네킹은 그녀에게 생기를 불어넣어 주었다. 뜻밖이었다. 그 무렵, 길거리에 버려진 쓸 만한 그릇들, 화분, 새것이나 다름없는 신발과 옷들을 보면 그냥 지나칠 수가 없었다. 외출했다가 집에 들어올 때면 그녀의 손에 무엇이든지 들려 있었다. 처음부터 팔려고 했던 것은 아니었다. 잡동사니가 조

24

금씩 채워지면서 집안에 온기가 스며들었다. 죽어가던 화분의 화초는 꽃을 피워냈고 예쁜 그릇은 주방을 장식했으며 말짱한 옷들은 옷값을 줄여 주었다. 공간을 지배한 물건들이 자식들에게 문제가 된다고는 생각지 않았다. 세를 주면 폐지 팔아 번 돈과 비교가 안된다는 아들 분노에도 '세 들었던 사람들을 못 봤니?' 하고 그녀는 일축해 버렸다.

"사람은 사람을 속여도 폐품은 백 원이든 이백 원이든 고물상으로 가져가기만 하면 값을 쳐주지요. 적어도 나를 속이지는 않았습니다. 폐지를 팔아 건네받은 천 원짜리 지폐가 나에겐 실속 있는 돈이었고 믿을 만했습니다."

격앙된 그녀의 목소리에 시인의 눈이 휘둥그레졌다. 이내 가방 안에서 노트를 꺼낸 시인이 무언가를 적었다. 사람들이 지나가면서 그녀 집을 향한 손가락질과 눈이 마주쳤을 때, 시인의 휴대폰에서 전화벨이 울렸다. 시인은 목례를 보내고 전화를 받으며 대문 쪽으로 걸어 나갔다.

그날 저녁, 그녀는 온 집 안에 불을 환하게 켜고 꽃씨를 찾아다녔다. 될 수 있는 한 밤에도 텔레비전에서 나오는 빛만 의지하여 생활하는 그녀였다. 물건들이 뒤엉켜 있었지만 신발장 서랍에 넣어 둔 게 가까스로 기억났다. 봄이면 그녀의 집 옥상에는 언제나

꽃이 만발했다. 동묘시장에 내다 팔기도 하지만 어김없이 피어나는 꽃은 쇠처럼 단단해져 가는 그녀 심장을 말랑말랑하게 만들었다. 사랑초, 제라늄, 튤립 씨를 주머니에 넣었다. 그리곤 유모차를 끌고 나갔다. 이왕 나가는 거 물건 하나라도 건질 요량이었다. 자신의 집을 일러 주면서 언제라도 들르라던 시인의 집으로 먼저 향했다. 시인의 집은 그녀의 집에서 100미터 정도 떨어진 빌라였다. 맞은편에서 손수레에 폐지를 잔뜩 실은 남자가 오고 있었다. 여러 번 마주친 얼굴이었지만 그녀는 알은체 하지 않았다. 남자는 벙어리인데 아내가 외상을 잔뜩 지고 통장까지 챙겨 사라졌다고 했다. 남매를 혼자 키우며 오래도록 폐품을 주워 살림을 꾸려나간다는 것이다. 차라리 남편이 벙어리였다면 어땠을까, 행복할 수 있었을까 생각하며 그녀는 손수레를 끌었다.

시인의 우편함엔 얇은 책이 꽂혀 있었다. 그녀는 우편함에 꽃씨를 넣어 두었다. 활짝 핀 꽃을 보고 기뻐할 시인의 모습이 떠올랐다. 머지않아 어김없이 피울 꽃이 시인을 기쁘게 해 줄 거였다. 나오면서 올려다본 시인의 집 3층엔 불이 켜져 있었다. 창문 안에서 온화한 표정으로 앉아 있을 시인을 상상하며 그녀는 발길을 돌렸다. 빈 유모차를 끌고 집으로 온 건 처음이었다. 마당에 서 있는 그녀를 유난히 크고 노란 달이 비췄다. 하늘은 그녀의 그리움을 묻어 놓은 곳이었다. 때때로 그녀는 하늘 보기를 즐겼고 움직이는 달이 그녀를 향해 손짓한다고 믿었다. 자식들이 그녀 곁을 떠난

횟수를 헤아려보았다. 손가락 다섯 개가 다 구부려졌다.

"수영아, 나와서 에미 좀 도와줘."

유모차에 가득 실린 폐품을 내리며 그녀가 소리쳤다. 그날도 달 밝은 밤이었다. 계단을 내려오는 아들의 발짝 소리가 마냥 반가웠는데 아들은 다짜고짜 유모차를 밀어버렸다. 유모차가 몇 바퀴 철커덕 철커덕 구르다가 구석에 처박혔고 폐품이 여기저기 흩어졌다. 아들은 뭔가 일을 저지를 듯 씩씩댔다.

"어머니, 여태까진 참았어요. 아니, 어머니를 이해하려고 노력했어요. 근데 이젠 도저히 참을 수가 없어요. 뭐가 부족해서 그러세요. 집이 없는 것도 아니고 자식들이 속썩이는 것도 아닌데 도대체 왜 집을 쓰레기장으로 만드세요, 네?"

갑작스런 상황에 놀란 그녀는 아무 말도, 미동도 할 수 없었다. 여러 번 인상이야 쓰고 쓰레기 따위를 주워 오지 말라고는 했지만 이런 행동을 보인 적은 없었다. 아들은 주먹으로 담장을 여러 번 쳤다. 쾅, 쾅 소리가 그녀 가슴 한복판에 대고 못질을 하는 것 같았다. 아들의 주먹에서 피가 흘러내렸다.

"예전의 엄마로 돌아올 수 없어? 이웃에서 냄새 난다고 난리 피우고 간 지가 고작 며칠 지났어. 그리고 엄마 때문에 결혼도 포기했어. 어떻게 이런 쓰레기장 같은 집에 남자친구를 데려오겠어. 오빠도 마찬가지야. 결혼할 여자가 있지만 엄마 때문에 헤어졌다구. 그걸 알아? 어제 오빠가 여자 친구랑 헤어졌다는 것도 모르지?"

언제 왔는지 딸이 고래고래 악을 썼다. 자식들 결혼하는데 자신이 장애가 된다는 걸 생각지도 못했다. 억지인 줄 알면서도 그녀는 '자식들 결혼을 막는 에미가 어디 있냐'고 쏘아붙였다. 아들은 그날 집을 나갔다. 그녀가 폐품을 주워 돌아온 어느 날 저녁 딸의 방엔 화장대와 침대, 이불만 붙박이처럼 남겨져 있었다. 아들과 딸 모두 전화를 받지 않았다. 나중에야 딸은 앙칼진 목소리로 전화를 받았지만 살아 있다는 안도감 뒤에 쓸쓸함이 뒤따랐다.

"우편함에 꽃씨를 넣어 두고 가셨지요? 옥상에서 피는 꽃처럼 잘 키워보겠습니다."

한 손에 신문지 묶음을 든 시인이 그녀 집을 찾아왔다. 종이만 봐도 입꼬리가 올라가는 그녀는 시인이 주는 신문지 묶음을 얼른 받아들었다.

"고맙기도 해라. 이렇게 고마울 데가."

우편함에 넣어 두고 온 꽃씨 생각은 잊은 것처럼 신문에만 관심을 보이다가,

"예쁘게 키우세요. 아, 그리고 오신 김에 꽃구경하고 가세요."

나긋나긋한 목소리로 그녀가 말했다. 시인이 먼저 옥상으로 오르고 그녀가 뒤따랐다. 분명 냄새가 진동할 텐데 시인은 코를 씰

룩거리지도 인상을 쓰지도 않았다. 골목을 지나던 행인들이 고개를 갸웃하거나 힐끗거렸다. 시인은 꼿꼿하게 몸을 곧추세우고 계단을 하나하나 밟아갔다. 열 평이 넘는 옥상은 온통 꽃밭이었다. 수선화, 튤립, 패랭이꽃, 붓꽃, 민들레꽃이 누렇게 익은 벼처럼 흔들거렸다.

"생명은 이렇게 아름답습니다."

시인의 입에서 감탄의 소리가 흘러나왔다. 패랭이꽃을 손가락 사이에 끼우며 시인이 덧붙였다.

"이 작은 꽃을 보세요. 낮고 작은 이 분홍꽃이 얼마나 아름답습니까. 꽃을 피우기 위해 온갖 비바람을 맞았을 겁니다. 우리네 삶과 똑같습니다."

"시인께서도 아픔이 있나요?"

그녀가 물었다.

"당연하지요. 제가 결혼 안 한 이유를 말씀드릴까요?"

그녀는 독신이라는 시인의 말에 내심 놀랐지만 태연한 척하며 고개를 끄덕였다.

"내 아버지는 평생 여자가 많았습니다. 아버지는 집을 늘 비웠지요. 그래도 어머니는 시간을 맞추어 내게 간식을 가져오셨고, 슬픈 표정도 어떤 말도 없이 공부하느라 수고한다는 말만 하셨지요. 나는 어머니의 고통을 그때 전혀 눈치채지 못했습니다. 아버지의 부재가 어머니에게 어떤 영향을 끼친다고 생각지도 않았으니까요. 그러던 어느 날 밤, 화장실을 가다가 어머니 방에서 흘러나오는 가녀린 울음소리를 들었지요. 달은 덩그마니 떠 있어서 대낮 같았습니다. 난 그때 주먹을 꽉 움켜쥐었습니다. 꼭 성공하리라고, 여자에게 상처 주지 않으리라고요. 그러나 나는 사춘기가 되면서 내 몸이 아버지의 더러운 피를 이어받아 한 여자에게 만족할 수 없는 성향이라는 걸 알았습니다. 한 여자를 평생 가슴 아프게 할 수는 없었습니다. 그것은 내 어머니를 배반하는 것이었으니까요. 그 후 독신을 고수했지만 지금은 후회하고 있습니다. 자식 하나 없는 이 막막함을 견뎌야 하니까요."

온화하던 시인 눈이 슬픈 빛으로 바뀌었다.

"시인께서 어머니의 마음을 헤아렸듯이 언젠가는 제 자식들도 에미 마음을 알아줄까요?"

"어머니 삶의 방식 때문에 발길을 끊었으니 자식들의 문제로 돌릴 수만은 없겠지요."

"알고 있습니다. 내 문제 때문이라는 걸요. 그러나 이 에미를 이해하길 바랐지요."

"저를 보세요. 어머니 생각과는 달리 독신으로 늙어가는 나를 어머니가 원했겠습니까. 순전히 나만 생각한 것이었고 큰 불효를 저지른 것입니다. 물론 이 시대엔 독신이 대단한 불효가 아닐 수도 있겠지만 제가 젊어선 그랬습니다. 어긋난 판단은 부모와 자식 모두를 불행하게 할 수도 있지요. 자식들이 외면하는 삶이 정작 무엇을 위해서인지 한번 돌아볼 필요가 있겠지요."

그녀는 아무리 사실일지라도 자신을 책망하는 시인의 말이 거북스러웠다. 다른 사람이었다면 이 비난에 핏대를 올렸을 것이다. 그러나 시인의 말 속에 거북함보다 염려가 들었다는 확신이 들었기에 핏대를 올릴 분노가 일지 않았다.

"차를 내오겠습니다."

그녀는 허둥지둥 계단을 내려갔다. 차를 마신 시인이 물었다.

"무엇이 아주머니 가슴을 붙잡고 있습니까?"

시인의 물음에 그녀는 깜짝 놀랐다. 자신의 가슴을 붙잡고 있는 그 무엇이 있었던가? 그동안 생각해 보지 않은 문제였는데 시인의 질문을 받자 어머니와 남편의 얼굴이 선명하게 떠올랐다. 밟으면 밟히지 않는 그림자처럼 그들이 늘 그녀를 따라다니고 있었다는 걸 그녀가 미처 의식하지 못했을 뿐인지 모를 일이었다.

"저는 버려졌습니다. 버림을 받는다는 것은 온몸이 화상으로 오그라드는 것과 같았지요. 보잘것없는 내게 행복 따위는 애시당초 욕심이었나 봅니다. 초등학교 2학년 때인가 어머니는 집을 나갔습니다. 아버지의 방황도, 주사도 아닌 어머니의 바람 때문이었지요. 아버지는 그 충격으로 늘 술에 절어 있거나, 아니면 하루종일 멍하니 한곳만 바라보고 앉아 있기 일쑤였습니다. 내가 옆에 있다는 것조차 모르는 눈치였습니다. 나는 늘 혼자였지요."

남편에게 버려졌다는 것을 아직은 시인에게 고백하고 싶지 않았다. 자존심보다도 그 말을 입으로 뱉어낸다는 것이 고통일 것 같아서였다. 그녀의 눈동자가 흔들렸다.

시인은 허름한 옷차림이지만 똑떨어지는 말투와 목소리, 자신을 정확하게 표현하는 그녀의 눈빛을 좋았다. 폐품과의 동거가 필시 상처의 산물일 거라고 시인은 확신했다. 그녀는 이내 몸을 움츠렸다. 갑자기 자리에서 벌떡 일어난 시인이 옥상 가장자리에서 무언가를 가지고 왔다. 과녁판이었다.

"비 올 때 화분 받침대로 쓰려고 갖다 놓은 건데 그걸 왜 가지고 오셨는지요?"

그녀의 물음에 대꾸도 없이 시인은 과녁판에 못을 박았다. 못은 중앙을 비켜서 비스듬히 꽂혀졌다.

"아주머니, 화살을 좀 보세요. 화살이 없어서 못으로 대신했지만요."

시인이 농담처럼 말했다.

"이 과녁은 가운데를 맞추기 위한 것입니다. 그런데 아주머니나 저나 정확한 과녁을 맞추기는 쉽지 않습니다. 양궁선수가 아니니까요."

"그렇지요."

그녀의 표정이 어두워졌다.

"연습할 수 없는 게 인생이라지요? 참 어찌해 볼 도리가 없는 일입니다. 저도 제가 살아온 시간이 연습이었다면 이제는 결혼을

하여 아이도 낳고 살고 싶습니다. 그것이 어머니를 사랑하는 것이
었을 테고요."

"저도 연습이 있었다면 아이들과 이렇게 되지는 않았겠지요?"

그녀가 말했다.

"지금도 늦지 않았습니다."

시인이 기다렸다는 듯이 뒤미처 대답했다. 그녀는 아무렇게나
방치했던 과녁판을 살며시 가슴에 품었다. 그녀의 눈에 눈물이 맺
혀 들었다.

꽃에 물을 주고 옥상을 내려가는 중이었다. 물에 퉁퉁 분 듯 몸
이 무거워진 그녀는 갑자기 현기증을 느꼈다. 그것이 화근이었다.
계단을 내려가던 다리가 후들거렸을 때, 그녀는 일이 벌어지겠다
는 예감이 들었고 곧바로 몇 계단 아래로 곤두박질쳤다. 깨어났을
땐 병원이었다.

"엄마, 깨어났어?"

다급한 딸의 목소리가 들렸고 딸은 눈물을 글썽이고 있었다.
눈앞에 있는 딸을 보자 눈물이 쏟아졌다. 그녀는 이 비현실적인
상황에 적이 놀랐다. 그러면서도 여느 모녀지간처럼 다정하게 보
일 자신과 딸을 누구라도 봐주길 바랐다.

"집단속은 잘 했니?"

"엄마는 병원까지 와서 그 오만잡쓰레기 걱정이유. 하마터면 죽을 뻔 했다구. 마침 지나가던 사람이 경찰에 신고해서 우리한테 연락이 왔으니 망정이지."

손등으로 눈물을 닦으며 딸이 쏘아붙였다.

"얼른 퇴원하자."

그녀는 하얀 시트 위에 앉은 자신의 모습이 싫었다. 병원의 침대는 남의 집 안방에 버젓이 누워 있는 것처럼 가시방석이었다. 특유한 알코올 냄새를 자각했을 때는 역겹기까지 했다. 오래 머물다간 하얀 시트에 둘둘 말려 영안실로 들어갈 것만 같았다. 그녀는 얼굴을 창문 쪽으로 무심코 돌렸다. 창문 밖에서는 아지랑이가 피어오르고 있었다. 아지랑이 속에 한 여자가 그림자처럼 나타났다 사라진 그때였다. 그녀는 소스라쳤다. 옷을 펄럭일 때마다 짙은 싸구려 향수 냄새를 풍겼던 남편의 여자, 그때마다 그녀의 속을 뒤집었던 여자, 그랬던 그 여자가 아지랑이 속에, 알코올 냄새 속에 숨어 있는 것이었다. 그녀는 눈의 티끌을 빼내려는 듯이 눈꺼풀을 자꾸 껌뻑였다.

"내일이면 가고 싶지 않아도 집으로 데려다 줄게 걱정 마, 엄마."

하룻밤을 더 보내고 그녀는 퇴원했다. 다행히 크게 다친 곳은 없었고 며칠 쉬면 된다는 의사의 소견을 듣고서였다. 자동차가 골목 어귀로 들어섰다

"며칠 만이냐. 얼른 들어가자, 얼른."

달뜬 그녀의 목소리가 운전하는 딸의 비위를 거슬렸다.

"쓰레기가 그렇게 중요해? 자식들보다도 더?"

"쓰레기라고 함부로 부르지 마라!"

목소리는 단호하고 차가웠다. 삼삼오오 모인 여자들이 떠들다가 일제히 그녀 쪽으로 시선을 돌렸다. 그녀는 뭔가 이상한 기류를 감지했다. 집 앞에 선 그녀는 망연자실했다. 담장에 걸려 있던 이불이 보이지 않는 것이었다. 계단도 깨끗했다. 고추장 그릇, 된장 그릇, 줄 선 물건들이 온데간데없었다. 그녀는 딸을 노려보았다.

"에미 병원에 끌어다 놓고 무슨 짓을 했니?"

독기가 묻어 있는 말투였다. 그때 어디선가 아들이 나타났다.

"어머니, 어쩔 수 없었어요. 동네 사람들이 진즉에 구청에 신고를 했었대요."

참으로 오랜만에 보는 아들 표정과 목소리는 모든 걸 체념한 듯 낮고 어두웠다.

"엄마, 자식들과 인연 끊고 망신 주려고 작정했지? 멀쩡한 집을 이 지경으로….."

딸이 울먹이느라 말끝을 흐렸다. 가시에 찔린 듯 따가운 목소리였다. 몇 년 만에 만나는 자식들인데 어둡고 울먹이는 모습을 봐야 하는가. 원망과 슬픔이 섞여 든 그녀는 자식들을 안고 싶은 충동과 서글프고 서운한 마음이 교차했다.

"그래도 에미한테 얘기는 했어야지. 에미에게 얼마나 소중한 건지 알면서 말이다."

그녀와 자식들 사이에 흐르는 이상한 기류에 여자들이 옆 사람을 쿡쿡 찌르더니 뿔뿔이 흩어졌다. 대문 안으로 들어섰다. 끊어진 고무줄 옷이 흘러내리듯 쥐고 있던 삶의 끈이 흘러내렸다. 다리가 휘청거렸다. 그녀는 양팔을 부축하려는 자식들의 손을 뿌리치고 기신기신 계단을 오르기 시작했다. 오직 바닥에 몸을 뉘이고 싶을 뿐이었다. '빌어먹을 것들.' 계단을 오르며 그녀가 중얼거렸다. 눈에서는 눈물이 괴었다.

몇 번 무릎이 꺾였지만 일어나고 또다시 일어나 현관 앞에 다다랐다. 뒤따르던 아들과 딸이 현관문을 먼저 열었다. 거실을 가득 채우던 옷가지들, 잡동사니들이 사라져 있었다. 간신히 버티던 그녀 다리가 툭 꺾였다. 싱크대와 바닥에 널브러진 그릇들, 음식들이 하나도 없었다.

"밥은 무엇으로 해 먹니?"

울부짖음에 가까운 목소리였다.

"새로 사 드리면 되지요. 다 못 먹을 거였고, 곰팡이 냄새가 진동을 했어요. 어쩌자고 이러세요 어머니!"

짜증 섞인 목소리로 말하던 아들이 이내 울먹였다.

"왜 에미를 이해 못 하니."

그녀가 울먹이자 딸이 뒤에서 그녀를 안았다. 딸의 따뜻한 체온과 팔딱이는 심장소리가 정중하게, 부드럽게 그녀를 대하던 시인에게서 느꼈던 감정을 불러들였다. 그녀 자신에게도 놀라운 일이었다. 시인을 떠올리자 요동치던 그녀 마음이 봄눈 녹듯 사그라들었다. 이내 시인이 내밀던 과녁판이 아른거렸다. 그러자 과녁을 비켜 꽂혔던 화살이 그녀가 잘못 쏜 화살이라는 생각이 들었고 폐품을 주웠던 일이 자식보다 네 자신을 위한 일이 아니었느냐고, 버리는 것에 대한 두려움 때문이 아니었냐고 그녀 가슴이 자신을 향해 소리쳤다.

초점 없이 창밖을 바라보고 있다가 그녀는 밖이 어둑어둑해진 것을 인식했다. 등 떠밀어 보낸 자식들의 어두운 눈빛과 눈물, 처진 어깨가 그녀 눈물 속에 어리었다.

자개장과 냉장고, 수백 년 전 노파가 누워 있었을 것만 같은 낡은 침대와 재봉틀은 그대로였다. 냉장고 문을 열었다. 달랑 물통만 있을 뿐 텅텅 비워졌다. 딸이 놓고 간 반찬들을 냉장고에 넣었다. 아들이 놓고 간 흰 편지봉투도 눈에 들어왔다. 만 원짜리 지폐가 꽤 여러 장이었지만 세어보지는 않았다. 제아무리 물건을 죄다 내버렸어도 에미를 완전히 버리는 것은 아니라고, 돈봉투를 한옆으로 치우며 그녀는 중얼거렸다.

허허벌판처럼 사방이 뚫린 집안의 창문이 모습을 드러내자 실내가 훤했다. 그녀 자신이 여태 살던 집이란 게 믿어지지 않을 정

도였다. 빈방은 횅했던 예전 같지 않았고 오히려 무엇엔가 놓여
났다는 해방감을 주었다. 물건에 가려져 점점 영역이 줄었던 창
문. 밖과 안의 소통을 가로막은 건 그녀가 들인 옷과 가구, 폐지들
이었다고 말해주는 듯했다. 불을 켜도 어두컴컴한 집안에 적응된,
그녀에게 문제 되지 않았던 창문이었다. 그녀는 소파 위에 웅크리
고 앉았다. 어머니가 집을 나간 날에도 남편이 짐을 싸서 나간 날
에도 그녀는 이렇게 앉아 있었다.

　시인이 어느 때처럼 그녀의 대문 쪽으로 걸어오고 있었다. 오
랜만에 만난 시인이 늘푸른 소나무로 보였다. 소나무는 자기의 소
명을 다 하고 산다고 말하던 시인의 말이 들리는 듯했다.
　"변화가 생겼군요. 견딜 만합니까?"
　시인이 대문 귀퉁이에 핀 민들레꽃을 만지며 말했다. 빛 속으
로 빨려 들어가듯 시인의 표정은 그녀 안의 아픔을 끌어들였다.
속 시원하다고, 이제 동네가 깨끗해졌다고 그녀를 위아래로 훑어
내리며 떠드는 사람들과는 차원이 다른 말이었다.
　"자식들과 약속했습니다. 밖의 물건을 절대로 들이지 않기로
요."
　연한 새싹처럼 부드럽게 말하는 그녀의 볼이 불그스레했다. 시
인이 그녀의 거친 손을 잡았다. 그녀의 손은 저 멀리서부터 오고
있는 햇살처럼 따뜻해졌다. 그 순간, 오래전 남편이 객사했다는

소식을 듣고 한바탕 울었던 때처럼 그녀는 울고 싶어졌다. 한바탕 울음은, 그리움 이전에 끝내 용서의 말을 듣지 못한 미완의 감정 때문일 것이었다. 적어도 남편은, 어머니는, 죽기 전에 '미안하다'는 그 한 마디는 했어야 했다. 죽음에도 남은 자에 대한 도리는 있는 법이었다. 그녀는 무심히 시인을 바라보았다. 시인의 눈빛과 표정이 용서하라고 말하는 것 같았다. 그녀는 속으로 고개를 끄덕였다. 그 순간 번개치듯 그들에 대한 미완의 감정에 종지부를 찍었다는 생각이 들었다.

그녀의 동태를 살핀 시인이 물끄러미 그녀를 바라봤다. 눈에서 눈물이 어리었지만 그녀는 시인에게 미소를 지어 보였다. 시인이 자리에서 일어났다. 따라 일어서는 그녀의 다리 사이로 고양이가 쏜살같이 지나갔다. 부드러운 털이 그녀 다리를 살짝 간질였다.

설해목

폭설이었다. 밤사이 하얗게 지상을 덮어버리고도 폭설은 아직도 무섭게 내리고 있었다. 봇물 터지듯 쏟아지는 눈에 질려버린 나는, 밖으로 나갈 엄두도 못 내고 현관 밖에서 멍하니 서 있었다. 여인의 고즈넉한 모습으로 내리면서도 지구 종말의 전조 현상이기나 하듯, 눈은 두려움을 끼쳐왔다, 밤사이 하얗고 너른 평야를 만들어 놓은 숫눈. 생각만 해도 저 너머에서 넘실대는 그리움을 불러들이던 하얀 눈이 흉기처럼 느껴진 건 처음이었다.

그렇다 해도 나는 어딘가를 가야 할 것 같았다. 마침내 떠오른 솔밭공원의 눈꽃과 푸른 소나무의 기상이 보고 싶었다. 눈 내린 솔밭의 기운이 올겨울의 안녕을 기원해 줄지도 모른다는 막연한 믿음이 마음 구석 어디에 있었다.

발목 위를 덮은 눈으로 발이 시렸다. 솔밭 입구에 다다랐을 땐 어디가 길이고 어디가 솔밭인지 경계조차 모호했다. 솔밭공원 안으로 들어갔다. 넓게 펼쳐진 숫눈을 상상했던 것과는 달리, 솔밭은 눈이 쌓이지도 않았고 마구 쏟아지지도 않았다. 그 무서운 폭설을 소나무가 대신 맞고 있었던 것이다. 흙길은 비를 머금은 듯 촉촉하게 젖어 있을 뿐이었다. 솔가지들이 휘청일 때마다 눈가루가 흩어져 내렸다. 눈꽃에 취해 솔밭을 돌고 있을 때였다.

"찌지직 찌익 찌이익 찌익."

소리는 합선된 전류가 멀리서부터 타들어 오는 것 같기도 하고, 천둥 번개 치는 소리 같기도 했다. 놀란 토끼 눈을 한 나는 걸음을 멈춰 서서 주위를 휘둘러보았다. 참새떼는 소나무에 앉아 있다가 포르르 어디론가 날아갔고, 솔방울들은 마구 땅으로 굴러떨어지고 있었다.

눈이 내리는 이 겨울에 웬 천둥인가. 소낙비라도 내리겠다는 징후인가? 별일 아니겠지. 그래봐야 주택가에 자리 잡은 솔밭일 뿐인데 무슨 일이 있을라고. 대수롭지 않게 여기며 나는 다시 걷기 시작했다.

"찌지직 찌익 찌익."

소리가 또다시 났다. 순식간에 여기저기서 같은 소리가 솔밭을 휘덮는 게 아닌가. 잔뜩 겁을 먹은 나는 소리의 진원지를 찾았다. 그러다 솔밭 한가운데쯤에서 막 잡은 생닭처럼 싱싱한 살빛을 드러내고 있는 부러진 소나무 가지와 눈이 맞닥뜨렸다. 순간 나도 모르게 악! 소리를 내고 말았다. 그토록 공포를 자아냈던 그 소리가 소나무의 생살이 찢기는 죽음의 소리였다니. 생체실험 당하는 짐승들의 울부짖음이 이와 같을까 싶었다. 지금도 그러하듯 여태 소나무가 빚어낸 눈꽃에 취했을 뿐 비명소리를 들은 적이 없었다. 생각해보면 눈꽃에 취해 그마저 아름다운 소리로 들었던 기억이 얼핏 뇌리를 스쳤다. 혼란스러운 나는 순결한 눈송이의 위력, 가면을 쓴 눈의 양면성에 진저리쳤다. 고립된 섬, 유령의 도시가 나를 둘러싸고 있는 듯한 불길한 새벽이었다.

누군가 솔밭 쪽으로 뚜벅뚜벅 들어서고 있었다. 마른 체격, 보통 키에 털모자를 쓴 남자였다. 중년으로 보이는 털모자가 들어서자 이상한 일이 벌어졌다. 눈에 띄지 않던 참새, 뒤뚱뒤뚱 걸어 다니던 비둘기, 깡충깡충 걷던 까치가 어느새 털모자 주위로 모여드는 것이었다. 이 생경한 풍경이 무엇인지 가늠조차 할 수 없었다. 털모자 손에 들려 있는 검은 봉투가 이 상황과 관계되는 건지 의문하는 동안 털모자가 나를 지나쳐 벤치의 눈을 털어내고 앉았다. 여전히 새들이 털모자를 쫓아 뒤뚱뒤뚱 깡충깡충 따르는 풍경에 나는 웃음을 터트렸다. 이내 벤치에 앉아 담배를 피우던 털모자가 접근금지구역 안으로 들어갔다. 금지구역이란 소나무 가까이 가지 못하도록 쳐놓은 울타리에 세운 팻말이었다. 아! 안돼요 속으로만 내가 조바심을 칠 때, 새들이 털모자를 따라 접근금지구역 안으로 쪼르르 들어갔다. 털모자는 이상한 사람 같지도 않았고 접근금지구역을 모를 정도의 사람으로 보이지도 않았다. 맨발로 다니는 사람, 여름에 두꺼운 외투를 입고 다니는 사람, 얇디얇은 핫팬츠를 입은 채 자전거를 타고 도로를 달리는 특별한 사람들이 사는 우이동이지만, 털모자는 그런 부류의 사람은 결코 아닌 듯 보였다.

털모자가 소나무 아래에 쌓인 눈을 맨손으로 쓸어내는 동안, 새들이 그의 손등과 검은 봉투를 콕콕 찍어댔다. 털모자가 깨끗해진 자리에 무언가를 흩어놓았다. 비곗덩어리였다. 그때서야 나는 새먹이라는 것을 알았다. 털모자가 뒤로 대여섯 발짝 물러서자 새들이 비곗덩어리로 몰려들었고 부리가 땅에 처박히듯 마구 쪼아대기 시작했다. 덩치가 큰 비둘기에 치어 콩콩 뛰는 참새들은 겨우겨우 먹이를 찍어냈다. 새들의 서열은 덩치에서 오는 모양이었다. 순식간에 먹이가 없어지자 새들이 날개를 퍼덕이며 각자 어디론가 흩어졌다. 새들을 바라보던 털모자가 벤치에 앉았다. 호기심이 발동한 나는 그의 옆에 주춤거리며 앉았다.

"저기 커피 자동판매기가 있어요. 한 잔 사 드릴까요?"

나는 부드럽게 말했다.

"제가 사지요. 이것도 인연인데."

내 말이 끝나기가 무섭게 털모자가 커피 두 잔을 들고 왔다. 간헐적으로 떨어지는 눈이 커피 속으로 들어가자마자 녹아들었다.

조금 전에 보았던 눈의 위력이 무상할 지경이었다. 옆눈으로 그를 훔쳐봤다. 작은 얼굴의 눈가엔 주름이 꽤나 깊이 패어 있었다.

"새먹이 주는 사람을 처음 봐요. 특별한 이유가 있나요? 길고양이도 아니고 새밥을 주는…"

"없습니다, 이유는."

경직된 말투였다.

"그럼, 무섭게 눈이 오는 이 새벽에 이유도 없이 새밥을 준다는 건가요?"

"눈이 오면 고것들 먹을 게 없잖습니까? 새들도 먹어야 살지요. 우리 인간만 사는 건 아니니까요. 이 지구에 있는 모든 생명체는 모두 소중합니다. 살아 있다는 것은 정말이지 값진 것이지요. 살아 있지 않다면 아무것도 아닙니다, 아무것도."

내 질문과 대답이 조금 엉키고 있었다.

"소중하기야 하지요. 무엇인들 소중하지 않은 게 있겠어요. 하지만…."

미물을, 그것도 새를, 이라고 말을 하려다가 나는 그만두었다. 내 커피가 종이컵의 바닥을 드러낼 때 털모자가 벌떡 일어났다.

"덕분에 모닝커피 잘 마셨습니다."

털모자가 큰소리로 인사하며 솔밭을 빠져나갔다. 솔밭의 두려움을 지우고 간 털모자가 고마웠다. 털모자가 앉았던 자리에 양장본의 책이 비스듬히 놓여 있었다. 룩색에서 뭔가 꺼내더니 넣는 걸 잊은 모양이었다. 책은 소설책 정도의 두께였고 제목은 '화엄경'이었다. 대강 책장을 넘기자 깨알 같은 글씨들이 곳곳에 낙서처럼 쓰여졌다. 페이지마다 반은 검은색 반은 빨간색으로 밑줄이 쳐져 있었다. 나는 깨알같이 쓴 손글씨들만 읽었다. 대부분 윤회, 아이, 그리움, 후회라는 단어였다. 아이, 라는 글자는 여기저기 쓰여 있었다. 북한산에 너를 보내고, 라는 단어를 보고는 책을 얼른 덮었다. 마치 이 책이 털모자의 무거운 삶의 흔적 같아서 꼭 전해 줘야 할 것 같았다. 그러나 처음 본 사람을 어디서 어떻게 만날 수 있을는지 암담했다. 솔밭을 빠져나가는 동안 솔가지가 머리 위로 떨어질까 두려웠는데 아무런 일도 일어나지 않았다. 솔밭을 벗어나자마자 올 때처럼 발이 푹푹 빠져들었다. 폭설은 여전히 내리고 있었다.

　　버스는 막 한강 다리를 건너고 있었다. 오빠네 가족은 나를 기다리고 있을 것이었다. 저 멀리 있는 산들은 언제나처럼 그대로이고 네 바퀴가 균형을 이루며 달리고 있는 자동차처럼 세상은 잘도 굴러가고 있는데, 우리 가족만 바퀴 하나가 기울고 있는 듯했다. 유한한 시간 1초도 나는 소홀할 수가 없었다. 형제를 평생 볼 수 없는 날이 머지않았다는 사실은 조급증을 일게 했다. 간암 말기로 가망이 없어 퇴원한 오빠와 추억이라도 쌓아 두고 싶은 나는,

일주일에 한 번 오빠네 집을 방문했다. 오빠의 시한부 소식을 들은 후부터였다. 폭설을 맞은 건 고작 한 달 전의 일이었다. 빠르게 스쳐 가는 풍경처럼 오빠의 여러 얼굴들 중에 나는 상고머리를 한 사내아이의 기억을 꺼내 찬찬히 들여다봤다.

겨울방학을 맞아 친척 집에 놀러 갔던 사내아이가 집에 오는 날은 유난히 추운 날이었다. 문고리를 잡으면 손이 쩍쩍 달라붙는 한파였고 어스름한 저녁이었다. 사내아이는 맨머리에 외투도 걸치지 않고 집으로 들어섰다. 작은 가슴팍엔 누런 봉투가 안겨 있었다. 사내아이의 엄마, 누이동생은 마당으로 뛰어나갔다. 입조차 언 사내아이는 말도 제대로 하지 못했고 얼굴은 빨개 있었다.
"아이고 내 새끼가 웬일이냐, 이렇게 추운데 응?"
사내아이의 엄마는 눈물을 글썽였고 누이동생도 가슴이 울컥했다.
"버스를 안 타고 왔니? 몸이 어째 이렇게 동태가 됐니 그래."
사내아이 여기저기를 매만지며 사내아이 엄마는 울먹였다.
"괜~찮~어 엄마."
말이 제대로 나오지 않았다.
"자 이~거 먹~어."
씨익 웃으며 사내아이가 누런 봉투를 누이동생에게 내밀었다.
냉큼 누이동생이 받아 든 누런 봉투 안에서는 고소한 냄새가 흘러나왔다. 처음 보는 식빵이었고 단숨에 누이동생은 빵을 먹어치웠다. 그래봐야 사내아이는 누이동생보다 두 살이 위였고 초등학교 5학년일 뿐이었다. 사내아이는 친척 집에서 차비를 적게 주는 바람에 버스를 탈 수 없었고, 어정쩡한 돈으로 식빵을 샀으며 2시간 이상 걸어서 집에 왔다는 것이었다. 돈에 지독한 친척에게 차비조차 부족하다고 돈을 더 달라며 떼를 쓸 용기도 배짱도 없었던 사내아이였다. 그 추위에 식빵을 가슴에 품고 먼 거리를 걸어온 사내아이는 그날의 그 추위와 두려움을 어떻게 기억하고 있을까, 나는 이따금씩 생각했었다. 그러나 정작 사내아이에게 물어본 적은 없었다.

현관에 들어서자 오빠는 베란다에서 운동기구용 자전거를 타고 있었고, 올케는 저녁 준비 중이었다. 거실은 환하게 불이 켜져 있었다. 달라진 건 아무것도 없었다. 식탁과 주방의 그릇들과 텔레비전, 올케언니, 조카, 정말이지 변한 것은 아무것도 없었다. 평화롭게 보이는 이 상황이 보여지는 대로라면 얼마나 좋을까. 잔뜩 부풀어 있는 풍선처럼 집안에 떠다니는 어두운 공기가 진공된 듯 팽팽했다. 나는 그 압력에 짓눌렸다.

김치찌개로 저녁 식사를 마친 오빠가 소파에 앉았다. 아직 식사 중이던 나는 오빠와 눈이 마주쳤다. 우리는 한동안 눈을 피하지 않았다. '그래, 제 몸 하나 관리 못해 처자식과 형제들에게 대못을 박니?' 내가 눈으로 말했고 '그래, 좋은 사람 하나 못 만나고 고생만 하는 저 답답이 언제나 잘 살래?' 오빠 눈빛이 그렇게 말하는 것 같았다. 오빠가 먼저 창문 쪽으로 고개를 돌렸다. 빨래를 털 듯 감정을 털어 버리기 위해 나는 조카에게 맥주를 마시자고 했다. 다음 날 오후, 햇빛은 태연하게 마루에 눌러앉았다. 아늑하고 편안하고 평화롭게 보이는 현실이 이율배반적이었다. 햇빛이 침대에 누워 있는 오빠의 옹이 박힌 발꿈치와 그 주위에서 떠도는 먼지를 비추었다. 우글거리는 먼지가 오빠를 괴롭히는 병균처럼 앞다투어 죽음을 재촉하는 것 같았다. 올케와 나는 오빠의 팔다리를 주물렀다. 노인의 살가죽처럼 흐물거리는 이 생명에게 기적이 일어나기를 바랬다. 그 와중에도 오빠는 농담까지 하는 여유를 부렸다.

"아플 만하네. 두 여자한테 서비스를 다 받고. 내 팔자가 좋다."

미소를 지으며 말하던 오빠가 이내 창문 쪽으로 고개를 돌렸다. 창문에 되비친 오빠의 표정은 어두웠다. 비 오는 날 창가에 서서 '딱 오 년만 살 수 있으면 얼마나 좋을까, 커피를 마실 수 있으면 얼마나 좋을까' 중얼거리던 때의 표정과 흡사했다. 한 뱃속에서 나왔지만 오빠의 심정을 내가 짐작이나 할 수 있을까. 죽음을 받아들여야 하는 사람의 마음을 헤아렸다고 하면 그건 교만일 것이었다. 오빠네 집을 나오려던 참이었다. 오빠가 손가락으로 나를 불러 세웠다.

"야, 이리 와 봐. 여자가 칠칠맞긴. 단추가 잠기지 않았잖아."

높은 곳에서 먹먹해지는 귀처럼 가슴이 먹먹해졌다. 엄마에게 단추 채워 달라고 서 있는 아이처럼 나는 오빠 앞에 섰다.

"옷 좀 잘 입고 다녀. 여자는 뚱뚱해서도 안돼. 오빠니까 솔직하게 얘기해 주지 누가 얘기해 주냐?"

오빠는 내 코트 자락의 마지막 단추를 손수 채워주었다. 평소 옷 좀 잘 입으라고 잔소리하던 오빠였다. 단추를 채워 주는 손놀림이 행위로의 유언 같았다. 바닷속으로 빠져드는 노을을 맨손으로 받아내듯 뜨거운 속울음을 나는 거듭 삼켰다.

산상까지 오르는 데는 시간이 꽤 소요됐다. 오랜만에 오른 탓이었다. 인수봉 꼭대기에 자리 잡은 산장 안으로 들어갔다. 부부인지 연인인지 모를 남녀와 중년인 듯한 남자 둘이 컵라면을 먹고 있었다. 나도 컵라면을 먹었다. 땀을 흘린 뒤 마시는 뜨끈한 국물은 일품이었다. 속을 데우고 산장 밖으로 나왔을 때, 지게를 등에 진 남자가 보였다. 남자는 산장 주인과 계산을 하던 사람이었다. 지게는 내게 낭만을 불러왔고 '지게시인'을 떠오르게 했다. 남자는 지게로 산장에 물건을 나르는 일이 직업인 듯했다. 아직도 북한산 산장에는 물건을 나르는 지게꾼이 있다는 것을 알고는 있었지만 실제로 보기는 처음이었다. 내려가려고 발을 내딛는 순간 내가 빙판에 미끄러지고 말았다. 지게꾼이 나를 얼른 일으켜 주었다.

"아이쿠, 큰일 날 뻔했습니다. 산은 겨울이면 이 빙판이 문제입니다. 좀 쉬어 가시지요."

지게꾼이 벤치에 앉으며 말했다.

"네, 그래야겠습니다. 제대로 걸을 수가 없네요."

나는 아픈 다리를 끌고 벤치에 앉았다.

"평생 지게를 지면서도 시를 써 꽤 유명해진 시인이 생각나는 군요."

내가 말했다.

"저도 그 시인을 압니다. 지게와 접골되었다고 등을 시로 표현하였지요."

"그 시인을 아시는군요. 반갑네요. 꼭 시인을 만난 느낌입니다."

지게꾼이 엷은 미소를 띠었다.

"지게 지는 일을 업으로 삼은 이유가 있나요?"

나는 무례함을 알면서도 물었다. 사실 지게꾼은 지게와 어울리지 않아 보였다. 말쑥하고 예의 바른 말투, 맑은 눈빛이 단지 돈을 벌기 위해 산을 오르는 것 같지는 않았다.

"세상이 싫고 일이 잘 풀리지 않다 보면 소외되고 그러다 보면 자연으로 발길을 돌리게 되지요. 뭐랄까, 고통을 극복해 내려는 몸부림이랄까요. 산 사람은 살아야 하니까요. 산다는 건 삶을 극복해 내는 것이지요. 이 높은 산을 오르기 위해 날마다 땀을 흘려야 하는 것처럼요. 죽음 직전에 산으로 무조건 올라왔습니다. 아참! 초면에 제가 주책이군요. 별말을 다 하고….'

지게꾼이 실수라도 한 듯 얼굴을 붉히더니 자리에서 일어났다. 털모자의 책에서 느껴지는 삶의 무게가 지게꾼에게도 느껴졌다. 나도 자리에서 일어났다. 쉬고 나니 다리는 괜찮았다. 그를 따라 내려오면서 지게꾼과 나는 아무 말도 하지 않았다. 얼마나 내려왔을까, 검은 봉투를 든 털모자가 저만치서 올라오고 있는 게 아닌가. 뜻밖이었다. 북한산에 오르면서 털모자를 만날지도 모른다는 기대를 한 건 사실이지만, 이렇게 빨리 조우하게 될 줄은 몰랐다. 미처 책을 챙기지 못한 게 아쉬웠다.

"여전하군."

내가 아는 척을 하려 하자 지게꾼이 털모자에게 먼저 말했다. 둘은 잘 아는 사이인 듯했다. 털모자와 지게꾼이 어느새 마주하고 있었고, 나는 그저 옆에서 두 사람을 지켜보기만 했다.

"저는 언제나 똑같습니다."

"알지, 그럼. 그나저나 새들이 최선생을 지 애비로 알고 있을 거야. 안 그래 최선생?"

"제가 저것들 애빈 거 모르셨습니까? 하하하."

"최선생 자식들인 거야 알지. 오늘도 새밥을 주러 왔군."

"이것들이 저를 기다리잖습니까? 눈도 잔뜩 왔는데 먹을 게 없겠지요."

"하여간 대단하네. 복 받을 거야 최선생은."

"아니, 내 집 관리하고 내 식구 챙기는데 무슨 복을 받습니까?"

털모자가 웃으며 말했다. 둘의 얘기를 듣자니 털모자는 선생이 직업인 모양이었다. 그리고 산이 자신의 집이며 산에 있는 나무와 새, 모든 생명체는 자신이 돌보아야 할 가족으로 여기는 듯했다.

"이쯤에서 밥을 줘 볼까, 바위도 있으니."

식탁만 한 바위에 내린 눈을 손으로 쓸어내린 털모자는 그 위에다 비곗덩어리를 흩어 놓았다. 그러자 솔밭에서처럼 털모자 주변에 새들이 슬금슬금 모여들어 비곗덩어리를 쪼아 대기 시작했다. 몸집이 큰 까치에 밀려 참새들은 이리 껑충 저리 껑충 뛰어다니며 비곗덩어리를 먹기 위해 안간힘을 썼다. 치열한 삶의 투쟁이었다.

"그래도 이 짓은 아무나 하는 게 아니라구."

지게꾼이 말했다.

"그저 제 식구 밥 먹인다 생각하고 하는 일이라 전혀 그렇지 않습니다. 그나저나 형님, 이제 이 일도 얼마 남지 않으셨지요? 국립공원에서 산장을 관리한다니까요. 산장 주인도 주인이지만 오래도록 산을 오르내리면서 산 형님이 저는 이래저래 더 걱정입니다."

내 예상대로 지게꾼에게도 산에 오른 이유가 있었던 게 분명해 보였다. 털모자는 여전히 내겐 시선을 주지 않고 말했다. 평상복을 입었던 솔밭에서와 다르게 등산복 차림으로 변신한 나를 알아보지 못하거나, 아니면 투명 인간쯤으로 여기는지도 몰랐다.

"너무 오래 산을 오르며 살았어. 잘 됐지 뭐. 억지로 이 지게를 버릴 수 있게 되어서 말이야. 이젠 내려가서도 적응되겠지. 여기서 도를 닦은 시간이 얼만데."

지게꾼이 큰소리로 웃었지만 쓸쓸하게 들려왔다.

"형님, 아등바등 살았던 것도 살아 있다는 증거입니다. 잘 사신 겁니다. 이제는 자식들 잘 지키세요."

"그래야지."

벌써 비곗덩어리는 놓이 났고 새들은 날개를 퍼덕이며 어딘가로 사라졌다.

"언제 이별주라도 한잔 합시다. 저는 아직 남은 먹이 주러 올라갑니다."

"그러지, 다음 주 일요일이 어떤가?"

"좋지요."

털모자가 손인사를 했다. 끝끝내 털모자는 내게 눈인사조차 하지 않았다. 지게꾼과 나는 내려가고 털모자는 올라갔다.

"애들 가르치는 선생치고는 참 보기 드문 사람이지요. 이 북한산을 제집 드나들듯 하니까요."

털모자가 올라가자마자 지게꾼이 내게 말했다.

"그렇군요. 그런데 북한산을 왜 매일 드나들죠?"

털모자에 대해 알 기회였다.

"그럴 일이 있었지요."

무슨 말인지 언뜻 이해되지 않는 말들이었지만, 털모자에게 특별한 사연이 있다는 말로 들렸다. 나는 털모자를 전혀 모른 척 시치미를 떼며 유도 심문을 했다.

"선생님이군요."

"네, 고등학교 선생이지요. 영어를 가르친다고 합니다."

지게꾼의 목소리에서 한숨이 섞여 들었다. 털모자의 심상치 않은 과거를 말해 주는 듯했다. 사실, 나도 털모자에게서 알 수 없는 쓸쓸함을 느꼈는데 그것이 어쩌면 희망도 기쁨도 없는 사람에게서 나오는 삶에 대한 냉소일지도 모른다는 생각이 들었다.

"최선생은 눈만 오면 새먹이를 걱정합니다."

"자기 살기도 바쁜 세상에 무슨 새 끼니 걱정을…."

"살아 있는 생명체가 죽어가는 게 안타까워서 그렇지요. 최선생은 개미도 죽이지 않지요. 최선생이 그러는 이유가 있으니 그저 딱할 뿐입니다. 이 북한산에다 하나밖에 없는 딸을 뿌렸습니다, 아마도 이 북한산에 딸의 혼이 있다고 믿고 있나 봅니다. 볼 때마다 아이를 잘 지키라는 말이 저는 뼈아프게 들립니다."

나는 그만 발걸음을 멈칫했다. 책에 쓰여진 단어들의 의문이

풀어진 순간이었다.

"중학교 다니던 딸이 아파트에서 뛰어내렸지요. 도시락과 신발, 가방을 옆에다 놓고요. 전교 1, 2등을 하던 아이였답니다. 잠시 춤에 빠져 있었다는군요. 부모가 그걸 가지고 잔소리를 했는데 어린 마음에 에그, 그걸 못 견디고 그만 아파트에서 뛰어내린 거지요. 공부가 뭐라고 말이지요. 처참한 자식의 죽음을 눈앞에서 본 부모가 어디 온전하겠어요? 살아 있는 것만도 용한 게죠. 선생은 그 후로 북한산을 하루도 빠짐없이 올라옵니다. 산에 오르내리면서 눈에 띄는 쓰레기란 쓰레기는 죄다 줍지요. 마치 집안 청소하듯 산을 가꾸는 게 일상입니다. 눈이 산을 덮으면 새들 먹이가 없다고 지금처럼 바위 위에다가 비곗덩어리를 놓습니다. 물론, 식당에서 얻이 온 음식도 올려놓으시오. 겨우내내 말이지요. 가끔은 정신 나간 소리도 합디다. 산할아버지와 대화를 나눈다고요. 그러나 모를 일이지요, 영혼으로 딸과 대화를 나눈다는 얘기를 에둘러서 말하는지도. 하여간 산을 저렇게 사랑하는 사람 처음 봅니다. 지극정성이지요. 자식 어루만지듯 산을 어루만지니까요. 그리고 참 재미있는 건 다람쥐처럼 북한산 길을 속속들이 알아서 선생만 쫓아가면 어디든지 갈 수 있습니다. 산행을 하는 사람은 가던 길만 가지만 선생은 다르거든요."

"그만큼 산을 사랑한다는 얘기네요."

"그보다 구석구석 자식의 흔적을 찾아 헤매는 걸 겁니다."

나무를 쪼는 딱따구리 소리가 '또르르 또르르' 산을 울렸다. 죽어 있는 겨울 산을 깨우는 소리 같았다.

"윤회를 믿는 사람이지요. 원래는 기독교 신자였는데 딸이 가고 불교에 심취했다고 합니다. 불교 책을 읽고 매일 절을 드나드는데 그게 다 새로 환생한 딸의 내생을 믿기 때문이겠지요."

"그래서 유난히 새를 사랑하는군요."

자식 대하듯 미소로 새를 바라보던 털모자가 생각났다.

"북한산을 다니는 사람 대개는 최선생이 새먹이 챙기는 이유를 다 알 겁니다."

나는 털모자의 책을 떠올렸다. '아이, 그리움, 새, 환생, 죽음, 산' 오래도록 나를 붙잡고 있었던 단어들이었다.

"게다가 선생은 겨울에도 맨발에 반바지 차림으로 북한산을 오르내린 적이 있었지요. 딸이 가고 적어도 몇 년 동안은 그랬지요. 지금도 여전히 오르내리지만 신발은 신고 다닙니다. 인수봉 꼭대기에 올라가서 외치는 야호! 소리가 딸을 부르는 애비의 통곡 소리로 들립디다. 얼마나 짠하게 들리던지…. 이제 그 소리 들을 날도 코앞이지만 말입니다."

"오늘도 야호, 소리가 들렸나요?"

내가 물었다.

"동이 트기 전에 났겠지요. 저는 아시다시피 늦게 올라와서 못 들었습니다. 최선생은 사람들 흔적이 거의 없을 때, 고요한 산의 아침을 깨웁니다. 딸의 영혼이라고 생각하는 새를 깨우는지 모르지만요. 매일 다니던 도선사를 아이 장례 치르고 난 후, 꼭 일주일 만에 다시 나타났지요. 최선생을 보고 도선사에서 일하는 사람들 모두 놀랐지요. 아무 일도 없었듯이 산을 오르는 그를 보고 모두 쑤군거렸습니다. 어떻게 그렇게 태연할 수 있을까, 하면서요. 그런데 그것은 최선생의 겉모습에 불과한 것이었지요. 진짜 슬픔은 울고불고하는 게 아닙니다. 아니, 울 수가 없습니다. 가슴 안에 고인 눈물이 단단하게 굳어버리고 마는 법이니까요. 그때부터 최선생은 하루도 빠짐없이 매일 같은 시간에 산을 올랐습니다. 지금까지도요. 수십 년이 지났는데도 말이지요."

딸을 못 잊은 털모자의 넋, 아버지가 놓지 못한 여자아이의 넋이 여기저기 흩어져 있을 것만 같았고, 숲의 바스락대는 나뭇잎 소리가 그들의 울음소리로 들렸다. 산과 이별해야 하는 지게꾼의 얼굴도 쓸쓸해 보였다. 어느새 마을 입구에 다다른 지점에서 지게꾼과 나는 입을 다물었다. 이내 손인사를 나누고 지게꾼과 헤어졌다. 마을로 내려오는 길에 찬바람이 얼굴을 세차게 때리고 지나갔다.

"술을 조금만 마시지 그랬어?"

내가 말했다.

"간은 영혼의 집이라잖아."

오빠의 대답은 생뚱맞았다.

"이 마당에 농담이 나와?"

"내가 그동안 술도 술이지만 생각이 많아서 간이 상했거든."

손가락으로 브이 자를 만들어 보이며 오빠가 웃었다. 유머 감각이 풍부한 사람이었지만 죽음을 앞에 두고도 농담을 하는 여유가 내 입장에선 고마웠고 오빠가 시한부라는 것을 잊기도 했다.

"그런 소리 하지도 마. 불을 훔쳐다 인간에게 주었다는 프로메테우스가 쇠사슬에 묶여 독수리에게 간을 쪼아 먹혔다는데, 오빤 술에 간을 쪼아 먹힌 거야."

"아우야. 나는 술이 들어가면 내 가족을 편안하게 해 주어야 한다는 의지가 더 굳어졌어, 그건 사실이야."

오빠의 표정이 돌연 굳어졌지만 나는 내색하지 않았다.

"핑계가 좋네."

알코올 분해력이 부족한 간을 오빠는 우습게 보았다. 고장 나서 잘라내면 새로 자란다고 너스레를 떨었다. 독수리에게 쪼아 먹히면서도 계속 자라는 간을 믿고 용기를 잃지 않았다는 프로메테우스처럼 객기를 부린 것이었다. 그러나 군에서 제대하고 먹고 살 일이 까마득해 못 이룬 잠이 평생 불면증이 되었다는 오빠에게 술은, 하루하루 버티어 내는 유일한 방법이었을지도 몰랐다. 굳이 영혼의 집이라는 간의 설화로 해석한다면, 오빠의 간은 죽음을 앞에 두고도 남은 가족만 생각한 간이었다.

"오늘은 컨디션이 좋아. 너 바래다주고 이발도 좀 하고 수염도 깎아야겠다."

오빠와 나는 어깨를 나란히 하고 버스정류장으로 향했다.

"얘, 차라리 내가 아픈 게 다행이라면 다행이다. 보험금 타서 빚을 갚으면 홀가분할 거야. 경제적으로 안정이 될 게 아니니. 니 올케 고생 많이 했어. 이 오빠가 치료 잘 해서 얼른 일어나야지."

돈으로도 살 수 없는 목숨이 되었다는 것을 정확히 모르고, 어림짐작만 하고 있을 오빠의 말에 가슴이 무너져 내렸다. 그러나 삶에 확신이 없었을까. 말과는 다르게 오빠의 목소리에선 결기가 없었다. 희망을 말했지만 결절된 목젖처럼 미래의 빛이 꺼져드는 목소리였다. 말이 부적이 되어 꺼져 가는 생명에게 불꽃은 아닐지라도, 잿더미 속의 작은 불씨라도 남아 있기를 기원했을까.

"그래, 오빠만 건강하면 돼, 뭐가 걱정이야. 약 잘 먹으면 나을 거야."

거짓을 말한 나는 오빠 눈을 바로 보지 못했다. 버스정류장 가는 길의 끝을 바라보며 발걸음 속도를 늦췄다. 도착한다는 의미가 싫었다. 신호등처럼 가고 멈춤을 반복할 수 있는 삶이라면. 나는 윤회를 생각했다. 오빠에게 또 다른 생을 기약한다는 게 당장 큰 위로가 되는 건 아니지만 한 가닥 희망을 잡을 수 있는 지푸라기는 되었다.

나는 버스에 승차했다. 버스가 출발했으나 오빠에게서 눈을 떼지 못했다. 오빠도 나를 향해 손을 흔들고 있었다. 허수아비처럼 허수로 서 있는 듯한 오빠의 모습이 보이지 않을 때까지 나는 뒤돌아 있었다. 버스가 아스팔트길을 빠르게 달렸고 나는 설핏 잠이 들었는지 환상이었는지 알 수 없는 어떤 장면과 마주했다.

집은 앙상했다. 뼈대만 있는 집이었다. 사람으로 치자면 옷 하나 걸치지 않은 알몸이랄 수 있었다. 흙으로 지은 집이어서 마땅히 탈 건더기가 없었는데 집은 불에 활활 타고 있었다. 나는 그 광경을 지켜보며 안절부절 못하고 있었다. 그 안에서는 비명소리가 들려왔는데 내 가족이 있다는 것이었다. 집은 고향집 같기도 하고 아닌 것 같기도 했다. 나는 애를 태우며 가족을 구하려고 이리저리 뛰어다녔다.

버스가 급정차하면서 잠에서 깨어난 나는 승객들의 짧은 비명소리에 놀랐다. 소리는 활활 타오르는 집 안에서 살려달라고 울부짖던 꿈속의 소리와 비슷했다. 소리는 어젯밤 오빠의 말과 행동을 생생하게 내 머릿속으로 불러들였다.

"나는 진실을 알고 싶지 않아."

느닷없는 오빠의 말에 올케와 언니, 나는 이리저리 눈동자를 굴렸다. 살 수 있다고, 무슨 말이냐고, 아무도 부인하지 못했다.

펄쩍 뛰면서 무슨 소리냐고 쇼라도 했어야 옳지 않았을까 싶지만, 우리 가족 누구도 그런 넉살 좋은 사람은 없었다. 아무것도 아니라고 말할 수 있는 근거가 없다는 건 참담했다. 텔레비전에서는 야구경기가 한창이었다. 모든 스포츠를 좋아하는 오빠의 눈이 곧바로 텔레비전에 고정되었다. 채널을 돌려가며 스포츠만 보려 했다. 야구에 몰입되어 선수들에 대한 비난과 칭찬으로 연신 떠드는 오빠의 눈이 텔레비전 속으로 빠져들었다. 살 수 있다는 과신의 행동인지, 죽음을 부정하고픈 오기인지 죽음과는 전혀 상관없는 사람처럼 행동하고 말했다. 올케와 언니, 모든 가족들은 서로 눈빛을 교환하면서 오빠의 눈치를 살필 뿐이었다. 그러던 오빠가 아침이 되자 이를 해 넣자는 올케의 말에 신경을 곤두세웠다.

"내가 어떻게 될지도 모르는데 치과병원에다 왜 돈을 써."

병이 깊어지면서 그동안 신통치 않았던 이가 여기저기 흔들리더니, 이내 음식물 씹기가 불편했던 것이다.

"돈 다 축내고 죽으면, 남은 가족은 어떡하라고. 나는 내가 가고 나서 내 가족이 가난하게 사는 건 원치 않아."

오빠의 목소리는 단호했다. 나는 눈을 어디에 둘지 몰라 고개를 돌리다가 급히 화장실로 들어갔다.

버스를 타면서부터 하늘하늘 눈이 내리기 시작했다. 오빠가 응

급실에 있다는 연락을 받고 부천의 대학병원으로 가는 중이었다. 갔다 온 지 삼 일째 되는 날이었다. 시간이 지나면서 눈발은 폭설로 변해 갔다. 운전기사는 인상을 찌푸렸고 버스는 거북이 걸음이었다. 눈이 창틀에 차곡차곡 올라앉았다. 대학병원 앞에 정차했을 때는 눈덩이를 땅에다 들이퍼붓는 듯했다. 하늘에 구멍이 뚫린 것처럼 눈은 위협적이었다. 올케는 수술실 앞 대기 의자에 앉아 있었다.

"지난번 시술은 바로 끝났는데 이번에는 왜 이렇게 늦어요? 한 시간이 넘었는데 안 나오잖아요. 큰아주버님한테 전화하니까 안 받아요. 전화 좀 해 보세요, 빨리. 형제들이나 보고 가야지요."

올케는 제정신이 아니었다. 오빠가 아주 못 나올 것처럼 횡설수설했다. 병원 로비는 많은 사람들로 시끄러웠다. 나는 수술실 안을 문틈으로 들여다봤다. 아픈 게 싫으니 무슨 일이 있더라도 아프지만 않게 해 달라던 오빠는 보이지 않았다. 곧이어 수술실 문이 열리고 스트레처카에 실려 나오는 오빠는 숨을 헐떡였다. 오빠를 덮은 흰 천이 간신히 생식기 주위만 가렸고 기저귀가 천 밖으로 삐져나왔다. 헐떡거리는 오빠의 숨소리는 죽음의 문턱에서 1초 2초 시간과 맞서고 있는 듯했다. 삶의 가느다란 빛조차 어둠의 끝으로 끌려가고 있었다. 오빠를 실은 스트레처카는 중환자실로 들어갔고 육중한 문이 둔탁하게 닫혔다. 얼핏 본 중환자실에선 무거운 공기가 둥둥 떠다녔다. 환자 대기실 창문으로 도시의 빌딩

들이 한눈에 들어왔다. 눈발은 빗줄기처럼 여전히 들이퍼붓고 있었다. 아직 젊은 인생이 죽음과 싸우고 있는데 눈은 무엇을 위해서 그렇게 무섭게 쏟아지고 있는 것인지, 눈이 삶을 배반하듯 죽음을 부채질하고 있는 것 같았다. 저녁 다섯 시에야 면회가 허락되었다. 어찌할 수 없는 고통에서 오빠는 헤매고 있었다. 물, 물하는 소리가 저승에서 나는 소리로 들렸다. 목덜미를 눌린 개구리처럼 버둥거리는 사지를 주무르던 올케와 나는, 조금이라도 오빠의 고통이 덜하기를 간절히 바라는 눈빛을 서로 주고받았다. 가끔 묻는 말에 고개를 끄덕이던 오빠는 정신을 잃었고 새벽이 되어서야 깨어났다. 일단 한숨은 돌린 셈이었다. 의사는 고비는 넘겼으니 한 번의 기회는 생긴 거라고 했다. 그 한 번의 기회란 게 몇 년, 일 년, 육 개월도 아닌, 길어야 삼 개월이라는 말까지 덧붙였다. 그토록 짧은 시간을 기회라고 말하는 의사의 표정은 덤덤했다. 먹고 사는 일에 매달려야 하는 나는 떨어지지 않는 발걸음을 떼어 병원을 나왔다. 버스 안에서 연신 기적이란 단어를 되뇌었다. 기적을 바라는 일 외에 내가 할 수 있는 일은 아무것도 없었다.

솔밭공원은 평온하던 예전으로 돌아와 있었다. 리어카에 잔뜩 실린 솔가지를 중년 남자가 공원 밖으로 끌어내고 있었다.

"아저씨, 폭설이 내린 날 부러진 가지지요?"

"웬일인지 모르겠습니다. 아무리 눈이 많이 왔대도 그렇지 이렇게 소나무 가지가 여기저기서 부러진 건 처음입니다."

리어카를 끌고 가는 중년 남자가 고개를 갸웃하며 말했다. 리어카에 실려 가는 솔가지가, 스트레처카에 실려 갈 때 축 늘어졌던 오빠의 팔처럼 덜렁거렸다. 퇴색된 솔가지도 더러 있었지만, 대개의 솔가지는 아직도 싱싱하고 푸르렀다. 땔감이 되기엔 너무 일러 보였다. 청설모가 맥문동 군락지 사이로 재빠르게 들어갔다. 다람쥐는 개구쟁이 아이처럼 소나무를 오르내리며 신나게 놀고 있었고 누런 솔가지 몇 잎이 내 머리 위로 떨어졌다. 아직도 군데군데 부러진 솔가지가 쌓여 있었다. 똑 부러진 가지, 칼날처럼 뾰족하게 부러진 가지, 부러진 형태는 다양했다. 죽음이 다양하듯 그것들도 다양하게 생을 마무리한 형상이었다. 포근하면서도 차가운 눈, 도둑처럼 살며시 내리는 눈, 야금야금 쌓여 푸르른 솔가지를 꺾었던 눈의 흔적은 그 어디서도 보이지 않았다. 솔밭은 너무도 태연했다. 소중한 것을 잃고도 태연하게 살아가는 인생들과 닮아 있었다. 그러나, 미풍에 흔들리고 있는 소나무들은 어딘지 모르게 야위어 보였다. 속살을 드러내며 부러지던 기억에 몸서리친 때문일지 몰랐다. 복숭아뼈에 박힌 오빠의 옹이처럼, 소나무에도 옹이가 박혀 속울음을 삼키고 있는 것 같았다. 그때 어디선가 야호! 소리가 들려왔다. 애절하게 누군가를 부르는 듯한 목소리였다. 털모자가 새먹이를 주는 걸까. 두리번거렸지만 털모자는 보이

66

지 않았다. 불길한 예감이 들었다.

　괜스레 조바심치며 솔밭공원을 서성거리던 나는 여기저기 부러진 설해목을 목도했다. 움찔했다. 가까이서 목도한 설해목이 생식기만 가리고 스트레처카에 실려 나오던 오빠의 몸뚱아리로 보인 때문이었다. 솔밭에서 도망치고 싶었다. 걸음을 재촉했다. 솔밭을 거의 빠져나오려는데 솟대처럼 뾰족해진 설해목에 앉은 까치 한 마리와 마주했다. 까치는 하필 발이 나뭇결에 찔릴 수도 있는 뾰족한 그곳에 앉아 있었다. 쫓아가 손을 휘휘 저었지만 까치는 꿈쩍도 하지 않았다. 몇 번을 더 휘휘 저었지만 여전했다. 죽어 있을지도 모르겠다고 생각한 건 그때였다. 알 수 없는 두려움이 훅 끼쳐 온 나는 그 자리에서 주춤거렸다. 잿빛 하늘에서는 눈발이 날리기 시작했다. 폭설이 또 내릴 조짐이었다.

철로 너머의 수평선을 보다

플랫폼에 서서 끝없이 이어진 철로를 바라보고 있었다. 둥근 곡선으로 뻗어 있는 철로가 부드럽게 느껴졌다. 금속성의 차가움을 넘어 곡선이 주는 따뜻함 때문일 것이었다. 세모와 네모라면 어떤 아름다운 색깔과 모양을 갖추었어도 멀게만 느껴졌던 자신을 떠올렸다. 확실히 나는 원을 좋아하는군, 중얼거리고 있을 때 곧 열차가 도착한다는 안내 방송이 나왔고 멀리서 전동차가 보이기 시작했다. 바람을 일으키며 발 앞에 멈춰서는 전동차가 머리카락과 옷자락을 살짝 들어올렸다. 자동으로 열린 전동차 안으로 들어가 앉았다. 의자는 드문드문 비었고 사람들 중 열에 아홉은 휴대폰을 들여다보고 있었다. 그걸 증명이라도 하듯, 전철 내부를 천천히 일별하는 동안 내 눈과 마주친 사람은 한 사람도 없었다. 모두 고개를 숙이고 손바닥만한 기계와 감정교류 중이었다. 군중에 속해 있으면서도 혼자인 사람들, 홀로 목적지를 향해 어딘가로 가고 있는 사람들의 풍경이 생경하지 않은 것이 도리어 생경했다. 사람과 휴대폰과의 친밀감 농도는 사람들 간의 끈끈함보다 더 짙어 보였다. 자매간에도 감정교류가 제대로 흐르지 않는 내가 탓할 일은 아니라고 곧 자책하면서도 눈앞에 펼쳐진 풍경이 시답잖다는 생각이 들었다. 그러나 따지고 보면 사람과 사람이 무관심한 전철 안의 풍경 이면에, 창문으로 한 꺼풀 덧씌워진 거무튀튀한 얼굴이 말해 주는 어제 오늘의 내 삶이 시답잖게 여겨진 때문일지 몰랐다.

굴속 같은 땅속을 한참 지나자 밝은 빛이 들어왔다. 마주 보이는 창밖은 넓고 푸른 들판이었다. 선바위, 인덕원, 범계, 금정역을 지나도록 푸른 들판은 계속 이어졌다. 열차가 푸른 들판 사이를 가로지르는 동안 머릿속을 떠나지 않았던 걱정들이 지워지기 시작했다. 열차에서 뛰어내려 그늘에 앉아 커피를 마시고 싶어졌다. 창밖으로 다른 철로가 보였다. 눈은 철로를 따라갔다. 영원히 만나지지 않을 두 줄의 평행선이 어느 지점에서 하나가 되었다. 바다와 하늘이 맞닿은 수평선처럼. 전철이 앞으로 나아가면서 철로는 보이지 않았다. 다음 역은 이 열차의 종착역인 오이도역이라는 여자의 음성이 들리는 즈음 휴대폰 벨이 울렸다. 언니였다. 오이도역에서 기다리고 있으니 밖으로 나오라고 했다. 수유역에서 오이도역까지 오는 동안 사람들이 하나하나 빠져나갔다는 것을 그제서야 인식했다. 고향에 온 듯, 오이도역은 조용하고 한산했다.

　시력이 형편없지만 도로가에 정차해 있는 베이지색 자동차가 언니의 것이라는 걸 한눈에 알아차렸다. 자동차 종류나 색깔 구분에 영 젬병이인 내게 핏줄이 끌어당긴 본능적인 감각이 열린 모양이었다. 자동차에 올라타자마자 언니와 수다를 떠느라 정신이 없었다. 언니는 언니대로 나는 나대로 워낙 바쁘게 사는 실정이라 만나기가 쉽지 않았다. 오랜만의 상봉이니 무슨 말이든 할 말은 얼마든지 많았다. 머리에 핀을 질끈 꽂고 화장기 하나 없는 언니의 모습에서 바쁘게 일을 하다 온 표시가 역력했다. 언니는 내게 유일한 자매지만 가까운 거리만큼 먼 거리를 유지하고 있는, 여느 자매들과는 좀 다른 그 무엇이 있었다. 형제라는 것이 서운하다가도 만나면 끌어당기는 끈끈한 우애가 있게 마련이지만 마냥 퍼질러 앉아 마음보따리를 풀어 놓을 수 없는 틈이 아직까지도 우리 자매에겐 메워지지 않은 것이었다. 그런데 얼굴을 보자마자 어릴 적 함께 보냈던 추억까지 응축된 형제애가 발동하기 시작하여 우리는 집으로 가는 그 짧은 시간 동안 잠시도 입을 다물지 않았다. 덕분에 교통 위반 벌금 육만 원짜리를 언니는 고스란히 받아들였다. 면허증 취득하고 처음이라고 했다. 벌금 고지서를 매긴 경찰은 아주 친절하게 언니의 후진을 봐줬다. 실컷 비싼 고지서를 끊고서는.

아파트에 들어서자 언니의 작은딸이 낳은 생후 1개월 된 아기가 소형 침대에 누워 있었고, 20개월 된 사내아이 민서가 자칫 넘어질 듯 뒤뚱대며 거실을 뛰어다니고 있었다.

"이~모."

조카와 짧은 포옹으로 반가움을 표현했다. 아파트는 깨끗했다. 단 한 번도 언니 집의 물건들이 흐트러져 있는 것을 나는 보지 못했다. 게다가 어느 것 하나 낡은 것이 없었다. 설령, 오래 사용했대도 언니 손을 거쳐온 것들은 더러운 것, 낡은 것이 없었다. 바로 얼마 전에 구입한 것처럼 반들반들하고 윤이 났다. 언니의 집을 갈 때마다 나오는 거리가 먼 나라 같은 이질감에 휩싸이곤 했다. 끈끈한 무언가와 단단한 금속성의 대립 같은 낯선 그 무엇이었다.

침대에서 꼬물거리고 있는 아기를 먼저 안았다. 아기의 숨결이 가슴으로 녹아드는 순간 연한 초록빛 새싹이 새록새록 솟아나는 듯했다. 차마 만지기조차 아까운 말랑말랑한 손가락마다 만지작대고 내 볼을 아기의 볼에 비볐다. 세상의 더께가 묻지 않은 순수의 심장이 뛰고 있었다. 나도 이렇게 세상과 처음 마주 보았겠지, 생각하자 살아온 내 삶의 회한으로 한숨이 섞여 들었다. 잠시 까만 눈동자를 굴리던 아기는 곧 잠이 들었다. 비로소 부엌일을 마친 언니가 커피를 내왔다. 언니는 설거지를 마치기 전에 커피 먼저 내오는 법은 없었다. 밀크커피 두 잔은 따뜻했다. 멀건 국물 같은 블랙커피가 아닌 게 반가웠다. 동일한 기호가 벌어진 자매의 틈새를 이은 듯했다.

변화무쌍할 충분한 시간에도 불구하고 처음 먹었던 커피, 프림, 설탕이 모두 들어간 맛만을 고수하는 자매의 유일한 공통점은 아직도 유효했다. 공통점에 대한 반가움과 동시에, 어쩌면 자기만의 고집과 아집의 산물일지도 모른다는 생각도 들었다. 그래서 서로의 간격을 좁힐 수 없는 것인지도 모를 일이었다. 문화가 발전하면서 건강에 좋다는 블랙커피로 여자들 입이 바뀐 데다가, 세련미를 풍기려면 블랙커피를 마셔야 할 것 같은 시대의 분위기를 아직도 타지 않은 부류. 언니와 내가 딱 그런 사람이었다.

언니와 나는 손주에 대해 얼마간 대화를 주고받았다. 가게를 운영하며 오랜만에 얻은 육신과 감정의 호사였다. 한 달에 두 번 쉬는 것도 분에 넘치는 듯 겨우 쉬었다는 걸 떠올리자 가슴이 답답해졌다. 내 육신과 영혼에게 미안하기까지 했다. 지나친 자신의 연민도 문제라고 하지만 나를 사랑하지 않은 죄 또한 스스로 단죄하지 않을 수 없었다. 팽팽한 줄 잡아당기듯 긴장을 늦추지 않고 생활에 매달려 친정 발길에 인색했던 많은 날들에게도 나는 보상을 해야 할 것만 같았다. 그런 의미에서 언니네 집 방문은 특별한 외출이었다.

"엄마처럼 주변머리 없긴."

친정 발걸음에 인색함을 언니는 이렇게 표현했다. 고생을 자초한다는 뜻이기도 했다. 나는 그저 픽 웃었던 기억에 또 픽 웃었다.

"예전에 네가 얼마나 답답했는지 알아? 정말 속이 터졌어."

언니는 측은해하는 눈빛으로 말했다. 아직도 내가 맘에 들지 않는다는 전제를 깐 것이었다. 흘러가는 대로 사는 나의 문제를 일깨워 주는 건 언제나 언니였다. 이런저런 말도 핑계 같아 마땅히 대답해야 할 말을 잃었다. 사람들의 마음을 헛짚어 손해를 보는 나에 비해, 언니는 남에게 빈틈의 여지를 주지 않는 야무진 여자였다. 형부의 적은 월급을 아끼고 아껴 저축했고 낭비라고는 찾으려야 찾을 수 없을 정도로 검소했다. 아니, 검소라는 말이 사치일 만큼 언니는 먹거리조차 아껴가며 저축을 하는 게 삶의 목표라 해도 틀리지 않았다. 재산은 조금씩 불어났고, 안정된 생활로 자리 잡으면서 특별히 잘 사는 건 아니지만 중산층 정도의 삶은 유지되었다.

"에이그, 언니라도 자리를 지켜야 너희들이 와서 편하게 쉴 수가 있지."

내가 말을 않자 언니는 굳이 묻지 않은 말을 던졌다. 오래전에 엉겁결에 돈을 빌려주고 채무자에게 맞았다는 소리를 듣고 쫓아온 언니였다. 두 팔을 걸어붙이고 채무자 집으로 향하던 언니는 여전사였다. 나는 길만 인도하며 언니 뒤만 졸졸 따라갔고 언니는 휘적휘적 팔을 휘휘 저으며 분노의 얼굴로 내 머리채를 잡은 채무자의 집으로 재게 걸어갔다. 얼마나 답답했으면 쫓아왔을까, 싶은 마음도 오랜 시간이 지나서야 들었다.

"너는 엄마를 꼭 빼닮았어."

오랜만에 듣는 엄마라는 단어였다. 아가, 아가, 하던 엄마의 목소리가 어디선가 부드럽게 흘러드는 것 같았다. 눈가의 주름살을 잔뜩 만들고 입가에 엷은 미소를 지으며 교복을 입은 나에게 아가라고 부르던 엄마는 봄볕보다 더 따뜻했다. 내가 왜 애기냐고 물었을 때, 네가 애기지 뭐니 하던 엄마였다. 나는 작은 침대에 아기를 내려놓으며 그제야 대답했다.

"알고 있어, 엄마 성격이랑 닮은 거."

그래서 엄마와 갈등이 없었다는 말은 하지 않았다.

"좀 야무져 봐."

"알았어, 이젠 철들었어 나두."

아기를 토닥토닥하곤 커피잔을 들었다. 내 입에서 낸 말인데도 그 말이 싫었다.

"나도 내가 맘에 안 들어."

내가 덧붙였다. 언니가 웃어야 할지, 울어야 할지 모른다는 묘한 표정을 지었다.

"그래, 너 잘났다."

커피가 바닥을 드러냈다. 민서가 거실 이쪽저쪽을 뛰어다녔다. 언니는 나와 얘기를 하면서도 손주들에게 촉을 세웠다.

"엄마는 내가 뭘 먹으면 눈을 흘겼어, 동생들에게 양보하지 않고 먹어서야. 네가 뭘 먹으면 대견해 죽겠다는 눈으로 쳐다봤거든. 나중에 생각해 보니 당신하고 나를 동격으로 본 거야. 당신이 자식을 위해 먹지 않는 것처럼 맏딸인 나도 그러길 바랬던 거지. 그래봐야 나도 아직 어린애였는데 말야."

뜻밖이었다. 여태 내가 기억하고 있는 엄마의 부드러운 눈빛과 말투가 다른 형제들에게도 똑같이 살아 있는 감각이라고 생각했었다. 언니 말을 듣고 보니 그제야 다른 형제들에게 유난했던 엄마의 모습을 본 기억이 떠오르지 않았다. 언니의 말을 되새기고 있을 때, 거실에 늘어진 관엽식물인 재스민 곁으로 뛰어가던 민서가 넘어졌다. 나는 용수철처럼 일어나 민수를 일으켜 세웠다. 다행히도 다치진 않았다. 언니가 안고 머리를 쓰다듬고 나자 민서는 아무 일도 아니듯이 씨익 웃었다. 화분을 바로 세우자 재스민 잎들이 흔들렸다. 재스민은 시난여름보다 더욱 자랐고 녹색의 잎이 짙어졌다. 언니는 손주들 자라는 것만큼 고것들 자라는 거 보는 기쁨도 크다고 했다.

나는 재스민의 잎들을 손가락으로 비볐다. 좀 더 두터워졌고 단단해진 잎에다 코를 갖다 댔다. 풋풋함 말고는 그닥 향기가 나지 않았지만 싱그러웠다. 얼굴을 잎에서 떼는데 가는 줄기 여러 개가 눈에 들어왔다. 큰 줄기에서 뻗은 여러 가지들은 한 뿌리에서 난 언니와 나를 보는 것 같았다. 고개를 돌려 언니 쪽을 보았다. 고무장갑을 끼고 그릇들과 씨름을 하고 있는 언니의 등이 약간 곡선을 이루고 있었다. 예전엔 보지 못한 모습이었다.

콸콸 쏟아지는 부엌 씽크대의 물과 끝끝내 인연을 함께할 운명일 것 같은 언니의 등을 상상했다. 같은 부모에게서 태어났지만 각자의 운명으로 사는 자매. 그렇지만 한 뿌리를 벗어나지 못하고 살고 있다는 것 또한 생각했다. 수평선 너머의 하늘과 맞닿은 철로가 아른거렸다. 소파에 앉으며 내가 말했다. 갑작스런 언니의 말에 대한 낯섦도 지워진 상태였다.

"내가 느끼는 엄마를 다른 자식들도 똑같이 느끼는 줄 알았어, 언니."

"그러니까 니가 철부지라는 거야, 막내들의 특징인 거."

"맞아, 언니."

딱히 할 말이 없는 순간에 다행히도 아기의 울음소리가 집 안에 울려 퍼졌다. 시끄럽다기보다는 살아 꿈틀대는 것의 욕망처럼 들려왔다. 핑계 삼아 나는 얼른 아기를 안았다. 아기가 거짓말처럼 뚝 울음을 그쳤다. 늘 아기를 안고 싶다는 충동이 일었다. 어떤 연유인지는 알 수 없었다. 세상과 부딪히면 부딪힐수록 아기를 보면 안고 싶은 충동이 강했다. 부드러운 아기의 살결이 내 살과 맞닿으면서 느껴지는 평화로움처럼 살과 살의 부딪힘이 주었던 따스함을 그리워했다.

그랬다. 엄마는 나를 늘 어루만졌다. 잠자리에 누웠을 때, 내 머리부터 발끝까지 엄마의 거친 손이 거치지 않은 곳이 없었다. 노래를 흥얼거리면서도 내 몸 구석구석을 만지며 '이쁜 내 새끼'

라고 뇌고 또 뇌었다. 오래 갈망하던 일이 이루어진 듯 나는 아기를 어루만졌다. 아기를 위한 것이 아니라 나 자신을 위한 돌봄이었다. 언니도 그것을 알고 있다는 듯이 나를 힐끗 쳐다봤다. 과잉 사랑으로 세상 무서운 줄 모르며, 아직도 엄마 같은 사랑을 꿈꾸고 있다고 말했을 때의 눈빛처럼 언니의 눈빛이 따가웠다. 그럴 만도 하지, 속으로 수긍하면서 나는 얼마 전 거래처와의 일을 떠올렸다.

처음 거래가 시작된 건 삐쩍 마른 남자의 뷔페식당에서였다. 그와 마주 보고 앉았을 때, 그는 자신은 상도를 아는 사람이라고 혁명하는 사람처럼 말했다. 다리를 꼬고 앉아 상체를 비스듬히 의자 등받이에 기댄 그는 키가 컸고 대기업에 다녔었다는 말을 살짝 수건 떨어뜨리듯 흘렸다. 그가 흘린 한 마디는 나에게 그를 신뢰하는 잣대가 되었다. 지나친 당당함에 전혀 의심을 안 한 건 아니었지만 상도라는 단어를 꺼냈던 그를 의심하는 건 그야말로 상도에 어긋나는 것 같았다. 내가 중간에 그의 말에 토를 달려 하거나 질문하려고 입을 떼기가 무섭게 그는 한쪽 손을 휘저으며 내 얘기 들으세요, 내 얘기 들으세요, 악센트를 주면서 몇 번을 강조했다.

그의 당당함은 진실보다 더 진실한 사람처럼 보였다. 물론 내 측근들은 그 반대 생각이었지만 하여간 나는 그랬다. 어느 순간에 내가 갑이 아니라 을이 된 듯 분위기는 돌아갔고 나는 그에게 압도당했다. 괜한 사람을 의심했다간 내가 천벌을 받을 것만 같이 그는 시종일관 눈을 크게 뜨고 비스듬히 앉아 나를 아랫사람 대하듯 했다. 오래도록 정육점을 운영해 왔지만 그런 사람을 만난 건 처음이었다. 그렇게 번갯불에 콩 구워먹듯 성사된 거래가 삐걱댄 건 두 달도 채 못 되어서였다. 혁명가처럼 굳은 그의 말은 지켜지지 않았고 급기야 나의 전화를 받지 않는 지경에 이르고 말았다. 그러던 그가 갑자기 가게를 강제집행 당했다며 하소연하듯 전화에 대고 말했을 때에야 말투의 악센트는 어느 정도 누그러졌고 나는 오히려 그런 그에게 측은지심이 일었다. 그날 밤, 그의 뷔페식당에 남아 있는 육류를 반품하러 갔다. 사실대로 미리 알려 주어 재고라도 가져가라고 전화한 그에게 의도적인 사기일 수도 있다는 생각은 추호도 하지 않았다.

뷔페식당은 어수선했다. 영업할 수 있는 기계가 있던 자리는 휑했고 음료만이 냉장고에 남아 있었다. 그와 그의 아내는 세상이 무섭다는, 마치 자신들이 피해자인 듯 건물 주인을 원망했다. 나는 순식간에 그들을 동정하는 마음으로 동화되어 갔고 애당초 확실한 무언가 증서를 받아야 하지 않을까 했던 마음은 온데간데없어지고 말았다. 망연자실하고 있는 그들에게 야박한 말을 할 수가 없었다. 반품 처리를 하고 그와 마지막 헤어지면서도 나는 그의 인적사항을 물어보지 못했다. 아직 미수금이 제법 많이 남아 있었다. 이건 아니야, 하고 고개를 흔들었지만 그를 믿지 못하는 마음이 들통날까 봐, 괜한 선량한 사람을 의심해서 내가 부끄러워질까 봐 일상적으로 인사하듯 안녕히 가세요, 정중히 인사를 하고 헤어졌다.

뭔가 닭 좇던 개 지붕 쳐다보는 짝이 되지 않을까 싶으면서도 설마, 설마 속으로 고개를 흔드는 동안 그의 자동차는 내 눈앞에서 유유히 사라졌다. 사업자번호, 주민등록번호, 그 외 인적사항에 대해 묻지 않고 웃음으로 헤어진 것이 얼마나 허무맹랑한 기대였는지 아는 데는 고작 일주일이 소요되었다. 그 일주일도 그와 마지막 헤어진 다음 날, 그 다음 날 바로 연락하면 그를 의심하는 꼴이 될 것 같아 기다린 시간이었다. 그가 웃으면서 나와 완전 끝내고 비웃었을 상상에 빠진 순간 화가 치밀었지만, 때는 늦은 후였다. 언니가 이런 나를 현실성이 떨어진다고 하는 건 당연한 일이었다.

언니는 늘 누군가에게 의지가 되는 사람이었다. 엄마도 언니를 남편보다 더 의지했다. 아버지의 주사와 폭력에 맞선 것은 큰오빠도 아니고, 작은오빠도 아니고 언니였다. 엄마가 무엇을 잘못했느냐고 아버지에게 따지는 것도 언니였다. 오빠들보다도 엄마와 동생들, 손위 오빠들까지 언니는 상추 밭에 똥 산 개 잡도리 하듯 틀어쥐었다. 오빠들은 나약한 존재였다.

특별한 이유도 없이 아버지가 술기운에 가족을 밖으로 쫓아낸 날은 추석 다음 날로 달이 잔뜩 부풀어 오른 보름밤이었다. 언니는 서울에 있을 때였다. 엄마와 오빠들과 나는 뒷동산으로 올라갔다. 추수를 끝낸 볏단이 집채만하게 쌓여 있는 곳에 등을 기대고 비스듬히 누웠다. 하늘의 별들은 유난히 반짝였다. 술에 취한 아버지가 잠들기를 기다리며 시간을 벌고 있는 동안 보름달과 별은 엄마와 오빠들, 나의 머리 위에 떠 있었다. 오빠들 누구도 아버지에 대한 원망도 분노도 터트리지 않았다. 순한 양처럼 상황을 견딜 뿐이었다. 언니의 빈자리는 당장 그렇게 드러났다.

"배고프지? 형부 오면 얼른 밥 먹자."

쓰잘데기 없는 소리는 그만하자는 듯 언니가 말을 돌렸다. 소박하지만 정성스러운 점심이 금방 차려졌다. 김치 한 조각도 흐트러짐이 없이 그림처럼 가지런했다. 식탁 위의 반찬들이 경건하기까지 했다. 바쁜 탓도 있지만 먹는 것이 아니라 끼니 때우자는 식으로 밥상을 차리는 나와 비교 한다는 자체가 무색하리만큼 밥상은 신성했다. 의식주가 삶에서 중요하지 않다고 단언한 나였다. 언니와 나의 삶의 질과 척도는 이렇듯 너무도 달랐다. 행동은 사고에서 나오는 법이었다. 먼지 하나 없는 완벽한 언니의 집을 나는 때로 답답하게 느꼈고 언니는 흐트러지고 사람을 무턱대고 믿는 것이 생활화된 내가 도무지 이해되지 않아 고개를 절래절래 흔들었다. 내게 거슬리지 않는 것이 언니에겐 신경을 곤두서게 했다. 엄마가 하는 일이 내겐 아무렇지 않은데 언니 눈엔 온통 거슬렸던 것처럼. 이렇듯 언니와 나는 어느 한구석 닮은 곳이 없었다. 엄마를 닮은 외모를 제외하곤.

나이는 그냥 먹는 게 아니었다. 나도 언젠가부터 밥을 정성 들여 먹고 싶어졌다. 어느 순간 찾아온 우아한 중년과 노년에 대한 갈망을 하던 즈음이었고 그 이후, 구체적인 우아함에 대한 것이 무엇인가 확인하게 되었는데 그것은 언니가 차린 정갈하고 경건하기까지 한 식탁 앞에서였다. 한 끼를 때우는 것이 아니라 정갈하고 여유 있게 먹는 식사가 제대로 된 식사라고 말해 주는 것 같은 식탁이었다. 삶은 여유이고 나를 지키는 건 경건한 식사부터일지도 모른다는 생각이 든 것이었다. 정신 없으니 먼저 먹으라는 언니 말에 나는 수저를 들었다. 한 가지도 간이 맞지 않는 것이 없었다. 기본을 충실히 하는 언니, 기본을 무시한 나와의 차이점에서 벌어진 삶의 질 차이는 컸다. 정리정돈을 기본으로 삼기 때문에 언니의 삶은 다른 부분에서도 엉키게 하는 법이 없는 반면, 술렁술렁 모든 걸 허락하며 오로지 따뜻한 감정을 주는 관계에 중점을 둔 나의 삶은 얼키고 설켜 있었다. 당장 바라보는 곳이 다르니 언니와 나는 틈이 벌어질 수밖에 없었고 서로 이해하기 어려운 게 자명한 일임을 식탁 앞에서 나는 실감했다.

운동 갔던 형부가 들어왔다. 낮부터 형부의 표정에서 언니를 비난하는 눈빛이 역력했는데 아직도 형부의 얼굴은 굳어 있었다. 느린 걸음으로 형부가 식탁 앞에 앉기까지 시간이 꽤 걸렸다. 뇌출혈로 쓰러진 지 몇 년째인 형부는 어른이 아니라 언니가 돌보아야 하는 아이, 아기 중의 일원이었다. 밥상이 차려지고도 언니의 왼손, 오른손, 왼발, 오른발, 눈짓, 발짓이 다 동원되고 있었다. 형부는 걸을 때는 환자 같지만 앉아 있을 땐 정상인 같았다. 이제 형부가 언니를 조금은 거드는 시늉이라도 했으면 싶었다. 환자보다 때로는 보호자가 더 안돼 보일 경우가 있는데, 언니를 원망의 눈초리로 바라보는 형부보다 언니가 더 안돼 보였다. 핏줄인 까닭만은 아닐 것이었다. 언니는 노상 형부의 다리를 주무르고 식단에 신경을 쓰며 바삐 지냈다. 그래도 세월이 지나면서 형부는 점점 웃음을 잃어 갔다. 그런 형부가 안돼 보여 언제나 형부의 걱정을 할 때, 언니는 못내 서운해하는 눈치였다. 아픈 사람이 젤 불쌍하잖아, 했을 때에 마지못해 그렇지, 라고 대답하는 언니의 말투와 표정은 쓸쓸해 보였다.

언니는 형부에게 운동을 많이 하라고 했고 그 말에 불끈 인상을 쓰는 형부가 낯설었다. 가슴 밑바닥에서 올라오는 어떤 분노의 표징처럼 형부의 표정이 강했던 적은 처음이었다. 잠깐 동안 집안에 이상한 기류가 흘렀다. 형부가 젓가락으로 반찬을 집었다. 식탁에 수평으로 놓여 있는 젓가락들이 형부와 언니의 벌어진 간격처럼 보였다. 언니의 손이 필요한 건 온 집 안의 곳곳에 있었다. 언니 등에 짐짝 대여섯 개가 들러붙어 있는 듯했다. 아무리 내리사랑이라지만 그 많은 사람들의 뒤치다꺼리를 언니가 해낸다는 생각에 가슴이 답답해졌다. 남의 일거리를 그냥 보아 넘기지 못하는 언니의 자발이 문제라고만은 할 수 없었다.

형부가 몇 숟갈 뜨다 말고 자리에서 일어났다. 그 사이 햇빛이 누그러들었고 언니가 커튼을 열어젖혔다. '엄마는 주변머리 없어.' 일만 하는 엄마 앞에서 모진 말을 하던 언니가 순간 엄마로 보였다. 엄마가 언니의 어깨를 두드리며 눈물을 흘릴 것 같았다. 귀한 닭을 한 마리 고아 놓고 굳이 엄마만 먹게 했던 언니가 아니던가. 내가 아무리 엄마와 공감을 했더라도 기운 없는 엄마에게 닭을 고아 줄 생각이나 능력은 없었다. 언니는 아기를 보느라 내가 다 먹은 다음에야 국에 밥을 말아 대충 먹었다. 자신만 아무렇게나 먹고 있었다. 어디서 어떻게 튈지 모르는 민서의 장난을 주시하지 않으면 안되는 일이긴 했다. 언니의 눈과 귀는 어디에서도 아이에게 집중되어 있었다. 갓난아기의 울음소리에도 집중하는 듯 간간이 아기 침대로 눈이 갔고 그 틈틈이 조금이라도 쉬라며 중년인 나에게까지 채근했다. 언니는 잠시도 쉴 틈이 없었다.

형부가 소파에 앉았다. 텔레비전에 눈이 고정돼 있었다. 나는 형부 옆에 앉았다. 소극적이지만 농담을 섞어 말할 줄 알던 형부의 이런 모습이 가슴 아팠다. 존재감을 잃은 남자는 이런 것일까. 언젠가 등을 보이며 벤치에 앉아 있는 형부에게서 잔뜩 묻어났던 슬픔이 떠올랐다. 그러나 이 순간, 환자인 형부보다 언니의 삶이 더 버거울지도 몰라요, 형부에게 말하고 싶었는데 참았다. 나는 창가로 가 커튼을 젖혔다. 테라스가 없는 아파트 창문은 완전 통유리로 되어 있었다. 25층에서 내려다보는 아래는 소름이 돋았다.

위험하게만 보이는 이 아파트에서 언니는 안전하다고 여기며 살고 있는 것이었다. 유리가 깨어진다면 아래로 추락할 것처럼 언니의 고된 하루하루가 위험해 보였다. 그것이 정신적이든 육체적이든. 다행이도 공원의 푸른 나무가 불안한 마음을 가라앉혔다. 나는 한숨을 내쉬었다.

잠이 쏟아져 침대에 누웠다. 설거지를 막 끝낸 여자는 방으로 들어갔다. 방은 깨끗했고 흐트러진 게 하나도 없었다. 여자는 삼단짜리 서랍을 앞으로 잡아당겼다. 하얀 옷들이 조금도 흐트러짐 없이 차곡차곡 개켜 있었다. 눈이 부실 정도로 옷들은 희었다. 갑자기 여자가 옥양목 같은 흰옷에 오줌을 누기 시작했다. 오줌 줄기는 세찼고 옷에 닿자마자 흰옷들은 구정물을 들이부은 것 같은 누런 색깔로 변해 갔다. '내 오줌도 무거워, 내 살과 뼈도.' 여자 주위에서 그런 소리가 들려왔다. 그때까지도 여자의 얼굴은 보이지 않았다. 하지만 언니라고 알고 있던 나는 필경 언니가 병이 난 것이라는 생각을 했다. 나는 흐느껴 울었고 실제로 흐느낌을 내 자신이 의식하고 있었다.

"얘, 왜 그래? 왜 울어?"

그때, 언니가 나를 흔들어 깨우고 있었다.

"꿈 꿨니?"

"응."

"무슨 꿈을 꿨길래 그렇게 슬피 우니?"

"그냥, 생각 안 나."

나는 얼버무렸다. 언니는 옆에 널려 있는 손주 장난감을 치우고 이브자리의 아귀를 반듯이 맞추고 있었다. 나는 무거운 짐에서 벗어나고 싶은 언니의 무의식 세계를 본 듯했다. 언니가 가여워졌다. 가난이 준 만큼 절실했던 부에 대한 갈망이 컸을까. 아버지로 인해 불안했던 유년시절의 상흔이 완벽한 가정과 안락한 가정에 목숨 걸도록 했을까. 그래서 자신의 몸을 불사르고 있는 것일까. 자신의 세계는 조금도 없이. 어린시절 같은 환경에서 살았으면서도 따뜻한 교류에 목숨 거는 나를 생각했다. 나를 돌이켜보니, 엄마에게 받은 사랑을 찾아 그것이 마치 삶의 전부이듯 따뜻한 감정 교류에 치우쳤던 기억이 수도 없었다. 엄마의 눈빛과 손길에 취한 나머지 나는 평화주의자라는 나만의 동굴을 만든 것이었다. 반대로 진취적이지도, 정열적이지도 못한 우유부단함의 또 다른 이면에 속해 있는 걸 가장하면서 말이다. 왜 우린 가난해야 하는지, 아버지는 왜 가족들에게 분노를 터트려야 하는지, 그것을 막을 방법은 없는 것인지 생각조차 하지 않았던 것이다.

언니가 엄마처럼 사는 나를 못마땅해했던 건 결혼하는 것부터였다. 맘에 들지 않는 남자와 만난 것부터 현실성이 떨어진다고 했다. 내가 사람들에게 돈심부름을 해서 이자까지 다 물어주는 지경에 이르렀을 때, 그러고도 태연하게 살 때, 남편의 외도를 알고도 묵묵히 살아갈 때, 언니는 답답한 나머지 나에게 애물단지라고 했다.

사람과 생활에 휘둘려 경제가 파탄 났을 때, 나는 고향을 찾았었다. 고향집에서 하룻밤 머물기로 맘먹고 떠난 것이었다. 방안에 누웠다가 마루로 나가는 중이었다. 이미 허물어진 지 오래인 대문이 눈에 보였고 색동저고리를 입은 소녀가 가랑이를 벌리고 대문 문턱에 앉아 있었다. 나는 눈을 비볐다. 얼굴은 보이지 않았지만 분명 내 형상을 한 소녀였다.

"넌 누구니?"

내가 조심스럽게 물었다. 소녀는 아무 소리도 하지 않았다. 내가 눈을 감았다 떴을 때, 그곳엔 아무것도, 아무도 없었다. 그러나 엄마 앞에서 춤출 때 내가 입었던 것과 똑같은 색동저고리를 입은 소녀가 어린 시절 나, 라는 확신이 들었다. 아직도 어린 내가 보이는 건 중년이 되어서까지도 세상에 덜 여문 나를 보여주는 것 같았다.

밖이 어느새 어둑어둑해졌다. 건물과 아파트, 상가에서 발산되는 설핏한 불빛은 아름다웠다. 멀리서 보기 때문일 것이었다. 누군가도 내가 있는 아파트의 불빛을 본다면 아름답게 보이리라. 그러나 밝음 속에 한잠을 자고 깨어서 응애하고 우는 아기, 이리 뛰고 저리 뛰며 울었다 웃었다 반복하는 언니의 손주들, 언니의 잔소리에 그만 얼굴빛이 붉어 심기가 불편함을 드러내는 형부, 잠시도 쉴 틈 없이 부엌에서 무언가를 하는 언니의 모습은 보지 못하리라. 환한 불빛 안의 공간에서 벌어지는 전쟁터 같은 상황을, 혼자 총알을 피하고 받아 내는 언니만의 전쟁터라는 것을. 큰 조카가 지하에 자동차를 주차했다는 신호가 왔다.

"얘, 이렇게 힘들다가도 자식이 들어오면 힘이 나. 이게 무슨 조환지 모르겠다."

고무장갑을 낀 언니가 미소를 지으며 말했다. 엄마가 그랬듯이, 언니의 삶도 자식을 향한 끝없는 인내로 자신을 몰락시키고 있구나, 싶었다. 평생 자식들 먹이느라 일만 하다 살은 줄고 앙상한 뼈만 가지고 있다가 돌아가신 엄마처럼 말이다. 서로 밀어내는 극과 극이었던 모녀가 한 치도 다르지 않게 살아가고 있음을 순간 실감했다. 여태 엄마와 언니는 성질이 아주 다른 극과 극으로만 생각했었다는 것이 얼마나 오류였는지 아는 건 찰나였다. 엄마와 언니는 부엌에서 다정하게 일을 하다가도 시간이 흐르면서 언니의 분노로 변하기 일쑤였다. 대충 걸레질하는 엄마, 행주를 꽉 짜지 않는 엄마가 언니는 못마땅한 것이었고 더 나아가 생뚱맞게 아버지에게 대들지 못하는 주변머리 없다는 데까지 발전하면서 언니의 화는 한층 고조되었다. 성질머리 나쁜년, 이라고 되받아치는 엄마의 목소리가 들려오고 나면 언니가 어디론가 나가버리는 것으로 싸움은 끝이 나곤 했다. 그렇다고 엄마가 언니를 사랑하지 않은 건 아니었다. 엄마는 언니가 시집간 날 저녁 마루에 앉아서 넋을 잃고 한동안 눈물을 훔치셨다. 저녁노을이 붉게 타오르는데도 저녁 지을 생각도 않고, 네 언니를 고생만 시켰다며 흐느끼셨다. 그러나 나는 이제 안다. 언니는 엄마의 남편이기도 했다는 것을. 그날 엄마의 눈물의 의미가 단순히 시집보낸 딸에 대한 그리움과 아픔만이 아니었다는 것을.

언니와 아이들을 제외한 가족이 저녁 식탁에 앉았다. 언니는 아기를 안고 언제 사고 칠지 모르는 아이를 지켜보느라 식탁에서 멀리 떨어져 있었다. 가족들의 편한 식사를 위한 배려였다. 큰딸은 얼른 먹고 엄마의 일을 대신 해야 한다는 눈치가 없는 듯했다. 도리어 아이 둘을 데리고 와 있는 둘째 딸이 상황을 인식하고 불편한 얼굴로 식사를 마친 뒤 엄마 밥 먹어야지, 하고 소리쳤다. 형부는 아직도 표정이 굳어 있었고 언니의 저녁 식사는 안중에도 없는 듯했다. 나는 언니가 식사를 하도록 아기를 대신 봐주고 싶었지만, 오랜만에 친정에 온 동생에게 따뜻한 밥을 먹이는 게 우선인 언니의 마음을 알기에, 하나마나 한 말을 하지 않고 그냥 앉아 식사를 했다.

식사를 하면서도 언니가 신경이 쓰였다. 언니의 약간 구부러진 등의 움직임이 버거워 보였다. 나중에서야 언니는 미역국에 겨우 밥을 말아 먹었다. 마치 남의 집에서 일을 거들듯 서툴게 설거지를 하고 있는 두 딸들은 급한 구석이 조금도 보이지 않았다. 언니의 등에서 일개미들이 마구 기어가고 있는 듯했다. 여느 엄마들의 자식 사랑을 넘어선 너머의 한계. 그것이 사랑이든 집착이든 완벽성이든 한계를 넘어서고 있음을 본 것이었다. 왜 이와 같은 풍경을 오늘만 본 게 아닐 텐데 내 눈에 이제야 언니의 치열한 삶이 들어오는 것일까. 갑자기 더 이상 교류되지 않아 한 뼘쯤 벌어진 언니와의 거리감이 확 당겨져 하나가 되는 느낌이었다. 스스로도 이런 감정이 낯설었지만 참으로 한순간에 돌이킨 생각에 눈물이 핑 돌았다. 형부 옆에 다시 앉았다. 낮에 하려다 만 말을 하고 싶었다.

"언니가 무척 힘든가 봐요. 내가 봐도 보통 일이 아니에요."

"힘든 걸 다 나한테 풀어."

웃음기 없는 얼굴로 형부가 대답했다.

"언니도 이제 늙어가잖아요."

내가 한마디 했다. 형부도 언니의 등에 진 짐짝으로 보였다. 형부가 쓰러졌을 때, 언니는 정말이지 그 어떤 아내도 할 수 없는 정성을 들였다. 사랑하는 남편이라지만 쏟아지는 졸음 앞에서, 늘어지는 육신 앞에서 배겨 내는 용뺴는 재주는 없는 노릇이었다. 그런데 언니는 아침마다 야채즙을 갈아주고 한밤중에도 형부의 몸을 이쪽저쪽으로 옮겨 주어 굳지 않게 했고, 건강에 해로운 음식은 일절 금지시켰다. 성질값을 한다고 했던가. 딱 언니가 그런 사람이었다.

언니가 내 안에서 새롭게 인식된 건 아픔이었다. 언니의 삶이 희생이라는 시대의 미덕이라고 할지라도 마냥 아름답게 보이지는 않았다. 아니, 언니의 노고가 도리어 스스로 몸을 불사르는 촛불의 운명 같았다. 그러나, 이렇듯 가정 안에서 언니의 삶이 용감한 전사처럼 온전히 자신의 몸을 태우는 촛불로 보이기까지 나는 왜 많은 세월을 흘려보내야 했으며 그동안 왜 몰라야 했을까, 자책하지 않을 수 없었다. 쉬지 않고 일 초, 이 초 움직이는 시계소리가 들려왔다. 시계추가 좌우로 흔들렸다. 그 위에서 뻐꾸기가 뻐꾹 뻐꾹 소리를 내며 나왔다 들어갔다를 반복했다. 뻐꾸기 모형을 한 뻐꾸기와 잠시도 쉬지도 않고 좌우로 왔다 갔다 하는 시계추. 네모상자 안에서만 들락거리는 뻐꾸기시계 소리가 쓸쓸하게 느껴졌다.

나는 컵에 물을 따랐고 언니는 커피를 타 왔다. 언니는 커피를 마시고 나는 물을 마셨다. 내 컵 속에서 하얀 물이 흔들렸고 언니의 컵에선 갈색의 커피가 흔들렸다. 내용은 다르지만 두 개의 컵은 같은 형태를 갖춘 커피잔이었다. 나는 싱거운 나의 삶을 마시고, 언니는 쓰고 달고 야무진 언니의 삶을 마셨다. 같으면서 다르고 다르면서 같은 두 여자의 삶이 자그마한 컵이 되어 앉아 있었다. 만들어진 대로, 내용물이 담기는 대로 살 수밖에 없는 운명을 가진 두 컵을 보며 가슴이 먹먹해졌다.

조금이라도 언니의 짐을 덜어주려고 짐을 챙겼다. 아니, 정신이 없는 소굴에서 나만 빠져나오고 싶은 이기심 때문이었는지 몰랐다. 언니는 서둘러 내게 보낼 것을 준비하느라 허둥댔다. 김치는 김치통째로, 조기와 갈치도 있는 대로 모조리 담았다. 집에서 가까운 소래포구 덕을 본대도 생선 구입이 수월하진 않을 텐데 언니는 있는 껏 짐을 꾸렸다.

언니가 전철역까지 데려다주었다. 오이도역으로 가는 수인선역은 한산했다. 날은 후덥지근했다. 언니가 싸 준 반찬에서 비린내가 풍겼다. 언니의 땀에 절어 말라버린 살내음 같았다.

올 때처럼, 저 멀리 끝이 보이지 않는 철로를 한참 바라보자 차갑지만 부드러운 곡선의 철로가 하나로 보였다. 두 줄이 가까이선 만날 수 없지만 멀리서만 보이는 소실점이었다. 오이도행 열차가 오고 있다는 여자의 목소리가 크게 들려왔다.

우이령

1

자동차 엔진 소리에 잠을 깼다. 공원의 정적이 순식간에 기지
개를 켰다. 곧 운동하는 사람들의 발걸음 소리가 들려올 것이다.
오늘도 특별히 할 일이나 갈 곳은 없다. 오라는 곳은 더더욱 없다.
그래도 공원 벤치의 집에서 아침을 맞는 일이 그리 나쁘지 않다.
으르렁거리는 밀림 속의 다리 다친 노루처럼, 노숙자로 평생 살지
도 모른다는 두려움이 하루하루 무뎌지고 있었다. 여긴 인생길에
서 잠시 들른 역이지 영원한 길로 들어선 게 아니라고 서울역 동
료 노숙자들에게 큰소리 친 기억도 가물가물해지던 무렵이었다.

쿵쾅! 쿵쾅! 에어로빅 율동에 맞춘 음악 소리가 귀를 뚫는다.
이웃집 벤치에서 서씨가 가르랑가르랑 가래 끓는 소리를 낸다. 오
늘 새벽은 유난스럽다. 박씨와 서씨가 터를 잡아 놓은 공원에 내

가 끼어들어 우리는 가족처럼 지내고 있다.

　아침은 도선사, 점심은 봉화사, 저녁은 다시 도선사에서 해결한다. 아무리 빌어먹는 처지일망정 하루 세 끼니를 그밥에 그나물만 먹는 건 지겨운 일이다. 그래봐야 절간마다 푸성귀 일색이지만 맛이 다르고 종류도 달라 절을 번갈아 찾는다. 게다가 아직 사람들의 시선이 껄끄러운 내게 신도가 많은 도선사는 나 하나쯤 눈에 띄지 않아서 다행이고, 봉화사는 드나드는 사람이 적은 만큼 가족적인 분위기가 위안이라면 위안이다. 식사가 끝나면 우리는 대개 공원의 그늘 집에서 죽치는 게 일상이다. 공원이 노숙자판이 되었다고 수군대는 소리에도 이젠 개의치 않는다. 새벽마다 단잠을 깨우며 운동에 몰두하는 팔자 좋은 사람들이 아니꼽고 시끄러운 음악 소리가 성가시긴 하다. 그렇지만 조용한 데다가 깨끗한 화장실이 있고 가까운 곳에 전용 식당이나 다름없는 고마운 절들이 있으니, 붐비는 서울역에 비하면 자연 친화적인 이곳이 내겐 분에 넘친다. 진상이 없어 맘 편한 것만 해도 그렇다. 어제만 해도 서씨는 여름엔 여기 만큼 좋은 집이 없다고 했고, 박씨는 낮엔 나무 그늘이 햇빛을 막아 주어 시원하지, 밤에는 사방이 탁 트여 속까지 시원하지, 이런 별장이 어디 있겠냐며 만족한 웃음을 지어 보였다.

　모든 노숙자의 출발지이자 종착역인 서울역은 노숙자들의 요람이고 나 역시도 거기서 노숙자 생활을 시작했다. 기억하고 싶지 않은 도사견의 얼굴이 갑자기 떠오른다. 진상인 도사견만 아니었다면 아직도 나는 그곳에서 지내고 있었으리라. 그놈은 싸움꾼에다 개차반이다. 도사견이라는 이름만 해도 하도 극성스러워 서울역 노숙자들이 붙인 별명이다. 서울역을 떠나기 전날 밤이었다. 열두 시쯤 잠을 청하고 있는데 놈이 운동화 발로 내 등을 툭툭 쳤다. 이런 빌어먹을! 나도 참지 못하고 그의 어깨를 한 대 치면서 몸싸움이 벌어졌다.

그놈과 엎치락뒤치락하고 서로 얼굴을 갈긴 덕에 나와 그 녀석의 얼굴은 피범벅이 되었다. 물론 내가 더 맞았다. 한번 심통을 부리기 시작하면 끝장을 보고 마는 놈이라 앞으로의 불편이 불을 보듯 뻔한 일인데, 나는 이성을 잃고 말았다. 놈이 달려드는 순간, 회사에서 갑작스럽게 퇴출당한 분노가 일었고, 그 분노에 죽어라고 그놈 여기저기를 마구 쳤다. 도사견은 새로운 노숙자가 들어올 때마다 트집 잡아 무언가를 뜯어내려고 한다는 걸 노숙자들은 다 알고 있었다. 내게도 주먹을 날리면서 좋은 음식, 푼돈을 바치지 않아 버릇없다고 했다. 노숙자들이 추위에 떨리는 손으로 동전이라도 건네주고 꿍쳐놓은 빵을 건네줄 때, 나도 도사견을 알아봤다. 그렇지만 염두에 두진 않았다. 막 이 길로 들어섰고 아직 사회의 일원으로 살았던 자부심이 깡다구를 불렀던 것이다. 그런 나를 도사견이 벼르고 벼르다 마침내 행동으로 옮긴 것이었다. 그놈과 얼굴을 마주치고 싶지 않고 밤사이 나는 그곳을 떠날 결심을 했다.

아침 일찍 역사를 빠져나와 제일 먼저 내 앞에 선 버스에 무작
정 올라탔다. 타고 보니 버스는 우이동이 종점이었다. 낯설지 않
은 동네여서 어느 정도 안심이 되었다. 버스가 서울역을 빠져나가
자 가슴이 휑했다. 떠나는 아쉬움이나 미련 때문이 아니었다. 딱
히 정해진 곳이 없이 발길이 닿는 곳으로 가야 하는 자의 상실감
때문이었다. 버스가 지루할 만큼 오래 도시를 돌았다. 종점까지
가 보자는 심산이었다. 그때, 종점에 가까운 북한산이 보였고 이
내 솔밭공원이 눈에 들어왔다. '여기다. 내가 있을 곳은!' 하고 나
도 모르게 소리쳤다. 승객들의 시선 따윈 상관없었다. 직장에만
매달리는 바람에 가고 싶어도 자주 가지 못했던 자연. 자연은 늘
갈망하던 곳이었다. 진즉에 이런 곳에 오지 못한 게 후회될 지경
이었다. 나는 서둘러 버스에서 내렸다. 공원은 관리가 잘 되었고
아늑했다. 공원을 살피며 돌고 있는데 마침 노숙자의 냄새를 풍기
는 사람들이 눈에 띄었다. 나는 그들에게 기웃거렸고 그들도 아무
데서나 터를 잡고 사는 나를 일순 알아보는 듯했다. 서로의 예감
은 맞았고 우리는 곧바로 통성명을 했다. 한 사람은 박씨라고 했
고 또 한 사람은 서씨라고 했다. 박씨가 이곳은 그저 쓰레기나 버
리던 소나무 숲이었는데 공원으로 조성되면서 자기는 곧바로 이
곳으로 이사를 했다고 했다. 이사라는 단어를 뱉어내고도 계면쩍
은지 이사라고 할 것도 없었지만 말야, 하곤 헤헤 웃으며 머리를
긁적였다. 그 후로 서씨가 와서 함께 지낸 것이라는 말까지 덧붙

였다. 그들은 텃세도 부리지 않았고 나를 보듬어 주었다. 내겐 좋은 이웃이 되었고 행운이었다.

2

공양간은 여름인데도 겨울 코트를 입고 다니는 사람, 맨발로 걷는 사람, 무어라고 중얼대면서 기웃거리는 사람들이 끼어있었다. 나는 박씨, 서씨와 함께 식판을 들고 그들 틈에 앉았다. 모두들 수북한 밥을 단숨에 먹어치우곤 각자 어디론가 흩어졌다. 식사를 끝내고 경내를 빠져나온 우리는 산자락에 막걸리를 놓고 둘러앉았다. 그곳엔 노란 복수초와 붉은 장미가 피어 있었다. 한 잔씩 잔을 돌리고 있는데 나이가 지긋해 보이는 남자가 털레 털레 걸어오고 있었다. 말끔한 옷차림은 아니지만 그렇다고 노숙자로 보이지도 않았다.

"잠시 쉬어 가야겠군, 마침 술도 있으니."

남자는 비윗살 좋게 무턱대고 책상다리하고 앉았다. 서씨와 박씨는 아는 눈치였고 헛기침만 해댔다.

"이 동네가 고향인가? 이쪽 두 사람은 알겠고 저쪽은 못 보던 얼굴인데?"

남자는 내 얼굴을 빤히 들여다보며 고개를 갸웃했다.

"아닙니다, 굴러들어온 사람입니다. 이 좁은 땅덩어리에 고향이고 뭐고 따질 게 뭐 있겠습니까. 가다가 발 닿는 데가 내 동네고 내 집이지요.”

　나도 넉살을 부렸다. 처음 본 사람과 이렇게 함부로 말을 섞는 일은 작년까지만 해도 어림도 없는 일이었다. 하루하루 쌓여가는 노숙의 시간이 가르쳐 준 넉살이 그저 튀어나온 것이었다.

　“그럼, 당신도 고향이 저 흘러가는 구름인가? 전에 어떤 녀석이 제 고향이 구름이라고 하더구만.”

　“무슨 말씀을. 구름이 제 고향은 아닙니다.”

　“음, 고향이 중요한 게 아니지. 그건 그렇다 치고 우이동엔 예술가가 많은데 혹 젊은이도 예술인가 뭔가 했던 사람인가?”

　“아닙니다.”

　“허긴, 예술 한다는 것들은 하나같이 외보부터 남다르던데 당신은 그 정도는 아닌 듯하니… 혹시 작가? 고생이 뭔지도 모르면서 글 좀 써 보겠다고 경험을 찾아 노숙 행세하는 그 팔자 좋은 사람들 말야.”

　처음부터 반말인 남자가 언짢았지만 그렇다고 나쁜 사람 같지는 않았다.

　“작가는커녕 흉내도 못 내는 사람입니다.”

　“그럼 철학자? 사실 철학자는 꼴통 같기도 해. 제 생각에 빠져 사는 개똥 철학자들을 나는 몇 알고 있지. 그중 잘 아는 사람도 있고. 아! 자네들도 알고 있겠구만. 물론 그 철학자는 상황이 다르고 가여운 사람이지만 말야."

박씨와 서씨는 고개만 끄덕일 뿐 웬일인지 입을 떼지 않았다.

"지가 무슨 김삿갓인 양 정처 없이 떠돌아다니는 게 멋인 줄 아는 인간들. 사회에서 팽당하고 돈 떨어져 오갈 데 없이 여기 기웃 저기 기웃 동냥이나 하면서 말이야."

남자의 걸진 말에 나는 피식 웃음이 나왔다. 아직 얼마 되지 않았지만 우이동이란 동네는 특별한 이들이 꽤 눈에 띄긴 했다.

"아닙니다. 대단한 인물과는 거리가 멀고 그저 평범하게 살던 사람이었습니다."

"역시 그렇군. 당신은 아직 노숙의 때가 묻지 않았어. 아쉽구만."

"초짜라서 그렇겠지요."

나는 이곳에 처음 와서 들은 말을 옮겼다.

"저도 우이동에 특별한 사람들이 있다는 얘기를 듣기는 했습니다. 여기는 예술가들이 모여드는 동네고, 정착할 곳이 없는 떠돌이, 인생의 쓴맛 단맛을 본 이들이 마지막으로 오는 동네라구요. 자살하려고 찾았다가 눌러 사는 사람, 건강을 잃고 맑은 공기 찾아 들어왔다가 살아난 사람들도 꽤 있다는 얘기도 들었지요. 물론 저는 그 정도의 인간 축에도 못 끼는 사람이지만요."

"맞네. 제정신이 아닌 사람이 들끓는 건 맞는 말이지. 그러니 이 우이동이 요상한 동네일 밖에. 그뿐만이 아니야, 저 산 좀 봐.

삼각산은 세 봉우리가 삼각형을 이루고 있어 붙여진 이름인데 저건 백운대, 저건 인수봉, 저쪽이 만경대라구. 모두 뿔처럼 높이 서 있지."

나는 남자가 손가락으로 가리키는 곳을 올려다보았다.

"바로 제일 높은 백운대가 질투가 많아서 여기를 떠난 사람이 잘되는 꼴을 못 본다고 하는 거지. 여기를 떠난 사람을 꼭 망하게 하거나 몸이 고장 나게 해서 기어코 다시 돌아오게 만든다는. 근데 허튼소리만은 아니라구. 나는 이 동네에서 태어나 여태 살고 있는 우이동 토박이라 잘 알고 있거든. 물론 믿거나 말거나지만…."

"우이동 토박이시군요."

내가 물었다.

"그렇지. 태어나서 지금까지 여길 떠나본 적이 없었으니까."

"그런 귀신 씨나락 까먹는 소린 그만하고 술이나 한잔 받으슈."

한 성깔 하는 박씨가 한 마디 했다. 그때였다.

"마침 철학자가 저기 오시는구만."

우이동 토박이가 가리킨 사람은 긴 수염의 사내였다.

"어디 가는 길인가?"

사내는 들은 척도 하지 않았다. 그러나 꽉 다문 입, 추레하지만 함부로 범접할 수 없는 강렬한 사내 모습에 나는 순간적으로 끌렸다.

"늘 저렇다니까. 사람들과 상종을 안 하지. 밤낮으로 걷기만 하고 말야. 멈춰 서서 누군가와 얘기하는 꼴을 단 한 번도 내 눈으로 보질 못했다니까."

우이동 토박이는 손가락으로 자기 눈을 가리켰다.

"철학자라니요?"

뜻밖의 지칭에 나는 놀랐다. 개똥철학이니 뭐니 하더니 이 사내를 두고 한 말인가 싶기도 했다.

"우리는 저 사내를 그렇게 부르지. 우이동의 철학자. 누가 먼저랄 것도 없이 그저 그렇게 불러왔지."

그러고 보니 잿빛 수염과 머리카락에 베레모를 쓰고 휘적휘적 걸어가는 모습이 영락없는 철학자의 분위기였다. 어깨를 한참 내려온 구불구불한 머리카락이 바람에 부풀어 올랐다. 우이동 토박이의 눈빛에서 알 수 없는 연민이 흘러나오는 듯했다. 철학자에게 빈정거리던 때와는 사뭇 다른 눈빛이었다.

"가끔씩 저렇듯 우이령 쪽으로 사라지지. 아직 길이 막혀 있는 우이령이 곧 뚫린다고 하니 오래 살고 볼 일이야."

"무슨 말씀인가요? 우이령 쪽으로 사라진다는 것은 뭐고 우이령이 뚫린다는 것은 또 무슨 말이지요?"

"알 것 없네."

토박이 남자가 딱 잘랐다. 철학자가 점점 더 궁금해졌다. 박씨와 서씨는 막걸리만 비우고 있었다.

3

철학자가 대웅전 앞에서 갑자기 멈춰섰다.

"왜 남의 뒤를 밟는 거요?"

어느 누구와도 말을 하지 않는다는 그가 말을 하자, 뒤쫓던 나는 주춤했다.

"우연히 여기서 뵌 거구요. 그저 대화를 나누고 싶었을 뿐입니다."

철학자는 여름 한낮의 뙤약볕처럼 따가운 눈빛으로 나를 쏘아보았다. 그리곤 배낭을 내려놓고 대웅전 안의 불상을 향해 기도를 시작했다. 주위 사람들의 시선을 의식한 나는 얼른 그를 따라 합장을 했다. 얼떨결에 하는 기도지만 가슴이 울컥했다. 미래의 불안에 흔들리고 비틀린 고통을 쥐어짜던 기억 때문인지 기도는 내 가슴 밑바닥의 울분을 보듬어 주는 듯했다. 기도를 끝내고 법당을 나서는 그의 뒤를 따랐다. 오늘은 철학자의 집을 알고 싶었다.

수영복 차림인 여자가 뒷걸음질로 산을 오르고 있었다. 늘 야한 옷차림으로 뒤로 걸으며 산을 오르내려서 '야녀', '빠꾸'로 불리는 그녀는 풍만한 가슴과 탄력 있는 몸매로 사내들의 시선을 끌었다. 나 역시 눈길을 주었다. 뒤이어 긴 머리를 뒤로 묶은 '발로차'가 빈 패트병을 발로 차면서 올라오고 있었다. 월드컵의 기쁜 감정을 잊지 못해 아직도 패트병을 차면서 산을 오르내린다고 하여 그 역시 사람들이 붙인 별명이었다. 한때는 스님이었다는 소문도 있지만, 그의 신상을 정확히 아는 사람은 아무도 없다고 했다.

뒤를 잇는 이는 반쯤 맛이 간 '마스크맨'이었다. 무더운 여름철까지 365일 마스크를 벗지 않고 산을 오른다고 하여 '마스크맨'이라고 부른다. 답답하게 허구한 날 왜 쓰느냐는 물음에, 모두가 마스크를 쓰지 않으면 큰일나는 세상이 도래한다는 것이었다. 등산객, 도선사 신도들, 운동하는 사람들 모두가 킥킥댔다.

철학자는 아무런 관심 없이 꼿꼿하게 내려가고 있었다. 우이동에 입성한 지 얼마 안 되는 내 꼴을 보고 킥킥대는 건 아니겠지 싶으면서도 나는 움츠러들었다. 노숙자들에겐 손가락질이나 코를 잡고 냄새를 피할지언정 킥킥대지는 않을 터인데 말이다. 우이동은 확실히 보통 동네가 아니었다. 한참을 내려가 마을로 접어든 철학자가 먹자골목으로 들어갔다. 5미터 정도 지났을까. '사슴농장'이라는 팻말 뒤에 다 쓰러져 가는 집쪽으로 그가 방향을 틀었다. 홍수에 버틸까 싶을 정도로 집은 비스듬히 기울어 있었다. 결코 솔밭공원보다 나아 보이지 않았다. 정작 사슴은 한 마리도 보이지 않았다. 넓은 공지가 산과 맞닿았고 말뚝이 여러 개 박혀 있는 것이 '사슴농장'이었다는 흔적 같았다. 마당에는 여기저기 웃자란 풀들이 무성했다. 흘끔 나를 쳐다본 그가 집 안으로 들어갔다. 그 꼿꼿한 사람이 허름한 집으로 들어가는 모습이 낯설었다.

그는 마루를 지나 방안의 낡은 옷걸이에 모자와 바바리코트를 벗어 걸더니 책을 뒤적였다.

폐가나 다름 없었지만 방의 모양을 갖춘 것만으로도 알 수 없는 안정감이 느껴졌다. 지하도에서 박스나 신문지를 덮고 잘 때, 누군가 들여다보기만 해도 혹시 아내가 아닐까 싶어 화들짝 놀라기 일쑤였는데, 시간은 아내와 아이들 얼굴조차 가물가물하게 만들었다. 시간이란 모든 걸 수용하는 아량 넓은 성인과도 같았다. 고통의 감정이 변하지 않는다면 멀쩡하게 살 사람은 아무도 없으리라. 우주가 순환하듯 감정의 순환이 고맙다는 것을 깨달은 건 노숙자 생활 이후였다.

그는 여전히 내게 무관심이었다. '특별한 사람이군' 중얼거리며 나는 사슴농장을 나왔다. 벌써 날이 저물고 있었다. 집으로 돌아오니 서씨가 박씨와 내 앞에 비닐봉지를 내밀었다. 둘은 이미 술에 취해 있었다.

"결혼식이 있는 식당에서 슬쩍 담아가지고 왔지. 신부가 꽤나 이쁘던걸. 신랑은 땅딸하고 키도 작은데 복이 터졌어. 하긴 내 마누라도 결혼식 날 만큼은 천사였지."

"궁상 그만 떨고 물이나 마셔가며 먹게. 내 물을 떠 오지."

찔끔거리는 서씨에게 잔일을 도맡아 하는 박씨가 눈을 흘기며 물통을 집어 들었다. 봉지엔 절편과 바람떡, 잡채, 김밥이 뒤엉켜 있었다. 평소 같으면 군침이 도는 음식이었지만 오늘은 입맛이 돌지 않았다.

"덕분에 우리 잔칫날이 되었구만. 이것도 겨울이 되기 전에 누리는 호사여. 부지런히 먹게나. 건강해야 먹을 것도 얻을 수 있는 거여. 가리지 말고 먹게."

평소 아무거나 먹지 않으려는 내게 주제 넘는다던 서씨가 한마디 하는 동안 박씨가 물병을 내려놓았다. 주머니에선 소주병이 고개를 내밀었다.

"공원 직원에게 걸리면 쫓겨나요. 언제까지 술을 먹을 거예요?"

술을 절대 마시지 않는 내가 자신 있게 충고했다.

"잘난 척은. 어차피 죽으면 그만인 세상에 술 좀 마시는 게 뭐가 그리 대수야. 안 그래?"

밤이 새도록 주사를 부리는 박씨가 주머니에서 술을 꺼내며 떠들었다.

"나는 그만 마셔야겠네. 술을 먹으면 곱게 먹어야지. 다 제 탓이여. 세상 탓할 거 하나도 읍써. 이제 자, 그만."

서씨가 게슴츠레한 박씨의 눈을 보며 말했다.

누구도 탓하지 않는 서씨는 아내와 위장이혼 한 게 죄라며 후회했다. 사업의 실패가 남긴 부채를 감당할 자신이 없어 처자식이라도 살겠다, 싶어 합의이혼 하게 되었고 자신은 도망 다니다가 노숙자가 되었는데, 몇 년 지나자 서씨가 있는 곳을 알아낸 아내는 이혼을 요구했다고 했다. 한순간 건설이 내리막길을 타면서 일

이 없어지자 술만 퍼마시다가 스스로 노숙자 생활을 택한 박씨와
는 사정이 좀 달랐다.

운동하는 사람들이 힐끔 우리를 쳐다보며 쑤군거렸다.

"오늘은 잔치 음식을 먹어서 그런지 부쩍 젊었을 때가 생각나
는구만. 그러고 보니 자넨 참 얼굴이 빤듯해."

언제나처럼 다정다감한 서씨가 지갑 속에서 사진을 꺼내며 말
했다. 사진 속엔 아내인 듯한 여자와 너덧 살 정도로 보이는 아이,
젊은 서씨가 웃고 있었다.

"왜 달은 이렇게 밝은 거. 환장하겠구만."

후레쉬 불빛이 서씨의 그렁그렁한 눈을 비추었다.

"젠장, 새끼가 보고 싶으면 보고 싶다고 할 것이지 뭘 그렇게
빙빙 돌리고 난리야!"

박씨가 날카로운 소리를 내질렀다. 밤은 점점 깊어갔다.

4

"집보다 낫구만. 때 되면 돈도 받지 않고 밥을 주니 말야."

봉화사 공양간에서 차례를 기다리는 서씨가 말했다. 언제나 긍
정적인 서씨가 노숙자로 전락한 게 때론 이해되지 않았다. 나는
눈을 껌벅이다가 철학자와 눈이 마주쳤다. 반가웠다. 어제 일로
그에 대한 감정도 없었다. 지지리 궁상스럽던 그의 집이 생각나면

서 되레 측은했다. 식사하는 내내 그는 내게 눈길 한 번 주지 않았다. 공양간을 나오다 보니 철학자가 약수터 물로 뻣뻣이 서서 세수를 하고 있었다. 한 남자가 한심한 듯 말했다.

"꼿꼿이 서서 앞만 보고 걷기만 하는 인간이잖아. 저렇게 옷에 물을 흘리면서 세수를 하는 건 도대체 무슨 영문인지 모르겠다니까. 누구를 봐도 고개를 숙이는 법이 없는 인사여. 고개 숙이는 일이 뭔 자존심이라구."

자존심, 멋진 일이지. 그렇지만 자존심이 삶을 보장해 주는 건 아니야. 괜한 객기일 뿐인걸. 나는 철학자를 쳐다보며 생각했다.

상사의 권고사직에 당당하게 알겠다고 했다. 충격이었지만 비굴해지고 싶지 않았다. 가슴 한편에서는 상사의 옷자락이라도 붙잡고 매달려야 하는 거 아닐까 하다가도 머리에서는 '여기 아니면 내가 밥을 굶을 줄 알아. 두고 보라구!' 하며 이를 악물었다. 일 처리를 평소보다 더 원리 원칙대로 했고, 규정대로 하라는 얼굴로 상사와 맞섰다. 꼭 나여야 하느냐고, 재고는 없느냐고 상사의 바지 자락이라도 잡았다면 어떻게 되었을까. 후회가 현실로 나타난 것은 퇴직하고 반년이 지나서였다.

사찰은 한창 공사 중이었다. 세수를 마친 철학자가 쇠파이프를 나르고 있는 인부들 옆으로 갔다. 바닥엔 큰 돌, 작은 돌이 여기저기 널브러져 있었다. 아무렇게나 부려진 돌들은 울타리나 계단에 박힌 매끄러운 돌과는 다르게 푸석해 보였다. 한 귀퉁이가 잘려나간 돌, 이물질이 잔뜩 묻은 돌, 반이 쩍 갈라진 돌, 아무렇게나 굴러다니는 돌들이 내 처지 같아 측은히 쳐다보다가 옷깃으로 먼지를 털어낸 돌을 배낭에 넣고 있는 철학자를 발견했다.

"돌을 무엇에 쓰려고 저러는지…. 매번 저러니 말야. 참 이상한 사람이라니까."

짜증난 듯 말하는 잡부는 여러 번 목격한 모양이었다. 나는 고개를 갸웃했다. 곧 태연하게 봉화사 아래쪽을 향해 걸어가는 그를 뒤쫓는데, 마침 지나던 우이동 토박이가 내게 한마디 했다.

"노숙도 길들면 할 만한 법이네. 헌데 조심하게. 길어지면 평생 길 위에서 살아야 하니까."

"알고 있습니다."

"일거리가 있어도 나중엔 일이 싫어지게 마련이거든."

이제는 아예 귀에 대고 소곤거렸다. 그리곤 손을 흔들며 내 앞을 가로질렀다. '나하고 지 수준이 같은 줄 아는가 본데 어림도 없지. 난 언젠가 이곳을 떠날 사람이구 잠시 머물고 있을 뿐이라구….' 나는 우이동 토박이를 비웃으며 저만치 가고 있는 철학자를 따라갔다. 철학자의 집에 다다랐을 때, 그의 표정은 부드러웠다. 뜻밖이었다. 오늘은 대화를 나눌 수 있겠다는 기대감이 생겼다. 마루 끝쪽엔 지난번엔 보지 못했던 손잡이가 덜렁거리는 냉장고가 보였다. 그가 냉장고에서 막걸리를 꺼내오더니 내게 손짓을 했다.

"막걸리를 마시러 따라온 건 아니지만 하여간 고맙습니다."

마루에 걸터앉으며 내가 말했다.

"여기까지 따라왔을 땐 뭔가 궁금한 게 있으니 따라온 게 아니요? 내숭떨지 마시오."

"맞습니다. 궁금한 게 있었다는 건. 그러나…."

"그러나 뭐요? 나도 형씨가 다른 노숙자들과는 달라 보여서 여기까지 쫓아온 걸 내버려 둔 거요. 그렇지 않았다면 말도 섞지 않는 사람이오."

"알고 있습니다. 누구와도 말하지 않는다는 걸요."

"알았음 됐소."

그는 술잔에 막걸리를 따랐다. 마루에 걸린 거울엔 뽀얀 먼지가 잔뜩 끼어 있었다. 내 얼굴이 정면으로 비춰졌다. 안개 낀 듯 뽀얀 거울에서 초라한 중년의 몰골이 비쳤다. 보지 않아야 할 것을 본 듯 얼른 고개를 돌리자 부엌 내부가 눈에 들어왔다. 부엌살림이라야 그을린 양은 냄비, 낡은 프라이팬, 라면, 수저통이 낡은 집과 조화를 이루고 있었다.

"여기서 사는 이유가 있나요?"

그가 갑자기 껄껄 웃었다. 그런 걸 묻는 게 웃기는 일이라는 듯이. 얼굴이 화끈거렸다.

"형씨는 왜 여기 앉아 있소?"

"당신을 만나고 싶어서지요."

"세상과 인연을 끊은 나를 뭣하러 만나려는 거요?"

"그건 나도 모르겠습니다."

"만나고 싶은 사람, 하고 싶은 말이 있는 걸 보면, 아직 정상적인 생활로 돌아갈 희망이 보이고 있소, 형씨는."

"그러면 당신은 그마저도 없다는 얘긴가요?"

"버린 지 오래되었소. 너무 알려고 하지 마시오. 희망이고 뭐고 없는 나는 이미 이 세상 사람이 아니니까."

"제가 할 말은 아니지만 이해가 안 가는군요."

"이해를 바라지 않소. 그건 그렇고 얼굴과 옷매무새를 보니 당신은 진짜 슬픔이 뭔지 아직 경험하지 못한 것 같소."

철학자가 나를 훑어보며 말했다.

"아직 이 바닥에서 뒹군 지가 얼마 안 된 까닭이겠지요."

침묵이 한참 흘렀다.

"고통스러움이 절실한 사람에게선 생기도 없는 법이오. 하지만 형씨에게선 아직 생기가 남아 있소. '더 늦기 전에 돌아가라'는 말을 명심하시오. 그리고 오늘은 늦었으니 누추하지만 자고 가시오."

철학자는 더 이상 어떤 말도 하지 않았다. 어수선한 방에 비해 비교적 깨끗한 요가 깔려 있었다. 그는 아랫목에서 반듯하게 누웠고 나는 윗목에 웅크리고 누웠다. 그의 숨소리와 여울소리가 또렷하게 들려왔다. 어린아이들 웃음소리 같기도 하고, 내 안의 슬폼 같기도 한 소리였다. 퇴직금과 모아 둔 돈으로 시작한 가게 문을 닫는 데는 일 년이 조금 지나서였다. 아내는 밤늦도록 식당에서 일하기 시작했고, 나는 새로운 일을 찾아보겠다는 구실로 컴퓨터 앞에 붙어 있었다. 달리 뭔가 하는 척했지만 결과는 없었다. 집안 분위기는 무거웠고 내 어깨도 한쪽으로 기울기 시작했다. 가족들에게 면목이 없어졌다.

"당신, 마치 안 돌아올 사람 같네요."

마침내 미리 챙겨 둔 가방을 들고 집안을 서성이자, 아내가 무슨 낌새를 챈 듯 말했다. 나는 묵묵부답했다. 그러나 아내는 더 이상 묻지도 따지지도 않고 출근을 했다. 아내의 태도는 기다림 끝의 당연한 결과라고 받아들이는 듯했다.

5

'우이령 개통식 마라톤 대회'라고 쓴 플래카드가 공원에도 펄럭였다. 드디어 그 대회가 열리는 날이 돌아온 아침이었다.

"우리도 가 보자고. 먹을 것도 있구 역사적인 날이니 구경이라도 해야지."

새벽부터 서씨와 나를 깨운 박씨가 서둘렀다. 북한 공비들이 청와대를 공격한 1·21사태로 사십오 년 동안이나 막혀 있던 우이령 길이 다시 뚫린다는 것은 대단한 일이었다.

"큰 행사가 있으니 먹거리도 있지 않겠어?"

박씨의 기대에 찬 말에 서씨의 핀잔이었다.

"먹는 타령은…. 사십 년 넘게 막혔던 길도 다시 뚫리는데, 한 번 나온 집을 돌아가지도 못하는 처지에…."

불끈한 박씨가 되받아쳤다.

"아직 멀었군, 감정에 젖는 걸 보면. 가족들? 그 가족들은 당신을 다 잊었을걸? 누구 때문에 노숙자가 됐는데. 자랑할 일은 아니지만 가족들 먹여 살리다 이런 꼴 당한 거 아닌가 말야. 어서 가자구. 잡생각일랑 집어치워. 새벽 댓바람부터 기분 잡치지 말고."

"항상 남 탓하는 건 여전하구먼."

서씨의 핀잔엔 대꾸도 없이 박씨는 휘적휘적 앞장섰다. 나는 묵묵히 뒤를 따랐다. 화려한 프랭카드에 '우이령 개통식 마라톤 대회'라는 글자가 박힌 흰색 티와 반바지를 입은 육상선수들과 경찰들이 줄을 이었다. 그 뒤로 많은 사람들이 수십 년 만에 뚫린 우이령 길을 향해 천천히 걷기 시작했다.

"김신조 사건 이후 양주로 가는 이 우이령 길을 나라에서 막았지. 얼마 만이여 이 길이 뚫린 게…. 그땐 참 나라가 발칵 뒤집혔어. 아버지가 사업에 실패하고 방황하다가 우리 가족이 우이동으로 들어온 지 일 년 남짓 됐을 때지 아마. 그러고 보니 세월이 유수 같구먼."

사람들을 따라가던 박씨가 옛 생각이 나는지 주절거렸다. 우이령 입구에 도착했을 때, 이곳을 지키던 초소의 일부가 철거되어 있었다. 오랜 세월 동안 단절되었던 흔적을 퇴색되고 파손된 시멘트 덩이가 말해 주고 있었다. 입구를 지나 오래 막혀 있었던 옛길을 오르는데 어디선가 소리치는 남자의 목소리가 들렸다.

"저기 돌탑이 있어요!"

그냥 걸으면 모를 수도 있는 숲속 사이로 돌탑이 있었다. 순식간에 사람들이 돌탑을 둘러쌌고 우리 일행도 돌탑 가까이 갔다.

"산속에 웬 돌탑이야? 그것도 세 개씩이나. 그리고 이 꼴로 무너져 있는 건 또 무슨 일이지?"

누군가 말했다. 돌탑은 삼각형을 이루었는데 완성된 두 개의 돌탑은 허리가 잘린 채 무너져 있었고, 한 개는 쌓다가 중단된 상태였다. 매끈하게 세워진 솔밭공원의 삼각산 세 봉우리 돌탑과는 다르게 서툴지만 한 개 한 개 세월을 두고 쌓은 흔적이 역력했다. 쌓다가 만 돌탑이 얼마 전까지도 쌓았었다는 것을 증명해주었다. 누구를 위해서, 누가, 왜 쌓았을까. 절실한 바람이나 목적이 있었으리라. 그렇지 않고서 누가 이런 산속에다 돌탑을 쌓겠는가. 돌멩이를 배낭에 넣고 산으로 오르던 철학자가 떠오른 건 그때였다. 돌을 집어 가방에 넣는 모습이 절실한 행위처럼 느껴졌던 철학자가 며칠 보이지 않았다는 사실도.

6

"우이령 개통 마라톤 대회가 끝난 지 며칠 됐지?"

박씨가 손가락을 꼽았다.

"닷새는 됐을걸요, 근데 왜 물어요?"

내가 대꾸했다.

"우이령에서 사람이 떨어져 죽었다네. 누군지는 몰라도 우리 같은 인생도 사는데 뭔 이유에서 그랬는지 모르겠구만."

박씨의 말이 끝나자마자 서씨가 북한산을 올려다보며 말했다.

"죽는 사람 심정을 누가 알아. 본인만 딱하지."

서씨의 목소리에 연민이 묻어 있었다. 가슴이 덜컹 내려앉았다. 무언가 짚이는 데가 있어서 오늘은 혼자 공원을 나섰다. 설마, 아니겠지 하면서도 머릿속에서는 철학자의 모습이 떠나질 않았다. 우이동 토박이라면 죽은 사람이 누군지 알 것 같았다. 도선사 공양간 앞에서 마침 우이동 토박이를 만났다. 식사 마치기를 기다리다 공양간을 나서는 그를 잡아끌었다.

"혹시 누가 떨어져 죽었는지 들었습니까?"

"알고 있구만. 그럴 수밖에 없었겠지."

긴 나무의자에 앉으며 우이동 토박이가 한숨을 내쉬었다.

"누굽니까? 죽을 수밖에 없는 사람이."

"철학자. 사람 상대 안 하고 혼자 걷는 사람. 저번에 봤잖나."

가슴이 쿵하고 내려앉았다.

"왜 죽었을까요? 역시 제 예감이 맞았군요."

적중한 예감에 또다시 가슴이 철렁였다.

"철학자에게 관심이 많은 모양일세."

"딱 한 번 같이 술도 하고 같이 잔 적이 있습니다."

"그 사람이 당신을 잘 봤네. 특별한 인연이 아니면 얘기하는 사람이 아닌데 말야. 죽은 그 사람, 자식이 돌탑 있는 곳에서 추락사 했지 뭔가. 딱하게 됐지. 아마 십 년쯤 됐을걸. 올림픽이 열리던 해였어. 한창 축구로 온 나라가 들썩였지. 대학 산악부 대원인 아들이 해외등반을 앞두고 연습 중에 실족사 한 거야. 그때부터 그 사람 입을 닫아 버렸어. 누군가와 다정하게 말하는 걸 한 번도 본 적도 없지. 웃는 것은 물론이고 한군데 오래 머물지도 않고 늘 걷기만 했네. 아마 그 사람 아들 따라갔을 거야. 추락한 자리가 아들이 실족사한 그 자리니까 증명이 된 셈이지. 그 심사야 불을 보듯 뻔한 일이구."

"그렇군요. 그런데 이제와서 왜 극단적인 선택을 했을까요? 시간이 지나면 약이 되었을 거고 그럭저럭 살아나갈 힘이 생겼을 텐데…."

"돌탑 때문이겠지. 우이령에 쌓았던 그 돌탑 말야."

"돌탑이요?"

돌탑이란 말에 머리가 쭈뼛했다.

"아들이 그렇게 가고 언제부턴가 돌탑을 쌓고 있다는 걸 몇 사람은 알았지. 다들 고통스럽고 자식 그리운 것을 돌탑을 쌓으며 달랬다고 생각했다구. 그러다 철학자의 일은 그들에게서 서서히 잊혀졌었지."

순간 내 아이들의 모습이 뇌리를 스쳤다. 가슴을 찬바람이 훑어 내렸다. 그때, 우이동 토박이가 말을 이었다.

"우이령이 개통된다는 소식이 있고부터 철학자의 발길이 부쩍 분주해졌어. 눈에 띄게 초조해 보이기도 했고. 탑을 빨리 완성 시키고 싶었을 거야. 우이령이 개방되면 아들 영혼과의 만남이 중단될 테니까. 국립공원에서는 당장 돌탑을 허물 테고 돌탑 쌓는 것을 더 이상 놔두지 않는다는 걸 알았겠지. 돌탑이라도 쌓으며 목숨을 부지해 온 철학자에겐 살아야 할 이유를 잃은 거겠지. 다만, 내가 안타까운 건 그날 배낭을 메고 산을 오르는 철학자를 끝까지 따라가지 못한 거야. 따라가도 별수 없었겠지만 말야."

돌을 옷깃으로 닦고 어루만지던 철학자의 모습이 생생했다. 그 돌로 돌탑을 쌓았을 철학자를 상상하자, 목이 메어왔다.

"그래서 가방에 돌을 넣고 다닌 거군요."

"그렇지, 자네도 봤구먼. 그 돌을 날마다 가방에 잔뜩 넣어 나르는 걸."

"다른 사람은 전혀 몰랐나요?"

"알 턱이 없지. 그곳으로 사람이 다니지 않았으니까. 무엇보다 사람들은 남에게 관심이 없거든."

우이동 토박이가 철학자에게 알 수 없는 연민의 눈빛을 보낸 이유를 이제야 알 것 같았다.

7

마을의 어느 교회에서 철학자의 장례를 치러주기로 했다는 소문이 돌았다. 그 교회를 찾아갔다. 우이동 토박이도 와 있었다. 목사의 기도가 영혼의 안식을 보장할지는 모르겠지만, 가족이라고는 아무도 없는 그의 마지막 가는 길은 처량했다.

"주머니 속에 지갑이 있었는데 그 안에 머리카락과 손톱이 들어 있었다네. 먼저 간 아들 것이 분명해."

우이동 토박이가 한숨을 쉬며 말했다. 철학자의 집에서 자고 난 아침, 그의 머리맡에 놓여 있던 낡고 검은 지갑을 말하는 걸까. 장례가 끝나고 일주일이 지나 철학자 집을 찾아갔다. 죽고 나면 정리할 유품도, 정리할 사람도 없는 철학자처럼 나도 그럴 것만 같았다. 죽음 뒤의 외로움에 소름이 돋았고 이런 죽음을 맞이하고 싶지 않았다. 주인 없는 집은 더욱 을씨년스러웠다. 자식 먼저 보내고 어떻게 편히 살겠냐며 스스로 폐가에 들었다는 철학자. 모정母情보다 더 큰 부정父情 앞에 나는 내가 아버지라는 사실을 비껴가고 싶었다. 하룻밤을 지내던 날처럼 그의 이불을 펴고 자리에 누웠다. 아랫목에 그가 누워 있지 않다는 것, 더욱 쓸쓸해졌다는 것을 빼고는 아무것도 달라진 건 없었다.

행복한 얼굴로 철학자가 내 앞에 나타났다. 깔끔한 옷차림이었다. 크고 우렁찬 목소리로 그가 말했다. '나는 꿈을 이뤘소. 집을 찾았단 말이오. 그대도 꿈을 이루시오.' 그는 미소를 짓고 있었다. 철학자 옆엔 사내아이가 장난감을 가지고 놀고 있었다. 아이는 낯설지 않았다. 가만히 들여다보니 내 아들의 어릴 적 모습 같기도 했다. 혹시 내 아들이 아닐까 싶어 가까이 다가가자 아이가 뒷걸음 쳤다. 내가 두 팔을 벌리고 아이를 안으려 하자 아이는 철학자 뒤로 숨어들었다. 아이가 왜 나를 무서워하고 도망 가는지 알 수 없었다. 아이 눈과 내 눈이 잠깐 마주쳤을 때, 아이가 나를 노려보고 있었다. 나는 그 눈빛에 어리둥절했다. 아이는 내가 다가가는 만큼 뒤로 물러섰다.

다가가고, 뒤로 물러나며 아이와 신경전을 벌이고 있을 때. 자동차 엔진 소리에 의식이 깨어났다. 새벽이었다. 식은땀이 났다. 순간 집으로 가야 한다는 강박에 사로잡혔다. 공원엔 벤치에서 자던 박씨와 서씨가 얇은 요를 깔고 바닥에서 자고 있었다. 얼마 전 구청에서 눕는 걸 방지하려고 벤치 가운데에 턱을 만들어 놓은 때문이었다. 방을 빼앗긴 것이었다. 나는 가방에 잡동사니 뿐인 내 짐을 구겨 넣었다. 짐을 다 챙길 때까지도 박씨와 서씨는 깊은 잠에 빠져 있었다. 나는 박씨와 서씨를 물끄러미 내려다보았다. '그래, 여기도 나에게는 잠시 머문 삶의 역이었지. 이렇게 따뜻한 동료들도 있었고. 결코, 헛되지 않은 역이었어.' 나는 중얼거렸다. 등이 굽은 채로 잠든 박씨와 서씨의 자는 모습에서 내 모습이 겹쳐졌다. 울컥했다. 내 이불을 그들에게 덮어 주었다. 서씨가 더운지 이불을 밀어냈다. 먹잇감을 찾은 듯 모기들은 윙윙거리고 있었다. 그들의 새까만 발바닥과 발등에 달라붙는 파리 떼를 쫓았다. 도망가던 파리들이 다시 몰려드는 데도 꼼짝도 않는 그들을 뒤로하고 나는 솔밭공원을 빠져나왔다.

첫차가 곧 운행될 시간이었다. 저만치서 흔들리는 빛이 보이기 시작했다. 버스였다. 달무리를 뿜어내는 버스의 불빛이 점점 가까워지고 있었다.

카타(chatah)에 관한 이론(異論)

시장은 고요했다. 그녀는 사람들과 덜 부딪히는 이른 아침 시장을 보러 나왔다. 그녀가 들어선 시장 첫머리 슈퍼 주인은, 참외와 수박의 꼭지를 요모조모 살피고 있었다. 커피와 과일을 사고 슈퍼를 나온 그녀는, 손부채를 부치며 양쪽으로 늘어선 상점들을 지나 다릿목 쪽으로 걸어갔다. 평소 그 시간 다릿목에서는 상을 펴놓고 마수걸이를 기다리는 상인, 소꿉장난 하듯 푸성귀 한아름을 앞에 놓고 쪼그려 앉은 노인, 행거에 이불을 척척 걸고 의자에 앉아 담배를 피우는 상인들이 하루를 시작하는 시간이었다. 그런 다릿목에서 웬일인지 발 빠른 사람들의 움직임과 웅성거리는 소리가 들렸고, 행인들과 말을 주고받으며 메모를 하는 경찰의 모습이 생경했다. 뭔가 불길한 기분에 휩싸인 그녀는 조심스럽게 다릿목 쪽으로 다가갔다.

아니나 다를까, 비탈진 곳에 뿌리를 내린 우람한 소나무에서 그네를 타듯 매달린 사람이 흔들거리고 있었고, 다릿목 왼쪽으로 뻗은 가로수를 향해 사람들이 목을 빼고 있었다. 뭔가 잘못 보기나 한 것처럼 손등으로 눈을 씻어내고 봤지만, 사람의 형상이 분명했다. 잠깐, 짓궂은 아이들이 일부러 마네킹을 매달아 놓은 건 아닐까, 싶은 생각이 뇌리에 스쳤지만, 그렇다면 경찰이 달려오고 사람들이 모여들 리가 없다는 생각이 뒤미쳤다. 잠시지만 그녀가 마네킹을 떠올린 건, 산속도 아니고 유동 인구가 많은 시장길 바로 옆에서 사람이 목맬 가능성을 염두하지 못한 때문이었다. 목을 매는 순간 누군가에게 발견될 수도 있는 일이며, 그 어디서도 사람들 눈에 띄는 곳에서 목을 매는 사건이 발생했다는 얘기를 들은 적이 없었다. 그러니 그녀가 어리석게도 짓궂은 아이들이 걸어 놓은 마네킹일지도 모른다는 상상이 터무니없는 것만은 아니었다. 어떻게 시장길에서 끔찍한 일이 생겼는지 모르겠다며 사람들도 침을 튀겨가며 떠들었다.

그녀는 사람들을 따라 사고 현장으로 갔다. 다릿목에서 100미터도 채 되지 않는 거리였다. 여전히 소나무에 매달린 남자가 바람을 타듯 흔들거렸다. 그녀는 자신의 목을 자꾸 매만졌다. '평생 자신 때문에 누군가 생을 마감했다는 무거운 짐을 지고 사는 일이 얼마나 고통스러운 일인데….' 중얼거린 그녀는 마치 남자를 죽게 한 사람이 있거나 한 것처럼 얼굴을 일그러뜨렸다.

"아니, 글쎄 오늘따라 일찌감치 시장을 나왔는데 저기 소나무에 사람이 매달려 있지 뭐에요. 바로 119로 신고를 했죠. 경찰 말로는 저긴 혼자 목을 매기가 어려운 곳이라서 타살 가능성이 높대요. 그래서 아직도 그냥 놔두는 거래요."

흥분된 여자의 목소리가 다릿목을 울렸다.

"무슨 타살은요. 작년에도 저 아래서 여자가 목을 맸는걸요. 스스로 목숨을 끊은 게 맞아요. 경찰 말 믿지 마세요. 그나저나 웬 또 이런 일이…."

"아무래도 이 터가 센가봐요. 푸닥거리라도 하든지 해야지 원."

"미투 사건에 연루된 이 동네 사는 교수라고 하네요. 조금 전에 보니까 그 마누라가 실신하더라구요. 병원으로 실려 갔어요. 방송엔 안 나왔지만, 제자와 그렇고 그런 사이였는데 제자라는 것이 글쎄 성추행으로 고발을 했다지 뭐에요. 잘 지내다가 교수가 헤어지자니까 억하심정으로 그랬겠지요. 어디 남자들이 제 마누라 버리고 애인 만나는 줄 알아요? 재미 보다가 도망갈 궁리를 하고들 있지요."

"지 발등을 찍은 거야. 뿌린 대로 거둔 거지."

"젊은 여자들도 무섭긴 하네. 목적이 이루어지지 않으니까 미투로 갔구먼."

"닭이 먼전지 알이 먼전지 통 모르겠네."

여자들이 주고받는 말이 귀에 거슬린 그녀는 휙 돌아서 집으로 향했다.

　신발에 본드라도 들러붙은 듯 그녀 발걸음이 마음대로 떼어지지 않았다. 도망가려는데 뛰어지지 않는 꿈속과 흡사했다. 겨우 집에 도착한 그녀는 냉수 두 컵을 연거푸 마시고 세면대 수도꼭지를 세게 틀고 몇 분간이나 빠득빠득 손을 씻었다. 뜨거운 물에 덴 자국처럼 손이 볼그스름해졌다. 결벽증이에요, 어머님은. 만날 때마다 손을 씻는 걸 본 며느리가 그녀에게 핀잔했지만 손을 씻는 버릇은 여전했다.

　그녀는 창문을 활짝 열어젖혔다. 창밖엔 녹음 짙은 나뭇잎이 바람을 타고 살랑거렸다. 서로 비벼대는 나뭇잎 소리가 싱그럽다기보단 소란스러웠다. 그 소리 때문인지 흔들리는 나뭇가지 때문인지 정신이 혼란스러운 그때, 목을 맨 남자가 그네를 타듯 그녀 앞에서 오락가락했다. 구름처럼 떠 있으면서도 형체는 분명했고 남자였다가 이내 여자로 바뀌는 것이었다. 머리털이 쭈뼛 선 그녀는 서둘러 창문의 커튼을 치고 몇 시간을 쇼파에 웅크리고 앉아 있었다.

　시장을 가지 않아야 했다고 자신을 타박한 그녀는 진정제 한 알을 먹고서야 방바닥에 널브러진 옷가지들을 정리했다. 그리곤 오후에 할일을 떠올렸다. 그래, 여느 날처럼 오늘 오후도 사군자를 치면 되겠지. 그리고 나면 해가 그럭저럭 넘어갈 거야. 그러다 저녁을 먹고 드라마를 보다 보면 잠이 들겠지, 주문하듯 중얼댔지만 모든 걸 체념한 사람처럼 그녀의 몸과 말투는 여름날 푸성귀처럼 시들했다.

사람들과 어울리는 걸 꺼리는 그녀는, 간혹 외출하는 일 외에는 언제나 집 안에서 한 시간 한 시간을 버텼다. 사군자를 치기 전엔 아주 가끔 이웃집에서 놀러 오는 여자들과 커피를 마시는 일이 있긴 있었다. 그러나 팽팽했던 마음이 느슨해지면서 그녀들에게 친밀감마저 들라치면 방바닥에 떨어진 머리카락을 한 올 한 올 집어 올렸다. 그것도 모자라 걸레질을 멈추지 않아 손님들을 어리둥절하게 했다. 이쯤 되면 여자들은 그녀의 눈치를 살피다가 서둘러 돌아가게 마련이었다. 대화가 길어지다 보면 자신도 모르게 속내를 드러낼지도 모른다는 불안감이 그녀를 이웃들과 이렇게 단절시킨 것이었다. 그녀는 점점 고립되었고 두문불출했다. 혼자 살아가는 방법을 생각한 끝에 사군자를 치게 된 것이었다. 사군자를 치고 있을 때만큼은 잠시지만 어두컴컴하던 길이 밝아지는 듯했다.

누군가 꼭뒤잡이 할 것 같은 불안에 떨던 그녀는, 마음의 이완을 바라며 화선지를 신문지 위에 올려놓고 먹을 갈기 시작했다. 다 갈아진 까만 먹물이 벼루 안에서 미세하게 출렁이자 붓을 들었다. 필법을 제대로 배운 건 아니지만 종교의식을 치르듯 손놀림은 다소곳하면서도 경건했다. 한 잎 한 잎 난이 화선지를 채워 가는가 싶더니 어느 순간, 붓이 제대로 움직여지지 않았다. 가끔 붓이 말을 듣지 않을 때도 있었지만 최근엔 없던 일이었다. 미풍처럼 떨려오는 손과 아직도 뛰는 심장 때문만도 아닐성싶었다.

그녀는 테라스 문을 열었다. 목맨 남자가 그네를 타듯 오락가락 하는 것이었다. 소스라치게 놀란 그녀는 얼른 문을 닫고 거실에서 서성거렸다. 여전히 남자의 형상이 그녀 머릿속을 떠나지 않았다. 어찌할 바를 모른 그녀는 다른 쪽의 창문을 열었다. 숨이 막혀 견딜 수 없었기 때문이었다. 이쪽도 창문 밖에서는 여전히 목맨 남자가 바람을 타듯 흔들거렸다. 순간, 그녀는 혼란스러운 자신의 마음이 만들어 낸 환시일 거라고 마음을 다잡았다. 그때서야 창밖은 바람이 살랑거렸고 하늘은 푸르렀다. 그녀는 그동안 애써 외면했던 테라스 구석에 놓인 짐에 눈이 멎었다. 쳐다보기만 해도 가슴을 짓누르는 짐은 시어머니와 살던 집에서 쓰던 살림살이였고 북한산 아랫마을로 이사 오고도 풀지 않은 물건들이었다. 문을 닫으면서 벽 쪽의 박스를 뚫고 삐져나온 무언가를 무심결에 발견했다. 남편이 가출한 동안 꽃을 가꾸느라 샀던 모종삽이었다. 동고동락한 모종삽을 조심스럽게 살폈다. 모종삽은 동상에 튼 살처럼 쩍쩍 갈라졌고 부식되어 있었다. 껄끄러운 표피를 손가락으로 긁었다. 쇠의 잔해가 손톱 밑을 파고들었다. 긁으면 긁을수록 부식된 내면에서 잠자던 고통이 부스스 깨어나자 그녀는 모종삽을

팽개치듯 아무렇게나 던졌다. 그리곤 뒷산을 올랐다.

야트막한 산등성이를 지나자 산길이 가팔라졌고 먹장구름이 몰려왔다. 우르릉 쾅 바위가 갈라지는 듯한 우뢰와 번개로 숲이 바르르 떨었다. 게다가 한두 방울씩 떨어지던 비가 금세 소나기를 퍼부었다. 숲속은 괴괴했다. 빗물로 범벅이 된 산길은 밀가루 반죽처럼 찰졌다. 그녀는 기어가듯 걸었지만 미끄러지고 말았다. 다행히도 다리가 삐거나 부러지진 않았다. 가까스로 일어나다가 길옆에 봉긋이 솟아오른 무덤 앞에서 멈칫했다. 아이의 무덤 같았다. 산속에서 더구나 비 오는 날 만난 무덤은 섬뜩했다. 무덤을 의식하지 않으려고 애쓰면 애쓸수록 두려움은 더해 갔다. 시어머니를 산에 묻고 내려오던 날, 뒤에서 누군가 옷자락을 잡아당기는 듯했던 기분과 다르지 않았다.

그녀는 얼른 집으로 돌아가고 싶었다. 완만하던 길은 가파른 비탈길로 이어졌다. 빗물은 나무마다 음기를 뚝뚝 떨어뜨렸다. 아직도 마을까지 내려가려면 몇십 분은 더 내려가야 했다. 엄습해 오는 두려움은 어떤 눈빛을 불러왔는데 그것은 오래전에 보았던 아버지의 눈빛이었다.

아이에게 아버지는 두려운 존재였다. 작은 잘못도, 흔히 아이들이 할 수 있는 귀여운 거짓말도 용서하지 않았다. 아이는 그런 아버지 앞에서 언제나 주눅이 들었고 때론 오줌까지 지렸다. 아이는 여름이 싫었다. 겨울을 제외하고는 언제나 온 식구가 마루나

멍석을 깐 마당에서 밥을 먹었다. 장대비가 쏟아지는 장마철이면 어김없이 마루에서 저녁을 먹었는데, 그때마다 저 멀리서부터 적군처럼 천둥번개가 쳐들어오기 시작하면 아이는 겁에 질려버렸다. 번개는 선명하게 보이지 않는 식사 장면을 짧고 강한 빛으로 찍는 듯 찰칵했다. 번갯불에 비친 아버지의 얼굴은 조금만 떼를 쓰면 내 얼굴을 후려칠 것처럼 날카로웠다. 두려움에 못 이겨 방으로 들어가려 하면 아버지는 자세하나 흐트리지 않은 채 언제나 같은 말만 했다.

"죄 진 사람만 무서운 게다. 죄를 짓지 않은 사람은 이 세상에서 무서울 게 없는 법이다. 밥 먹자."

죄를 짓지 않았는데도 아이는 무서웠다. 새벽에 낫질하다가 벼락에 맞아 죽은 이웃 마을 아저씨도 그럼 죄를 지어서 죽은 거냐고 물으려다 말았다. 번갯불에 비친 아버지의 눈빛 때문이었다. 아이 무덤보다 더 무서운 아버지의 눈빛이 그녀의 발걸음을 재촉했다.

다음날 난화분에 물을 주고 있을 때, 초인종이 울렸다.

"누구세요?"

밖에서는 대답이 없었다. 교회 다니는 여편네들이 틀림없어! 마침 금요일이었고 금요일마다 전도하는 여자들을 떠올리며 그녀는 중얼거렸다. 잡상인이나 종교인들에게 몇 번 현관문을 열어 준

적은 있었지만 방문을 허락하진 않았다.

초인종 소리엔 아랑곳하지 않던 그녀는 어제 주문한 간고등어가 생각나 현관문을 열었다. 문밖엔 택배 기사는 없고 중년의 여자와 머리를 묶은 젊은 여자가 미소를 짓고 서 있었다. 한두 번 벨을 눌러 방문했던 낯익은 얼굴이었다. 아차 싶었지만 이미 엎질러진 물이었다.

"좋은 소식 전하러 왔습니다."

그녀들은 여전히 근심이라곤 손톱만큼도 없어 보이는 평온한 얼굴이었다.

"바빠요!"

그녀는 짧고 명료하게 대답했다. 평온한 표정이 그녀의 마음을 더욱 거슬렸다.

"우리는 모두 죄인입니다. 죄사함을 받고 구원받으세요."

그녀가 매몰차게 현관문을 닫는 순간 '죄사함'이라는 단어가 그녀 귀에 화석처럼 굳어졌다.

"들어와 보세요, 얘기나 들어보게요."

짐짓 태연한 척하며 그녀가 다시 문을 열며 말했다.

"어머! 감사합니다."

전도사들은 천사의 미소를 지으며 집안으로 들어왔다.

"파리가 낙상하겠어요. 집안에 먼지 하나 없으니….”

머리를 묶은 전도사가 집안을 둘러보며 말했다.

"어느 집이나 다 똑같지요."

오렌지 쥬스를 앞에 두고 그녀와 전도사들은 마주 앉았다.

"예수 믿고 구원 받으셔야지요."

중년의 전도사가 나섰다.

"구원이요?"

"네."

"댁들이 말하는 구원이 뭔가요?"

그녀가 다시 물었다.

"우리 인간에겐 아담과 이브로부터 받은 원죄가 있어요. 그렇지만 예수를 믿으면 죄에서 벗어나는 거예요. 그것이 구원이구요."

"죄를 짓지 않은 사람도 인간이라면 누구나 죄가 있다는 말인가요?"

"당연합니다. 죄의 유무는 인간의 잣대일 뿐이에요."

"그럼 그 잣대 기준이 무엇인가요?"

"성경 말씀이지요. 예수님을 믿어야 구원받을 수 있는 거지요. 원죄를 죄사함 받는…"

"이 세상에서 죄를 지은 사람도 죄사함을 받을 수 있다는 건가요?"

그녀가 초조한 얼굴로 질문했다.

"그럼요. 어떠한 죄도 예수만 믿으면 우리는 죄에서 자유로워지는 걸요."

이제 그녀는 전도사 앞에 바투 앉았다.

"만약 제가 죄를 지었다 해도 예수만 믿으면 죄인이 아니라는 건가요?"

애원의 눈빛으로 말하는 그녀의 말에, 머리를 묶은 전도사가 의아한 눈빛을 하고는 자분자분 말하기 시작했다.

"우리 인간은 불완전해요. 조금 전에 말했듯이 도덕과 선행을 했다고 해서 죄가 없는 건 아닙니다. 누구나 원죄를 가지고 태어났으니까요. 그래서 예수님을 통하지 않고서는 누구도 죄에서 벗어날 수 없는 거예요."

그녀들이 돌아가자 어둠과 빛의 대립처럼 그녀에게 한줄금 빛과 떼 지은 먹장구름이 몰려들었다. 그녀는 무조건 집을 나섰다. 얼마나 걸었을까. 무심결에 멈춘 곳은 교회 앞이었다. 교회는 몇 번 지나쳤을 뿐이었는데 오래전부터 오갔던 곳처럼 낯설지 않았다. 목재로 만든 예배당 문은 고풍스러웠다. 손잡이를 살짝 밀자 어둡고 넓은 예배당에서 기도 소리가 울려 퍼졌다. 경건하고 신성함에 이끌린 그녀는 발뒤꿈치를 들고 들어가 긴 의자에 앉았다. 가슴이 떨렸지만 두렵지는 않았다. 구원받을 것 같은 떨림이었다. 아니, 구원받고 싶은 간절함일지도 몰랐다. 기도에 열중하던 세 명의 여자들은 그녀의 기척에도 뒤를 돌아보지 않았다. 두리번두리번 주위를 살피던 그녀도 눈을 감고 두 손을 모았다. 그녀 입가에서 맴도는 죄사함이라는 단어가 말로 내뱉어지지는 않았다. 오직 내 죄를 대신하여 십자가에 못 박힌 예수를 믿으면 죄에서 벗어납니다. 그러면 영원히 죄에서 자유로워지는 것이지요, 하던 전도사의 말만 되뇌었다. 이내 자신도 모르게 예수님을 간절히 부른 그녀의 입이 파르르 떨리더니 둑이 터진 듯 속절없이 눈물이 쏟아졌다. 그동안 그녀는 눈물을 흘려본 적이 없었다. 슬픈 드라마를 볼 때, 아이들이 다쳤을 때, 도리어 이를 앙다물며 더욱 냉정해지곤 했다. 눈물을 흘리면 난간의 기둥을 잡듯 버틴 마음이 와르르 무너질 것만 같아서였다. 눈물을 흘린다는 건 마음이 무너진다는 의미였다. 그녀는 강해야 했다. 뒤를 돌아보지 말아야 했다. 아직 어린 자식들도 키워야 했고 결혼도 시켜야 했다. 그녀의 시야는 오로지 자식에게만 꽂혀 있었다. 갑자기 번갯불이 번쩍하면서 그녀의 손을 비추었다. 그녀는 재빠르게 두 손을 뒤로 감췄다.

"교회에 무슨 일이 없는지 확인차 들른 거예요."

교회 안의 형광등이 켜졌고 다소곳해 보이는 여자가 놀란 그녀에게 상황을 설명했다. 그녀는 전기 스위치가 올라가는 순간, 켜진 형광등 불빛이 어린 시절 두려워했던 번개라고 착각했던 것이다. 여자는 교회의 사찰 집사라고 했다. 그녀는 남의 집을 몰래 들어가다 들킨 듯 여자에게 머리를 조아리곤 고개를 들었다. 그때 공중에 뜬 십자가가 그녀 쪽으로 오고 있었다. 환시인지 현실인지 분간되지 않자 그녀는 허둥지둥 예배당을 빠져나왔다.

잿빛이었던 하늘은 오후가 되자 비를 쏟다 햇빛 쏟기를 갈마들었다. 그녀는 집안을 서성거리다 휴대폰에 입력된 연락처를 클릭했다. 가족을 포함해 스무 명 남짓한 이름이 저장되어 있었다. 휴대폰에 저장되지 않은 번호가 별도로 있다는 것을 생각해 낸 그녀는 작은 방으로 갔다. 책 속에 파묻혔던 수첩을 들치자 '박기남'이란 이름이 눈에 들어왔다. 시동생의 이름이었는데 떠오르는 얼굴은 동서였다. 이목구비는 또렷하게 기억나지 않았다. 그제서야 그동안 거짓말처럼 동서의 얼굴을 잊었다는 걸 깨달았다.

"제발 내 앞에 나타나지 마, 동서. 나를 위해서 그렇게 해줘, 부탁이야. 난 동서가 무서워. 내 목을 조이는 쇠줄로 보인단 말야. 그러니까 제발 이것저것 따지지 말고 앞으론 여기 얼씬도 하지 마. 어차피 서방님도 세상을 떠났으니 동서와 인연을 끊는다고 해서 남보기에 모양새가 나쁠 것도 없잖아. 앞으론 명절 때도 애들만 보내, 알아듣겠어?"

강 주변에서 살다가 시어머니가 돌아가시고 북한산 아래로 이사 온 후였다. 그게 동서를 본 마지막이었다. 잊고 싶고 지우고 싶은 일들은 북한산 아랫마을로 이사를 오고도 달라지지 않았다. 밤이면 몽유병 환자처럼 산속을 헤매다 새벽녘이 되어서야 집으로 돌아오는 날이 허다했다.

벚꽃이 흐드러지게 피던 어느 봄이었다. 그녀의 남편이 추레한 몰골로 집안으로 들어섰다. 가출한 지 꼭 삼 년 만이었다. 남편은 고개를 숙인 채 우두커니 서 있었다. 그녀는 부들부들 떨며 소리를 질렀다.

"어떤 년하고 뒹굴다가 그 꼴로 나타나요? 단물 다 빼먹고 껍데기만 남으니까 그년이 갔나부네요. 처자식이 밥을 먹는지 굶는지 생각도 안 나지요? 기집에 미쳤는데 뭔들 생각나겠어요."

"할 말이 없소. 그래도 왔잖소."

"왔으니 다행이라고?"

그녀가 헛웃음을 쳤다. 잠시 적막한 분위기가 무겁게 흐르고 있을 때, 갑자기 방안에 있던 시어머니가 버선발로 뛰어나왔다.

"아범이 돌아왔구나, 아범이. 그래 밥은 굶지 않았구?"

"어머니! 이 사람은 나라를 구하러 간 게 아니고 처자식 내팽개치고 어떤 년과 놀아나다 온 거예요. 그거 아시잖아요. 어머니도 여자면서 어떻게 이럴 수가 있어요?"

시어머니의 목소리가 한 옥타브 올라갔다.

"그래, 죄는 지었다만 죽은 것보단 낫지 않니?"

"어머니⋯."

"그래, 말이 나온 김에 말 좀 하자. 어디 네 서방만 기집질 하냐? 저 아랫마을 최선생은 첩을 들였다. 그래도 잘 살지 않더냐. 세월이 그런 거다 세월이. 서방이 다른 년 살 맞대는 게 무신 큰

죄더냐. 여편네가 자식새끼 보구 살면 그만이지 그깟 일로 서방을
그렇게 잡도리를 해대냐?"

"이제 본색을 드러내시네요."

"나는 더한 것도 참고 살았다."

"어머니하고 저를 비교하지 마세요!"

한층 고조된 목소리로 종주먹을 들이대고 방으로 들어가는 시
어머니 뒤꼭지를 향해 그녀는 악을 썼다. 그 틈을 타 남편이 밖으
로 뛰쳐나갔다. 그녀가 대문 밖으로 쫓아갔지만 이미 그림자조차
보이지 않았다. 남편을 놓치고 집으로 돌아온 그녀는 단숨에 시어
머니 방으로 뛰어들어갔다. 그리곤 자신이 무엇을, 어떤 짓을 했
는지 알지 못했다. 다만, 동서와 눈이 마주친 순간 자신의 손이 시
어머니 목을 죄고 있었고, 숨을 헐떡이는 시어머니 눈이 늙은 호
박 같은 누런색을 띠고 있었다는 것밖엔.

그녀는 수첩을 덮었다. 못된 할망구 같으니라구. 그래, 자기도
평생 집 밖에서 살았던 영감을 원망하고 살았으면서 기집질 하는
게 죄가 아니라구? 옆에 시어머니가 있기나 한 것처럼 그녀는 지
껄였다. 자정이 되어서 잠을 청했지만 정신이 말짱해지더니 시어
머니의 누래진 눈, 시어머니 목을 누르고 있던 자신의 손이 보이
는 것이었다. 이럴 때면 마음이 쇠사슬로 묶인 것 같아 밖으로 나
가지 않고는 못 배겼다.

밖은 간간이 비치는 불빛들만 있을 뿐 어두웠다. 그녀는 자동

차에 올라 시동을 걸었다. 순간, 그곳을 가야 한다는, 오늘 끝내야
한다는 결심이 섰다. 밤의 네온사인은 현란했고 도로는 시원하게
뚫려 있었다. 빨간색 신호등 앞에 정차하자 자동차 안으로 가로등
불빛이 스며들었고, 유리문 너머로는 주황색 신호등이 깜빡였다.
사방에서 깜빡거리는 신호등이 혐오스럽게 자신을 바라보던 동서
의 눈빛으로 보일 때는 핸들 위에 얼굴을 파묻었다. 그녀는 요란
한 경적 소리에 정신이 번쩍 들었다.

저 멀리서 호롱불처럼 작은 불빛들이 보이기 시작했다. 자동차
는 서울 변두리 마을로 진입했다. 핸들을 잡은 손이 미끌거렸다.
마을은 한옥 몇 채가 옹송그리고 있었고, 사방에는 건물들이 당당
하게 늦은 밤을 버티고 있었다. 동서와 이웃하고 살던 때의 소박
함이 남아 있어 생소하진 않았다. 마음 한구석에 차라리 길을 잃
어 동서네 집을 찾지 못했다면 더 나았을까? 싶기도 했지만, 집을
나설 때 오늘이야말로 모든 걸 끝내리라던 결심을 되돌릴 수는 없
었다. 그녀는 핸들을 잡은 손에 힘을 잔뜩 주었다. 외딴곳에 나지
막히 앉은 동서네 집에서 옅은 불빛이 새어 나왔다.

"누구세요, 이 밤중에….."

현관문을 열고 나오는 부스스한 퍼머머리의 여자는 동서가 분
명했다. 이제까지 가물거리던 동서의 얼굴이 벗겨진 실루엣처럼
뚜렷하게 기억났다.

"형님, 어쩐 일이세요? 이 밤중에….."

동서는 소스라치게 놀라며 말했다.

"오랜만이네. 동서한테 오는 시간이 이렇게 오래 걸렸어."

"이야기는 들어와서 하시고 얼른 들어오세요."

동서가 차를 내오는 동안 그녀는 아늑한 동서의 방 여기저기를 살폈다. 방과 동서에게서 느껴지는 편안함에 떨림도 어느 정도 누그러들었다. 그러면서도 모든 것이 가해자와 피해자에게 돌아가는 마땅한 몫이라는 생각이 들었다.

"나 죗값 다 치렀어."

나무가 똑 부러지는 목소리였다.

"저는 다 잊었어요, 형님."

"거짓말이야, 잊었다는 건."

"그렇지 않아요. 형님만 괜찮다면 이제라도 왕래를 하면서…."

"예전에 내가 했던 말 기억 안 나? 동서에게는 나의 좋은 어떤 말과 행동조차 거짓되고 위선 같아 동서를 보는 게 견딜 수 없다던 말?"

"기억나지요. 형님 맘을 내가 어떻게 이해할 수 있었겠어요. 현장을 목격한 그날이 웬수 같을 수밖에요. 이 잘난 눈을 파내고 싶을 때도 있었구요. 그 일을 목격한 죄로 형님네와 발을 끊어야 했고, 이유를 궁금해하는 자식들 앞에서 그저 큰엄마와 마음이 안 맞아서 왕래를 끊었을 뿐이라고밖에 달리 둘러댈 말이 없었던 저예요."

"동서와 내 고통이 비교된다고 생각해? 어림도 없어. 동서가 고통스러웠다는 것은 엄살이야, 나는 여태 발을 쭉 펴고 자 본 적이 없어. 옷을 벗고 자 본 적도 없고 대중목욕탕도 가지 못했어. 언제 어디서 누군가 들이닥쳐 내 이름을 부르며 수갑을 채우는 상상과 늘 싸워야 했으니까. 차라리 그때 사실대로 말하고 벌을 받았으면 나았겠지."

"형님 마음을 제가 어떻게 헤아리겠어요. 어쨌거나 우리는 가정을 지키려고 암암리에 덮어두기로 합의를 본 거예요. 형님도 저도요. 돌아가신 어머님까지도요."

"그랬지. 내가 어머니와 동서에게 눈물 나도록 고마워해야겠지. 그러나 그게 다는 아니야. 난 내 안위 때문에 침묵에 합의한 건 아니었어. 가정을 지켜야 한다는 그 시대가 원하는 길을 선택한 거야. 선택한 대가로 아무 일도 없었던 듯이 지내려고 무던히 애를 썼지. 죄를 덮으려고 침묵한다는 자학까지 하면서 말야. 내가 그 일에서 헤어나지 못했다면, 우리 가족 모두 그 사실을 알았다면, 우리 집안 모두 풍비박산이 났겠지."

"다 지난 일이에요."

"입다문 걸로 끝인 줄 알았지. 그러나 동서가 기함하며 내 손을 어머니 목에서 떼어내던 순간부터 지금까지 나한테는 현재야. 어리석었던 나는 그땐 몰랐지. 내 눈과 마주친 동서의 눈빛이 지워질 줄 알았으니까. 그런데 그 눈빛은 나를 지금껏 따라다녔어. 어디 그뿐인 줄 알아? 그 일이 있고 나서 어머니가 돌아가시기까지 여섯 달. 그래, 꼭 반년이었지 어머니가 돌아가신 건. 그 여섯 달을 내가 아무렇지도 않게 어머니와 살았을 것 같아? 난 단 한 번도 어머니와 눈을 마주치지 못했어. 어머니와 난 투명인간처럼 서로를 대했다구. 죽음보다 더 무서운 건 무관심이고 침묵이었어. 그러면서도 어머니는 가끔 나를 불구덩이 속으로 쳐넣었지. 너도 당해보라는 듯이 말야."

"불구덩이라니요?"

"가끔 당신의 가슴을 퍽퍽 치면서 오열하셨지, 내 앞에서. 차라리 내게 욕이라도 퍼부었다면 나았을 거야. 아니면 머리채를 휘어잡든지. 그런데 어머니는 아무 짓도 안 하셨어, 아무 짓도."

"나름대로 노력하셨던 거겠지요."

"그래, 내가 한 짓을 침묵한 건 분명 노력이었겠지. 가정이 파탄 나는 걸 원치 않으셨을 테니까. 하지만 나한테는 잔인했어. 노력이라고? 웃기지 마, 복수였다구. 투명인간 취급하는 것도 모자라 어머니는 내가 차린 밥상에 입을 대려고도 하지 않았어. 쥐약이라도 탔을까봐 두려웠거나 먹고 싶지 않으셨겠지. 마지못해 연명할 정도의 음식만 목으로 넘기면서 말야. 나는 음식을 줄이면서 서서히 목숨 줄을 놓아 여섯 달 만에 세상을 떠난 어머님을 지켜봐야 했지. 그런데 지난 일일 뿐이라고?"

"그럼 저한테 무엇을 얻자고 오셨어요. 여태 연락을 안 하시다가 이제서요. 그것도 이 밤중에요!"

"가득 차면 넘치게 마련이니까. 그래, 고통이 넘친 거야. 더이상 견딜 수 없는 내 마음이 나를 여기까지 끌고 온 거야. 유일한 목격자인 동서만이 나를 구해줄 것 같으니까. 이 끝도 없는 고통에서 말야."

그녀는 동서에게 다가가며 소리쳤다.

"가슴에 박힌 대못을 동서가 빼줘. 이 고통을 동서가 빼주란 말야."

짐승처럼 울부짖다가, 가슴을 꽉꽉 치다가, 동서의 옷자락을 붙잡은 그녀는 이내 바닥에 주저앉아 오열했다.

"저는 예수가 아니예요, 부처도 아니고요. 저 충분히 형님 이해해요. 나를 의식한 건 형님 자신이었어요. 제가 어떻게 그때의 형님을 이해 못하겠어요."

"죄인과 목격자와의 차이는 이렇게 큰 거야. 나는 동서가 판사보다도, 예수보다도 더 무서워. 어떤 때는 동서가 죽어 주기를 바라기도 했지. 지금도 내 무의식에서는 그런지도 몰라. 동서만 이 세상에 없다면 나는 좀 더 떳떳하게 살아갈 수도 있을 것 같았으니까. 그러면 그래, 너는 그때 그럴 수밖에 없었다고 자위하면서 말야. 그런데 동서는 살아 있었어. 이렇게 멀쩡하게. 신이 나를 용서해 줄 것 같다가도 동서의 눈빛이 떠오를 때마다 내가 살인미수자라는 걸 인식하게 된다구."

그녀의 몸은 금방이라도 쓰러질 것처럼 좌우로 흔들렸다.

"현장을 목격한 게 그렇게 큰 죄인가요? 가족과 인연까지 끊고 살아야 하는 저를 생각해 보셨어요?"

"목격자도 죄인이야!"

"어거지가 심하시네요. 저는 시대에 순응하는 사람이었고, 형님은 불합리한 시대에 대적한 사람이었을 뿐이에요."

"그랬지, 이 고통의 대가를 치르면서 말야. 가출했다가 들어오면서도 죄라고 느끼지 않았던 그 인간, 자기도 평생 집을 나가 산 남편을 원망하고 살았으면서 가출했다가 삼 년 만에 돌아온 아들을 나무라지도 않고 오히려 살아서 돌아온 게 다행히 아니냐는 시어머니를, 아니 그 여자를 나는 이해할 수 없었지."

"그랬지요. 저는 그런 일들이 화가 나면서도 침묵만 했구요. 형님처럼 맞대응할 용기가 없었지요. 애들 아버지의 술주정도 만만치 않았지만 운명이라고 생각하며 살았던 거예요."

어느새 두 사람은 묵혀둔 간장처럼 까매진 속내를 서로 뱉어내고 있었다.

"동서도 나도 우리는 피해자야. 나는 죄인이기도 하구⋯."

몸이 흔들거리던 그녀가 더이상 버티지 못하고 옆으로 쓰러졌다. 동서가 사지를 주물렀지만 그녀는 움직이지 않았다. 다행히도 그녀는 기진맥진하여 잠에 빠진 듯했다. 젖은 낙엽 위에 쓰러진 가련한 여자를 보듯 동서가 그녀를 물끄러미 바라보았다. 밤마다 남편을 기다리느라 대문을 서성거리다 힘없이 방으로 들어가던 여자, 떨어진 꽃을 만지며 흐느끼던 여자가 동서 앞에 있었다. 삼십 분 정도 시간이 지났을까, 시체처럼 누워 있던 그녀가 부스럭대며 깨어났다.

"형님, 일어나셨어요? 괜찮으세요?"

"괜찮아. 깊은 잠에 빠졌었던 것 같네. 고마워, 그리고 미안해 동서."

"미안하긴요."

"우리는 전생에 어떤 인연이었을까."

한바탕 꿈을 꾸고 깨달은 사람처럼 그녀는 평온한 얼굴로 뜻밖의 말을 했다. 목소리는 부드럽고 나긋나긋했다.

"한 시대에, 한집안 형제의 아내로 살았다는 것만으로도 우리는 필연이었을 거예요."

"그럴까? 그럼 시대와는 악연이었겠네."

바람 빠지는 풍선처럼 그녀의 목소리는 점점 잦아들었다.

"형님이 그토록 고통스러워하며 자책할 이유는 없었어요. 나를 피하는 형님에게 다가가고 싶었고 도리어 형님이 안쓰러웠어요. 형님의 마음을 불편하게 할까 봐, 악몽을 되살릴까 봐, 나를 꺼리는 형님 곁에 가질 못했어요."

"나는 동서가 무서웠어. 무서운 만큼 동서에게 냉정해졌지. 내 죄를 감추고 싶었고 합리화하고 싶은 본능이었겠지. 그러면 그럴

수록 더욱 고통스러웠으면서 말야. 진즉 동서와 이렇게 마주하고 대화를 했더라면 나았을까?"

"그동안 형님 스스로 고문을 한 거예요. 저는 형님의 일방적인 요구에 응할 수밖에 없었어요. 이날을 기다리는 수밖에요. 요 며칠 어머님이 꿈에 나타나 웃으시더니 이런 날이 오고야 말았네요. 어머님도 이젠 형님에게 씌워진 올가미를 벗겨 주고 싶었나 봐요."

그녀가 동서를 끌어안았다. 그녀의 흐느낌이 깊은 밤 구슬프게 들려오는 소쩍새 소리 같았다. 한동안 부둥켜안고 있는 그녀들을 달빛이 포근히 감쌌다.

그녀는 다릿목 쪽으로 걸어갔다. 여느 여자들처럼 오후에 시장을 나온 건 오랜만이었다. 아침보다 훨씬 북적이는 저녁시장은 아침엔 볼 수 없었던 풍경들이었다. 마이크 소리가 북새통 시장을 뒤흔들고 손뼉을 치며 호객하는 상인들의 목소리는 펄펄 살아 있었다. 팔딱이는 물고기처럼 시장은 싱싱했다. 오가는 발걸음들, 흥정하는 상인과 손님의 시비조차 물살을 가르며 나아가는 물고기의 지느러미처럼 힘찼다. 그녀는 일부러 많은 인파 속으로 끼어들었다. 행인들의 시선도 피하지 않았다. 온통 누렇게 보였던 사람들 눈이 그녀 눈에 선명한 흰자와 검은 눈동자로 보였다. 그일

이후 처음이었다. 흥분한 나머지 혹시 잘못 본 건 아닐까, 환시가 아닐까 싶어 오가는 행인의 눈을 자꾸 쳐다봤지만 사람들의 눈이 아름다웠다. 그 순간 그녀의 굴절된 마음이 펴지는 듯했다. 사람들 표정은 사뭇 달랐지만 밝고 힘이 넘쳐났다. 행인의 물결을 타고 그녀는 한참을 걸었다.

거리를 활보하던 그녀가 자신도 모르게 다다른 곳은 교수가 목을 맸던 소나무 앞이었다. 뜻밖에도 남자가 목을 맨 나무 아래에 여자가 기대 앉아 있었다. 여자는 성경책을 읽고 있었다. 잠시 멈 칫했지만 그녀는 그곳을 떠나고 싶지는 않았다. 도리어 여자 옆에 있고 싶었다. 알 수 없는 이끌림이었다. 여자가 읽고 있는 책의 활 자 위로 눈물이 떨어졌다. 여자는 타인의 존재엔 관심을 두지 않았다. 그녀는 용기를 내어 말을 걸었다. 목을 맨 교수의 아내라는 확신이 들었기 때문이었다. 아내가 아니고선 사람이 목을 맨 나무 아래에 앉아 있을 사람은 결코 없을 것이었다. 더욱이 눈물을 흘리면서.

"남편이 밉지도 않으세요?"

"밉기야 하지요."

얼굴을 매만진 여자는 느닷없는 그녀의 물음에도 낯설어하거나 경계의 표정도 없었다. 많은 대화를 나누던 끝처럼 자연스러웠다.

"그런데 왜 우세요, 하필 여기에서요?"

"불쌍해서요."

"불쌍하다니요…. 미움보다 연민을 가지고 계시군요."

"남편은 먼길을 가는데 잠시 길을 잃었던 거니까요."

"길을 잃었다구요?"

알 수 없는 말이었다. 자신의 죄 때문에 스스로 죽음을 선택한 남편을 '길을 잃은 것'이라고 말하다니. 그녀는 여자의 뒷말을 기다렸다.

"부족함이 없던 사람이었어요. 아홉 가지 고마움을 한 가지의 잘못으로 매도하기에는 우리가 산 세월이 참 길었죠. 추억도 많았고요. 게다가 자기의 잘못을 죽음으로 책임진 사람에게 원망만 할 수는 없었죠. 물론 잘못인 그 한 가지가 큰 상처를 남기긴 했지만요. 그러나 어디 상처 없는 인생이 있나요?"

나동그라졌던 그녀 영혼이 일순 일어섰다.

"대단하시군요."

여자가 긴 머리를 묶은 전도사로 얼비친 건 그때였다. 그녀는 여자의 손을 덥썩 잡았다. 오래 알고 지낸 사람처럼 여자도 그녀의 손을 뿌리치지 않았다. 도리어 차분하고 따뜻한 눈으로 그녀를 바라봤다.

"일생을 살면서 누구나 길을 잃을 가능성은 갖고 살아요. 우리는 불완전한 인간이니까요. 구약성경에 나오는 카타(chatah)는 죄라는 뜻이지만 실상 '길을 잃다'이지요."

여자의 말은 점점 그녀의 마음을 흔들어놓았다.

"종교를 가지고 계시군요."

그녀의 목소리가 떨렸다.

"아니에요. 성경을 자주 읽고 있을 뿐이에요. 모든 건 마음 먹기에 달려 있다고 하지요? 누구도 아닌 자신을 위해서 말이에요."

그녀에게 측은한 눈빛을 보낸 여자가 시장 쪽으로 걸어갔다. 그녀는 우두망찰 서서 걸어가는 여자를 눈으로 쫓았다. 봄비는 시장 속으로 들어가던 여자가 사람들과 섞여들었다. 그녀는 여자가 기대앉았던 소나무를 한동안 바라보았다. 할 수만 있었다면 소나무도 남자가 목맨 줄을 끊어버렸을 것이라고 생각한 그녀는, 죽어가는 한 남자를 목도한 소나무의 표피를 어루만졌다. 그리곤 여자가 앉았던 자세로 소나무 아래에 기대앉았다. 시간이 멈춘 듯 세상이 고요했다.

뚜언의 얼음

병원 직원을 따라 영안실 입구에 들어섰다. 지하로 내려가는 계단을 밟을 때마다 시멘트 바닥에 닿는 발자국 소리가 음침하게 들려왔다. 온몸이 움츠러들었다. 커다란 철문이 철커덕 닫히자 죽음의 냄새가 코끝에 와닿는 듯했다. 나는 코를 감싸며 숨을 멈추었다.

"행려변사자의 시신은 여기에 보관됩니다."

직원이 말했다. 무연고자는 가족이 있는 고인과 영안실조차 구분되었다. 서러운 망자들이 영안실 곳곳에서 울부짖는 것만 같았다. 직원이 단순한 박스를 열 듯 그녀의 이름이 적힌 냉동 서랍을 잡아당겼다. 흰 천에 덮인 그녀가 갈고리에 끌려 나왔다.

"시신의 상태가 좀 그런데 그래도 고인을 직접 보겠습니까?"

마땅히 해야 할 의례적인 멘트일까, 직원의 목소리는 건조하게 들려왔다.

"보겠습니다."

나는 단호하게 대답했다. 직원이 흰 천을 걷어 올리는 순간 온몸이 바들바들 떨렸다. 오롯이 드러난 그녀의 얼굴은 생전의 모습이 아니었다. 오른쪽 이마가 공 하나가 들어갈 만큼 움푹 함몰되어 있었고, 살점이 떨어져 나간 입과 코 주위는 짐승에게 뜯어 먹힌 자국처럼 너덜너덜했다. 얼굴을 자세히 보지 않았다면 그녀를 몰라볼 지경이었다. 생전의 모습 그대로 떠날 수도 있으련만, 그녀는 왜 육신까지 뜯어내며 이승을 떠나야 하는 걸까. 손에 힘을 주며 나는 그녀를 또렷이 지켜봤다. 끔찍해진 몸일지라도 상관없었다. 뜻밖에도 조형물 같은 그녀의 얼굴이 평온해 보였다. 내가 몽환 상태라는 것을 감안하더라도 그녀에게 느껴지는 평온은 의외였다. 마치 그녀 옆에 누워 한잠을 푹 자고 나면 모든 상황이 예전 그대로 돌아갈 것처럼 그녀는 잠에 빠져 있는 것 같았다. 나는 그녀의 볼을 쓰다듬었다. 그녀의 살갗은 얼음처럼 차가웠다. 그제서야 나의 눈에서 물이 흘렀다.

"이제 닫습니다."

자신이 해야 할 일은 다 했다는 듯 직원이 그녀를 세게 밀어 넣었다. 더 이상 천에 덮인 그녀의 모습조차 보이지 않았을 때, 나는 비로소 환상에서 깨어났다. 얼음이 되어버린 그녀의 살갗, 나를 깨웠던 전화벨 소리, 형사에게 들은 말들이 한바탕 꿈을 꾼 듯 혼란스러웠다.

공장에 일거리가 없어 오랜만에 맞은 휴가였다. 늘어져 낮잠에
빠진 지 한 시간이 조금 넘은 즈음이었다. 휴대폰 벨소리에 잠에
서 깼다. 모르는 번호였다. 벨소리가 계속해서 울리는 동안 얼핏
쓸데없는 전화가 아닐지도 모른다는, 불길한 예감이 스쳤다.

"청량리경찰서 김철환 형사입니다. 뚜언 씬가요?"

"맞는데…. 무슨 일로 저를…."

굵직한 목소리에서 불법 체류라는 말이 나올까 가슴이 두근거
렸다.

"김재희 씨를 아시지요?"

"네, 아는 사람이긴 한데…."

난데없는 이름에 덜 깬 잠이 내 고향 하이퐁* 앞바다 천리 밖으
로 달아났다. 이 대낮에 무슨 일로 형사가 그녀를 찾는 것일까. 죄
인이 형벌을 언도 받는 순간이 이럴까 생각하며 형사의 남은 말을
기다리는 동안 숨이 멎는 듯했다.

"어제 저녁 1호선 청량리역 승강장에서 김재희 씨가 투신했습
니다. 사망했다는 얘깁니다."

형사의 목소리는 마치 그녀의 행방 정도를 묻는 듯 명쾌했다.
나사 풀어지듯 손의 힘이 스르르 풀렸다.

154

"네? 무엇 때문에…. 왜죠?"

따지듯 연달아 묻는 내게 형사는 짜증 섞인 목소리로 대답했다.

"아직 모릅니다. 지금까지 조사한 바로는 자살할 만한 특별한 이유는 드러나지 않았습니다. 조사는 더 해볼 겁니다. 그건 그렇고 김재희 씨와는 어떤 관곕니까?"

"잠시 함께 살았던 여잡니다."

"역시 그렇군. 신원조회를 해 보니 무연고더군요. 전남편조차 장례를 치러줄 수 없다고 합니다. 할 수 없이 휴대폰에 저장된 번호를 조사하다 여러 번 통화 내역이 있는 뚜언 씨에게 연락한 겁니다. 혹시 장례를 치러줄 수 있습니까?"

장례라는 단어에 그만 주눅이 들었다. 곧바로 몇 푼 안 되는 통장 잔액이 떠올랐다.

"저는 형편이 어렵습니다. 외국 노동자들 대부분 그렇듯이요."

며칠 굶은 사람처럼 내 목소리는 기어들어 갔다.

"알았습니다. 외국인이라서 기대는 안 했으니 신경 쓰지 마십시오. 그럼 수원빈센트병원 영안실에 김재희 씨가 안치되어 있으니 거기나 가 보세요. 추후 물을 게 있으면 전화할 테니 그리 아시구요."

형사는 호적상 가족관계가 성립된 사람이 없는 그녀의 죽음을 마무리해 줄 연고자를 찾는 것이었다. 원치 않으면 나라에서 장례를 치러주니 부담은 갖지 않아도 된다고 했지만, 나는 뒤통수를 얻어맞은 듯 멍해졌다. 사랑했던 여자의 마지막조차 책임져주지 못하는 현실은 그녀의 죽음과는 또 다른 고통이었다.

　지하철역으로 향했다. 언제나 사람들로 득시글거리는 지하철역은 서러움의 증거물이었다. 신기루였던 한국에 온 건 오래전이었다. 베트남을 떠날 땐 꿈에 부풀어 있었고 지인들의 부러움을 한몸에 받았다. 그러나 현실은 이상에 불과했다. 길을 걷거나 지하철을 탔을 때, 한국 사람들 중에는 눈동자를 위아래로 굴려대며 알아들을 수 없는 말을 하는 이들이 있었다. 각 나라의 언어가 다르다고 해서 마음을 표현하는 표정까지 다른 것은 아니었다. 내가 한국말을 알아들었을 때, 노숙자로 보이는 술에 취한 남자는 나를 보며 지껄였다.

　"왜 남의 나라에 와서 지랄이야, 지랄은. 우리도 벌어먹고 살기 힘든데 저것들까지 와서 우리 일자리가 반은 줄었다니까, 임금도 싸지고."

　고국의 가난은 나와는 상관없이 내 가치의 기준이 되었다. 그들에게 나는 한국 사람들이 기피하는 직업에 종사하는 하찮은 외국 노동자일 뿐이었다. 예전에 베트남이 더 잘 살았었다는 것이 거짓처럼 한국은 물질이 풍족했고 화려했다.

156

승강장 난간 끝에서 선로를 내려다보았다. 조금만 몸을 숙이고 발을 앞으로 내민다면 나도 그녀처럼 되고 말리라.

"뒤로 나오세요! 위험해요!"

안전요원이 소리를 지르며 내 쪽으로 뚜벅뚜벅 걸어왔다. 나는 뒤로 한 발짝 물러났다. 별일 아니란 듯이.

"조심하세요!"

눈을 흘기며 안전요원이 돌아가자 젊은 남자가 내 옆으로 바짝 따라붙었다.

"남의 나라까지 와서 죽으려고 환장했나. 뒈질려면 니 나라에 가서 뒈지든지 할 것이지, 참."

남자는 설마 그런 어려운 말까지 내가 알아 들으랴는 심산이었는지 마구 지껄였다.

"뭐요?"

내가 눈을 치켜뜨며 똑똑히 말하자 남자는 눈을 이리저리 굴리며 슬그머니 자리를 떴다. 한국에 와서 제일 먼저 배운 말이 욕이었다는 걸 모르는 모양이었다. 대거리를 해봤자 내 편을 들어 대변해 줄 이가 없는 절대 약자인 나는 입을 닫았다. 누가 인간이 평등하다고 했는가. 학교에서 배운 이론이 턱없이 현실과 무관하다는 걸 경험하면서 나는 내 나라의 가난에 몸서리쳤다.

안산행 열차가 들어오고 있다는 안내 방송이 나왔고 반대편의 지하철이 몸을 흔들면서 빠르게 스쳐 지나갔다. 객차 속 승객들의 얼굴이 지나간 건 순간이었다. 지하철이 그녀를 밟고 지나간 것도 찰나였을 것이다. 이 무지막지한 무게와 빠른 속도의 지하철이 그녀를 그저 돌멩이 하나 밟듯 지나갔다니…. 무자비한 지하철의 레일 소리와 속도에 소름이 돋은 나는 손으로 귀를 막고 눈을 질끈 감았다. 곧 지하철이 나를 덮치기라도 하듯 허둥지둥 플랫폼을 빠져나왔다.

두 계단씩 뛰어 올라온 지상에는 젓가락 같은 장대비를 퍼붓고 있었다. 장소는 달랐지만 그녀와 다녔던 편의점 CU가 보였다. 딱히 살 것도 없었지만 그곳으로 들어갔다. 목이 말랐다. 그녀와 나는 잠이 오지 않을 때 빵이나 우유, 라면을 사러 편의점을 자주 갔었다. 늦은 밤거리를 나선 우리는 비로소 어깨를 활짝 펴고 거리를 활보했다. 누가 뭐라는 것도 아닌데 낮은 그녀와 나의 어깨를 움츠러들게 했다. 그녀가 좋아했던 아이스크림을 단숨에 목으로 넘겼다. 아직 혀끝에 남아 있는 차가움이 냉동실에서 만져 본 차디찬 그녀 살갗의 촉감을 되살렸다. 평생 기억해야 할 마지막 느낌이 따뜻함이 아니라 얼음덩이의 감촉이라니. 차라리 흰 천에 덮혀 있던 그녀를 보지 말았어야 했는지 몰랐다. 창문 밖에는 비가 점점 거세졌다. 화창한 날씨가 아닌 게 도리어 다행이었다. 맑은 하늘은 차가운 금속서랍에 누워 있는 그녀를 위배하는 것만 같았다. 다시 지하철을 탔다. 빗물이 바닥으로 뚝뚝 떨어졌다. 사람들 질시의 눈초리가 내게 집중적으로 쏟아지고 있다는 것을 직감했다. 단지 뚝뚝 떨어지는 빗물 때문만은 아닐 것이었다. 영원히 섞일 수 없는 이질감이, 불평등이 그들과 나 사이에 존재하고 있다는 것을 나는 이렇게 순간순간 느끼곤 했다. 천호동이라는 안내 방송이 흘러나왔다. 모든 게 낯설었던 지하철 승객들과 마음의 거리가 좁혀진 듯했다. 그녀와 함께 왔던 천호동이라는 단어 때문이었다. N이 살고 있는 천호동으로 온 것도 본능적이었다.

"왔군요."

올 줄 알았다는 듯 N이 나를 맞이했다. N은 많은 눈물을 쏟아낸 듯 얼굴이 퉁퉁 부어 있었다. 그녀와 나는 N에게 가끔 놀러 왔었고 N역시 그녀와 함께 내 집에 종종 방문했었다. N은 그녀가 다니는 교회로부터 소식을 들었으며 영안실에서 지금 막 왔다고 했다.

"간발의 차이로 영안실에서 못 만났군요."

N은 고개만 끄덕였다. N은 그녀와 고아원에서 자란 유일한 친구였다. 둘은 핏줄보다 더 질기고 애틋했다.

"아직 재희 씨가 이 세상에 없다는 게 실감 나지 않습니다. 영안실에서 이 두 눈으로 똑똑히, 아주 자세하게 봤는데도 말입니다."

"그렇겠지요, 저도 그런 걸요."

커피를 앞에 놓고 N과 단둘이 마주한 건 처음이었고, 이제서야 그녀의 부재가 여실히 드러났다. 한참 침묵이 흐르는 동안 N은 커피만 마셨고, 나는 딱히 시선 둘 곳이 없어 두리번거리다가 방구석에 처박힌 짐꾸러미에 눈이 멎었다.

"재희 짐이에요. 장례가 끝나면 태워 주려구요."

내 시선을 눈치챈 N이 내가 묻기라도 한 듯 앞선 말을 했다. 한 곳에 정착하지 못하고 여기저기 짐을 풀어놓고 살았던 그녀의 흔적이었다. 짐꾸러미가 나도 그녀에겐 온전히 뿌리를 내릴 수 없는 타인이었다는 것을 증명하는 것 같았다.

"재흰 암이었어요."

심장이 철커덕 쇳소리를 냈다.

"암이라니요?"

"난소암이었어요. 사망률이 높다고 하는….."

처음 듣는 소리였고 상상도 못한 일이었다.

"언제부터죠?"

"이혼하고 조금 후에 알았어요."

"나한테 왜 알리지 않았을까요?"

나를 의지하지 않은 이유는 무엇일까, 사장에게 가기 위해서였을까. 아니면 나를 사랑하지 않았을까. 갑자기 혼란스러워졌다.

"뚜언 씨에게 부담 주고 싶지 않다고 했어요. 그러니까 비밀로 해 달라고…"

나는 N의 말을 잘랐다.

"나는 뭐였죠? 재희씨에게!"

"재희에겐 사랑하는 방식이었을 거예요. 아까 말했듯이 부담 주지 않는 사랑 말이에요."

"그래서 그런 짓을…."

"그건 아니에요. 전남편 그 작자가 그걸 알고부터 재희한테 전화를 하기 시작했어요."

사장과 통화를 했던 그녀의 모습이 생생했다. 그녀는 내가 아닌 그 작자에게 왜 자신의 비보를 알렸을까. 일순 소외가 밀려왔다. 죽음 앞에서도 질투하는 자신이 한심했지만 원망은 사장에 대한 분노로 번져나갔다.

"왜죠? 미안해서? 아님, 병을 고쳐주려고?"

내 목소리가 한 옥타브 올라갔다.

"천만에요. 돈 때문이었지요. 사실 재희가 그 작자와 이혼을 하면서 위자료를 조금 받았거든요. 만일 재희가 세상을 떠난다면 법적 상속자가 없으니 그 돈이 탐났겠지요. 회생하지 못하리라고 계산한 거구요."

"무슨 말인지 이해가 안 되는군요."

"얼마 전부터 재희가 돈이 없다고 내게 몇 번 전화를 했어요. 재희는 전남편이란 작자에게 돈을 맡겼어요. 바보처럼요. 입에 발린 소리를 하는 작자가 혹시 모를 마지막을 거둬 줄 거라 믿었겠지요."

"그런데요?"

내가 다그쳤다.

"병원에도 못 간 모양이었어요. 그 작자에게 통장 잔액 전부를 송금하자마자 연락이 두절 되었으니 갈 곳도 없어진 거였지요. 밤새 아팠지만 병원 갈 돈이 없다고 하기에 내게 오라고 해도 자존심인지 오기인지 말을 듣지 않았지요. 그렇다고 설마 이런 선택을 할 줄은 꿈에도 몰랐지요."

"회사로 갔으면 되었을 텐데요."

"그 작자가 어떤 사람인데 회사로 간다고 주겠어요. 재희라고 안 가봤겠어요? 도리어 억지 쓴다고 망신만 당하고 왔지요. 회사에서도 이혼한 걸 다 아니까요. 그리고 직원들이 누구 편을 들겠어요, 사장 편이지요. 사실을 안대도 어디 대놓고 재희 편을 들 수 있겠어요? 속으로야 어떻든 간에요."

그녀가 전남편의 거짓에 넘어갔다는 것이 이해되지 않았다. 방을 기어다니며 아파하면서도 생리통이라 했고 약봉지에 대해 물어도 그냥 여자들의 부인병 정도라고 했던 그녀는 얼굴을 종이짝처럼 구기면서 전남편에 대한 분노를 쏟아내지 않았던가. 호적상 부부였다는 일이 내가 이해 못할 그들만의 무엇이 있었던 걸까. 나로선 알 수 없는 일이었다. 동거한 지 한 달쯤 되었을 때 그녀는 전남편과 통화를 하기 시작했다. 뭔가 남은 문제가 있겠지 싶으면서도 마음 한구석 불안감이 없진 않았다. 불안감은 결국 현실로 나타났다. 어느 날 그녀가 집을 나간 것이었다. 전남편에게 갔을

지도 모른다는 짐작은 했지만 곧 돌아올 거라는 기대 또한 버리지 않았다. 나는 현관문 비밀번호도 바꾸지 않았고 퇴근할 때마다 행여 반쎄오*요리를 해놓고 기다리지나 않을까, 잠자고 있는 건 아닐까, 불 꺼진 방을 올려다보곤 했었다.

N의 집에서 나왔을 땐 오후 두 시였다. 비는 그쳐 있었다. 꼬리를 물고 늘어선 많은 사람들과 자동차가 여름의 권태로운 도시 한복판을 오갔지만 내겐 빈 도시처럼 횅했다.

그녀는 내가 한국에 와서 처음으로 일했던 박스공장의 경리였다. 인종차별을 서슴치 않던 대개의 한국인과는 달리, 외국인 노동자들에게 어떠한 차별의 눈빛도 보내지 않았다. 말도 그닥 없었고 잔잔한 미소만 지었다. 그러나 즐겁다거나 행복해 보이지는 않았다. 왠지 사람들과 섞일 수 없는 물과 기름처럼 겉도는 소외가 묻어났다. 한국과 섞일 수 없었던 나는 그녀에게 동질감과 연민을 갖게 되었다. 그러던 어느 오후였다.

한참 작업을 하고 있는데 경찰 두 명이 공장 철문을 열고 저벅저벅 걸어 들어왔다. 내 손발이 저려오기 시작했다. 누구나 할 것 없이 외국 노동자들에게 불법 체류라는 약점은 경찰 앞에선 독 안에 든 쥐였다. 다른 직원들도 눈알을 이리저리 굴리고 있었다. 나는 혹시라도 베트남으로 돌아가게 될까 걱정부터 앞섰다. 아직 더 벌어야 했고 나만 바라보는 가족들의 눈망울들이 내 시야에서 춤추듯 흔들거렸다. 나와 몇 명의 동료는 사장의 명령대로 공장 지하 창고 속으로 재빠르게 숨어들었다. 이런 순간에 대처는 사장을 따를 사람은 없을 것이었다. 우리들은 쥐죽은듯이 창고 벽에 몸을 붙이고 서로의 후덥지근한 입김을 견딜 수밖에 없었다. 입김은 점점 퀴퀴한 창고 안에서 엉켜들었고 우리는 슬슬 답답함에 지쳐 갔다. 밖에서는 퇴근 시간이 다 되어가는데도 나오라는 연락이 없었다. 경찰이 갑자기 들이닥치는 건 종종 있는 일이었지만 이렇게 오래이기는 드물었다. 점점 지쳐가던 동료들은 쪽잠이 들었고 하필 그때, 내 뱃속이 부글부글 끓기 시작했다. 기어코 토사곽란이 일어났다. 점심으로 약간 상한 듯한 고등어를 먹은 게 화근일지 몰랐다. 때마침 누군가의 발짝 소리가 들려왔다. 배는 더욱 소용돌이쳤다. 배를 움켜쥐고 몸을 비틀고 있을 때 문이 열렸다.

"이제 나오세요. 경찰 갔어요."

그녀였다. 그녀를 보는 것만으로도 위안이 되었다. 급하게 화장실로 뛰어다니는 동안 보이지 않던 그녀가 약봉지를 내게 내밀었다. 그녀의 관심에 울컥했다. 약을 먹은 후 뱃속은 어느 정도 진정되었다.

"가족이랑 왜 떨어져 있어요? 아무리 많은 돈을 번다고 해두 그렇죠."

한숨을 돌리고 난 내게 그녀가 뜻밖의 말을 했다. 진지한 표정

앞에서 나는 멈칫했고 잠깐 베트남에 갔을 때, 친구 닷의 아버지가 내게 하던 말을 떠올렸다. '고향이 좋지. 사람이란 말야 없이 살아도 제가 난 곳에서 뿌리를 내려야 하는 거야. 아무리 좋은 곳이라도 그곳은 나그네일 뿐인 거라구.' 그때 닷은 한국에 있었다. 노인은 아들의 귀국을 애타게 기다렸고 저녁노을을 보는 눈가엔 눈물이 글썽였다. 닷의 아버지는 가난하지 않았다. 정치계에서 일을 하고 있었고 베트남에서는 남부럽지 않게 살고 있었다. 좀 더 넓은 세상을 둘러보겠다며 나선 아들을 허락한 게 실수였다고 했다. 닷이 화려한 한국을 사랑한다는 것을, 그래서 아버지 곁으로 돌아가지 않는다는 것을 알고 있었지만 나는 말하지 못했다. 열악한 지하에서 일하면서도 네온싸인이 반짝거리는 거리, 노래방, 잘 지어진 집과 지하철, 고국의 집 안방보다 깨끗한 화장실을 버리지 못한다는 닷의 의지를 전달할 수는 없는 노릇이었다. 아버지의 간절한 권유와 명령에도 닷은 끝내 귀국하지 않았다. 한국에서 닷을 만나 아버지의 말을 전했을 때, 닷은 이렇게 말했다.

"나는 내 나라에 가면 행복할 자신이 없어. 밑바닥 생활이 좋은 건 아니지만 이미 적응된 편리하고 멋진 세계를 버릴 수가 없어. 나는 영원한 자유인으로 살 거야. 문명을 맘껏 누리면서 말야."

예상한 말이었다. 대개는 돈을 벌기 위해 한국으로 일본으로 앞다투어 왔지만, 닷처럼 더 나은 미지의 세계를 동경하여 베트남을 떠난 젊은이들도 더러는 있었다. 가난했던 나조차 닷과 생각이 비슷했다. 이미 새롭게 맛본 것에 적응되어 간다는 것은 과거로 돌아갈 수 없다는 뜻이기도 했다. 얼마 후, 닷은 노력 끝에 더 멋진 세상이라고 생각하는 일본으로 건너갔다.

그랬던 나는 비밀을 들킨 듯 그녀에게 부끄러웠다. 제 나라를 버리고 온 결과가 이 초라한 모습이냐고 손가락질 할 것만 같았다. 그때 그녀가 다시 말했다.

"가족이 워낙 그리워서 한 말이었어요. 내 기준이니까 신경 쓰지 마세요."

그녀는 측은한 눈빛으로 나를 바라보았다. 이방인으로 살면서도 문명에 길들여져 가는 자신이 마냥 편치만은 않던 때였다. 그 일로 나는 그녀와 가까워졌고 이내 연인이 되었다. 그녀와 연인이 되자 자연스럽게 내 안의 정체성이 확고해져 갔다. 한국 사람으로도, 베트남 사람으로도 온전히 살아갈 수 없이 어정쩡했지만 그녀가 태어난 곳이고 그녀가 내 곁에 있었기 때문에 가능한 일이었다. 낯설고 때로는 분노했던 한국에 대한 새로운 인식의 변화였다. 그녀는 가끔 식사를 준비해 놓고 나를 기다렸고 돈을 쓰려고하면 베트남에선 얼마나 큰돈인데 함부로 쓰느냐고 되레 야단이었다. 한국에서 누군가의 관심과 사랑을 받은 건 처음이었다. 그러나 소나기 끝에 핀 무지개가 쉽게 사라지듯이 행복은 오래가지못했다. 거미줄에 걸린 내가 직장에서 쫓겨났던 것이다. 그 거미줄은 동료직원이었다. 동료가 노동법이니 노동 착취니 하며 열변을 토할 때, 별생각 없이 고개를 끄덕이며 장단을 맞춘 게 화근이었다. 심심찮게 떠돌던 말이 사장의 귀에 들어갔고 사장실로 불려간 동료직원은 도리어 내가 한 말에 호응했을 뿐이라고 거짓을 진술했다. 동료가 얍삽한 사람이란 걸 모두 알았지만 직원 누구도 내 편에 서지 않았다. 사장에게 밉보일 것이 자명한 일을 자초할, 용기 있는 직원은 없었다. 나는 꼼짝없이 불법 체류라는 죄의 명분으로 공장을 그만두게 되었다. 사장은 외국인 노동자들의 약점을 잡아 월급을 제대로 주지 않기로 소문난 사람이었고 직원들은 적은 월급을 받으면서도 아무런 항변도 못했다.

직장을 그만두고 나니 그녀 집을 찾아갈 용기가 나지 않았다. 간혹 공장 주위를 맴돌았지만 그녀를 볼 수는 없었다. 흐지부지 그녀와의 관계가 끝나 갈 무렵 나는 양말 공장엘 들어갔다. 그곳도 불법 체류라는 문제로 경찰이 드나드는 건 마찬가지였다. 다만, 경찰은 우리를 한번 쓱 훑어보고 곧바로 공장을 나가버렸다. 매번 불법 체류 단속을 나온 경찰과 어떤 거래가 이루어진다는 것을 모르는 직원은 없었다. 직장보다도 그녀와의 이별은 나의 존재감까지 단번에 꺾어버렸다.

박스공장 동료였던 미스터 원을 우연히 안산에서 만났다. 버어마에서 온 그는 그녀가 사장과 결혼했다는 소식을 전해 주었다.

나도 풍문으로 그녀가 직장을 그만두었고 사장과 결혼했다는 것을 알고는 있었다. 이방인처럼 살았던 그녀가 체증으로 남아 있었다. 어느 휴일 박스공장엘 가기로 했다. 재료가 떨어진 공장이 며칠 문을 닫았고 가끔 사장과 몇 명의 직원만 들락거린다는 미스터 원의 귀뜸을 듣고서였다. 그녀가 있었기에 잠시지만 인간처럼 살았고 정체성을 가질 수 있었던 곳, 소외과 불평등으로 분개했던 공장을 찾은 건 오랜만이었다. 미스터 원과 나는 휴게실 소파에 몸을 누이고 잠시 쉬고 있었다. 미스터 원이 그녀 소식을 전해 주길 은근히 기다렸지만 그는 공장 돌아가는 이야기만 연신 떠벌렸다. 그닥 관심도 없는 겉도는 이야기를 들으며 못내 아쉬움을 감추고 있을 때였다. 갑자기 사장실 쪽에서 소란스러운 소리가 나더니 여자의 흐느끼는 소리가 들려왔고 뒤이어 남자의 고함 소리가 들렸다. 나는 반사적으로 몸을 일으켜 세웠다.

"그렇게 하잘 때는 죽어도 못 한다더니 이제와서 이혼 하자구?"

"그래요, 이혼해요. 애도 없으니 얼마나 홀가분해요. 이제 원하는 대로 됐을 텐데 왜 화를 내요?"

그녀와 사장이 분명했다. 그녀의 목소리는 칼날처럼 날카로웠다. 들어 보지 못했던 그녀의 날선 목소리였다.

"쌍년!"

사장은 욕을 해댔고 그녀의 고조된 목소리는 몇 마디 더 들렸다. 공장에 떠돌던 소문은 사실이었다. 가슴을 진정시키며 사장실의 동태를 살피는데 마침 문쪽으로 걸어 나오고 있는 그녀가 내 눈을 휘둥그레하게 만들었다. 나는 얼른 문 뒤로 숨었다. 입이 말라 몇 번이고 혀끝으로 입술을 축였다. 그녀의 발짝 소리는 내 시야에서 멀어져 가고 사장의 큰 목소리만 들려왔다. 주위를 살피며 그녀를 뒤쫓았다. 살짝 건드리기만 해도 쓰러질 것처럼 야윈 그녀는 무력하게 걷고 있었다. 어떤 예감이 있었는지 그녀가 갑자기 뒤를 돌아보았다. 나는 주춤했다. 그러나 뜻밖에도 나를 바라보는 그녀의 눈빛은 따뜻했다. 용기를 낸 나는 그녀에게 다가갔다. 그날 기적 같은 일이 일어났다. 그녀가 초라한 내 방에서 하룻밤을 보낸 것이다. 아침에 눈을 뜬 그녀가 말했다. 남편을 사랑하지도 않는 내가 이혼 요구를 받아들이지 않았던 건 무슨 일이 있어도 가정을 지키겠다는 고집 때문이었어요. 그러나 아이도 없는 마당에 더 이상 고아라고 대놓고 무시하는 걸 참을 수 없었어요. 차라리 바람기는 나았어요. 포기했으니까요. 그녀의 말투엔 다부진 의지가 들어 있었다. 포근한 베개 속에 들어 있는 바늘 같은 목소리는 분명 예전과는 사뭇 달랐다. 얼마 후 이혼한 그녀가 가방을 싸들고 내게 왔다. 비에 젖은 한 마리 작은 새처럼 야윈 모습이었다.

비명에 간 사람에게 내민 신의 연민이듯, 간단하게나마 치러질 그녀의 장례식 날은 비가 추적추적 내렸다. 나는 화장하는 연화장으로 직접 갔다. 전남편이라는 자격으로 장례식에 참석할 사장과 마주치고 싶지 않아서였다. '사랑의 열매'라고 쓴 봉고차가 연화장 안으로 들어왔다. 그녀의 시신을 실은 자동차라는 것을 안 것은 사장이 봉고차로 다가가서 직원들과 대화를 나눈 때문이었다. 기어코 사장의 면상을 보게 되었다. 그녀와 떨어져 있는 거리보다 그녀와 나의 법적 근거가 없는 형식의 거리는 몇 배 더 멀게만 느껴졌다. 사장은 당당하게 직원들과 그녀의 화장 수순을 밟는 듯했고 나는 그녀가 얼음이 되어 화장장으로 들어가는 순간까지도 남의 일 구경하듯 멀리서 지켜볼 수밖에 없었다. 나는 칡뿌리를 씹듯 입을 잘근댔다.

LED 전광판에서는 화장하는 시간과 김재희, 라는 이름 아래 빨간 불빛에서 소각 중이라는 글자가 반짝였다. 나는 전광판과 사장을 번갈아 가며 뚫어지게 쳐다봤다. 사장의 번득이는 눈은 먹이를 찾는 호랑이의 눈빛과 흡사했다. 어느 순간 사장과 눈이 마주쳤지만 나는 피하지 않았다. 그녀도 없는 마당에 두려울 건 조금도 없었다. 사장이 먼저 고개를 돌렸다. LED 전광판에서는 이십, 십구, 십팔… 점점 숫자가 줄고 있었다. 그녀의 육신이 남아 있는 이승의 시간을 가리키는 잔인한 숫자의 명멸이었다. 그녀의 육신과 영혼은 이승과 저승의 경계선에 있을 것이었다. 한동안 무료한 듯 서성거리다 돌아서는 사장을 보며 나는 뇌까렸다. 나쁜 자식!

"오셨군요."

그때 N의 목소리가 등 뒤에서 들려왔다. 나는 N쪽으로 고개를 돌렸다.

"이렇게 갈 걸 그렇게도 고통스러워 했으니…."

나는 발을 동동 구르는 N의 어깨를 살짝 감쌌다. 어깨가 흔들렸다. 슬퍼해 주는 N이 고마웠다. 마지막 가는 길에 진심으로 슬퍼해 줄 사람조차 없다는 것은 얼마나 외로운 일인가. 고통스러워했던 그녀의 기억이 가슴을 옥죄었다. 그녀가 마지막으로 전남편을 선택했던 것이 내게 짐을 지우지 않으려는 사랑의 방법이었다는 N의 말은 더욱 나를 허허롭게 했다. 사랑의 방법도 일방적일 수는 없는 것이었다. 그녀는 내게도 내 방식대로 사랑할 기회를 주었어야 했다. 소각완료, 냉각완료가 끝나고 그녀는 가루가 되어 내 앞에 있었다.

"제가 다비식을 해도 되겠습니까?"

내가 직원에게 물었다.

"그러세요. 어차피 전남편이라는 사람이 가고 없으니 누군가는 해야 하는 일이니까요. 아무래도 연고가 없는 우리 직원보다는 살아생전 인연이 있었던 분이 다비식 하는 걸 고인이 좋아하겠지요."

그녀의 유골을 안치할 곳은 행려시들만 보관하는 지하에 자리한 '추모의 집'이었다. '추모의 집'은 그녀가 처음 안치되었던 영안실의 분위기와 비슷했다. 한꺼번에 유골이 열 구씩 안치되어 있었다. 항아리도 없이 상자에 담은 유골들이 너무도 가벼운 죽음 같아 무거워진 가슴을 쓸어내렸다. 한 번 쓰고 내다 버리는 것처럼 차디찬 스테인리스 서랍에 넣어 둘 수 없었던 나는 그녀를 항아리에 담았다. 고유 번호는 265번이었다. 아직 따뜻한 항아리를 안고 그녀의 영원한 집 260~270번 앞에 섰다.

"얼른 넣으셔야지요. 시간이 없습니다."

직원이 재촉했다. 나는 서랍 같은 유골함에 그녀를 조심스럽게 집어넣었다. 모든 장례 절차가 끝나자 그제서야 가슴이 허물어졌다. 몸도 따라 휘청댔다. 나는 급히 버스정류장으로 갔다.

버스를 탔다. 한참을 가다 무작정 내린 곳은 안산이었고 오후 다섯 시였다. 안산의 거리는 이방인들의 집합소나 다름없었다. 바지 주머니에 손을 넣고 건들거리며 거리를 가득 메운 젊은이들 대부분은 외국 노동자들이었다. 그들의 꿈이 꿈틀대는 곳, 그들이 꿈을 잃어버리는 곳. 삶과 죽음과 빛으로 버무려진 듯한 젊은이들 속에 서 있는 안산은 가면의 도시 같았다. 나는 간간이 낯익은 얼굴과 눈이 마주치면 고개를 까딱하며 입꼬리만 살짝 올렸다. 얼마나 걸었을까. 박스공장 앞에 다다랐다.

회사 정문 틈 사이로 들여다본 공장 안에선 직원들이 바삐 움직이고 있었다. 규칙적으로 들려오는 기계 소리처럼 내 심장도 덜

커덩거렸다. 지금도 내 심장은 이렇게 뛰고 있는데 그녀의 심장은 왜 멈췄어야 하는지, 왜 좀 더 세상 앞에서, 내 앞에서 당당하지 않았는지, 산다는 게 견디는 거라는 걸 왜 몰랐는지 허공에 대고 소리치고 싶었다. 가시처럼 가슴에 걸린 울분이었다. 단번에 세상에 목숨을 내어 준 야속함은 마침내 사장을 향한 분노로 번져갔다. 문틈 사이로 눈을 갖다 대자 사장이 직원들 앞에 모습을 드러냈다. 손을 휘저으며 누군가를 나무라는 것 같았다. 언제나 공원들에게 눈을 부라리며 욕을 해대도, 임금체불이 되거나 월급이 턱없이 적어도 노동자들은 함구했다. 문제가 생길 때마다 사장은 불법 체류라는 말을 교묘히 흘렸다. 나도 어쩌다가 감정이 북받치는 걸 자제하지 못해 고개를 쳐들었다가도 마침내 힘없이 고개를 숙였다. 갈등의 끝은 결국 노동자들이 꼬리를 내리고서야 마무리되었다. 삶이 흔들릴 위험을 무릅쓰고 내 인권을 찾느니 어쩌니 하는 객기를 부릴 배짱은 그야말로 허세고 사치였던 것이다. 그러나 오늘만큼은 달랐다. 그녀에게 잔인했던 사장, 노동자들의 불법 체류라는 약점을 이용하여 노동을 갈취한 사장이 떠오르면서 용기는 한층 가열됐다. 사장이 출입문 쪽으로 걸어 나오고 있었다.

"어이구, 뚜언 아닌가!"

나는 능청스럽게 입을 벌리는 사장의 멱살을 대뜸 움켜쥐었다. 사장의 눈빛은 이글거렸지만 경계의 빛을 띠었다.

"왜 재희 씨를 그렇게 만들었어!"

나는 단도직입적으로 따져 물었다.

"무슨 소리야! 이제 반말까지 내지르네 이게. 세상 무서운 줄 모르는구만. 내가 그 여자를 죽이기라도 했단 말야 이 새꺄?"

"죽였지."

내가 소리쳤다.

"뭐라구? 건방진 짜식이 누구한테 누명을 씌워!"

"누명? 그럼 재희씨가 뭐 때문에 뛰어들었지?"

"그거야 지 맘이지. 그걸 내가 어떻게 알아 짜식아! 미쳤군. 경찰 불러야겠네. 그리고 발이 미끄러졌든 일부러 뛰어들었든 그건 지 잘못이야 이 새꺄. 감히 누굴 추궁해. 개구리 올챙이 적 생각 못하구 말야. 그리고 너는 춤을 춰야지, 안 그래? 죽었다고 이러면 쓰나. 달면 삼키고 쓰다고 뱉으면 안 되지. 내가 니들 정분 난 걸 모를 줄 알아? 내가 빠져 줘서 그게 너한테 갔잖아. 죽어서 유감이지만 말야."

"비겁한 자식!"

나는 악다구니를 쓰며 사장의 뺨을 후려쳤다. 사장이 휘청거리더니 앞으로 고꾸라졌다. 비틀거리며 기신기신 일어서려는 사장의 다리를 발로 차자 사장이 바닥으로 픽 쓰러졌다. 더러운 새끼! 나는 손을 털며 내뱉었다.

"어, 이 짜식이 감히 누굴….."

애써 몸을 일으키던 사장이 또 쓰러졌다. 이젠 끙끙 앓는 소리

174

를 냈다. 몇 분이 흘렀을까. 가까스로 일어난 사장이 오른손을 휘둘렀다. 나는 재빠르게 피했고 헛손질을 한 사장이 도리어 넘어졌다. 문틈 사이로 직원들의 까만 눈동자가 보였고 킥킥거리는 소리가 들려왔다. 나는 쓰러져 있는 사장을 물끄러미 내려다보고는 묵직한 몸뚱이를 발로 쓰윽 밀었다. 몸뚱이가 멍석 말리듯 뺑그르르한 바퀴 굴렀다. 끈적거리는 폭염을 시원한 바람이 식혀 주듯 시원했다.

어느 여름날 공장에 파리가 많다며 사장은 파리채를 들고 여기저기 돌아다녔다. 벽이나 책상, 기계, 박스 할 것 없이 닥치는 대로 파리채로 탁탁 쳤다. 속수무책으로 죽어 간 파리들의 시체가 여기저기 나뒹굴었다. 요 파리란 놈들 말야, 항상 뭘 잘못했는지 요렇게 싹싹 빈단 말야. 어떤 놈들처럼 비겁하게 말이지. 사장이 말했다. 내가 보기에도 책상에 앉은 파리의 버둥거리는 다리가 비굴하게 비는 것처럼 보였다. 그때 사장의 눈은 땀을 흘리며 일하는 우리들에게 꽂혀 있었고 죽은 파리가 '너'라고 말하는 것 같았다. 마치 너는 내 손 안에 있다는 듯.

"네까짓 것한테 그년이 갔다는 게 참을 수가 없단 말야."

신음에 가까운 사장의 목소리가 다시 들렸다. 나는 사장의 등을 발로 툭툭 찼다.

"어~억!"

사장이 고통스러운 듯 웅얼거렸다. 아직도 바람은 살랑거렸다.

그녀를 위해 뭔가 해냈다는 만족감은 순간이었다. 몇 발짝 걷던 나는 그 자리에 털썩 주저앉고 말았다. 허술한 담벼락이 바람에 겨워 허물어지듯 마음이 와르르 무너져 내렸다. 바닥에 주저앉아 한참을 멍하니 있었다. 어디로 가야 할지, 또 가야 한들 내가 설 자리가 있을지 알 수 없었다. 바람이 멈춘 공기는 후덥지근했다. 떼어내려야 떼어낼 수 없는 소외감처럼 몸에 끈적한 땀이 달라붙었다. 하늘에 떠 있던 별조차 구름에 가려졌다. 곧 비가 올지도 모를 일이었다. 그러나 정착할 곳을 몰라 이방인 같은 소외를 떨쳐 버릴 수 없는 내게 더위나 비 따윈 아무것도 아니었다. 가슴속엔 얼음이 가득하듯 나는 오돌오돌 떨었다.

N과 '추모의 집' 앞에서 만났다. N에게 급히 와 달라고 부탁했다. 나는 직원에게 얼마간의 돈을 지불하고 그녀의 유골을 건네받았다.

"유감입니다. 저 역시도 이렇게 거두는 사람조차 없는 유골을 대할 때, 많은 생각을 하게 됩니다. 부디 죽음 이후에라도 한곳에 정착하게 해 주시길 바랍니다."

직원은 공손하게 말했다.

"네, 그러겠습니다."

운전하는 N의 옆자리에 앉았다. 강원도로 가자고 했다. 그곳이 그녀의 고향이란 걸 아는 N은 고개를 끄덕였다. N도 그녀처럼 어떤 사람이건, 어떤 피부색이든, 차별을 두지 않았다. 내가 처음 그녀와 인사하러 갔을 때도 웬 외국인이냐는 뜨악함도 없었다.

"재희가 좋아할 거예요."

나는 그녀를 무릎에 올려놓고 창밖을 바라보았다.

"신나는 음악 좀 틀어 줄래요?"

N에게 말했다. 음악 소리는 꽝꽝 울렸다. 고통이 어느 정도 음악 속으로 묻혀들었다. 고속도로에 진입한 자동차는 음악을 타며 거침없이 달렸다. 강원도라는 이정표가 보였다. 몇 달 전에 그녀와 함께 왔던 길이었다. 늘 가고 싶었지만 버려진 곳을 눈으로 확인하는 게 두려웠어. 그 두려움을 견딜 자신이 없었어, 라고 말하는 그녀를 억지로 데리고 왔다.

재희 씨, 이 집 기억하지? 보자기에 싼 유골함을 든 나는 그녀와 내가 묵던 민박집을 향하면서 중얼거렸다.

"그게 뭐드래요?"

주인아주머니의 질문에 대수롭지 않게 대답했다.

"내 아냅니다."

"에이, 무슨 그런 농짓거리드래요, 젊은 사람이. 옆에 색시가 있고만."

주인아주머니는 나를 알아보지 못했다. 내가 방 두 개를 달라고 하자 그때서야 구시렁거리지 않더니 고개를 갸웃했다. 주인아주머니를 따라 계단을 올라갔다. 방은 이층이었다. 유골을 쌌던 흰 보자기를 풀었다. 바다가 잘 보이는 창틀 위에 그녀를 올려놓았다. 나도 창문에 기댔다. 철썩 바닷물이 파도칠 때마다 내게 안기던 그녀, 방을 기어다니며 고통을 호소했던 그녀의 기억에 가슴이 너덜너덜해졌다. 해가 기울어지면서 불어오는 바닷바람이 텅 빈 내 속으로 칼날처럼 파고들었다. 그녀를 침대 위에 올려놓았다. 그녀 옆에 가만히 누웠다. 눈물이 눈밖으로 마구 쏟아져 내렸다.

가방에서 그녀의 옷을 꺼냈다. 빨간 원피스와 베이지색 바지, 유행 지난 양장 한 벌이었다. N도 트렁크에서 그녀의 옷과 신발을 꺼냈다. N과 나는 민박집 뒤에 있는 야트막한 뒷동산으로 올라갔다. 산마루에 자리잡은 N과 나는 그녀의 옷에 불을 붙였다. 하루하루 희망을 잃어가던 그녀처럼 그녀의 옷이 형태를 잃어가고 있었다. 옷은 매캐한 연기를 내면서 활활 타올랐다. 산통을 겪고 아이가 태어났을 때, 행복에 겨운 자신이 활활 타오르는 것 같았다고 했던 그녀. 한 아이의 엄마가 된다는 것을 삶의 열정인 불꽃이라 여겼던 그녀. 그러던 그녀의 몸을 걸쳤던 옷이 재가 되었다. 행복은 짧고 긴 잠에 든 그녀의 흔적이 이내 스러지자 유골이 든 항아리 뚜껑을 열었다. 가루가 된 그녀를 여기저기 뿌렸다. 아무 데나 버려졌던 그녀가 잠시 허공을 떠돌다 사라졌다.

　한 칸짜리 방은 어두웠다. 오랫동안 빛을 잃어가는 나를 지켜본 방이었다. 방은 처음 한국에 왔을 때처럼 낯설었고 나는 기시감에 몸서리쳤다. 허기가 느껴져 라면이라도 끓여 먹을까 싶어 냄비를 찾았다. 스테인리스 재질의 냄비가 손에 닿자 그녀를 끌어내던 스테인리스 서랍의 소리가 들리는 듯했다. 이내 얼음장이었던 그녀 살갗의 촉감이 되살아나더니 집안 구석구석에서 느껴지는 금속성의 차가움에 전율했다. 자리를 떠나고 싶은데 밖으로 나아갈 수도, 집 안에 머물 수도 없이 꼼짝할 수가 없었다. 나는 문턱에서 안절부절 못하고 마냥 서 있었다. 그때, 날카로운 그녀의 목소리가 어디선가 들려왔다. 가족이랑 왜 떨어져 있어요? 아무리 많은 돈을 번다고 해도 그렇죠. 목소리는 높은 파도에 쓸려가듯 내게 해를 끼칠 것처럼 위협적이었고 날카로웠다.

*하이퐁: 베트남 북부 하노이 지구의 항구 마을.
*반쎄오: 쌀가루 반죽에 채소와 해산물 등을 얹어 반달 모양으로 부쳐 낸 베트남 음식.

호루라기 소리

"박씨, 대걸레로 여기 좀 깨끗이 닦아."

사우나 청소하는 일에 솔선수범하는 사장이 소리쳤다. 서둘러 사장이 있는 곳으로 갔다. 사장은 따끈한 바닥이 마치 제 집 안방이기나 한 듯 두 다리를 뻗고 자고 있는 손님들 틈에 서 있었다. 나는 통통한 배를 드러내고 코를 고는 남자에게 눈을 박고 있는 사장 곁으로 가서 머리를 긁적였다.

"여긴 술 먹는 데가 아니라는 걸 모르나? 손님이 소주 두 병이나 까는 동안 뭐했나. 요즘 잘하는가 싶더니 시원찮구만. 앞으로 신경을 써, 신경을. 손님 관리도 잘하고."

사장의 목소리는 단호하면서도 차분했다. 나는 남자 옆에 아무렇게나 쓰러져 있는 소주병 두 개를 얼른 치웠다. 사장이 눈을 찌푸리며 혀를 찼다. 바닥의 물기를 닦아내는 중에도 남자는 세상이 개벽을 해도 모를 듯이 코를 골고 있었다. 한두 번 본 것도 아닌데 심사가 뒤틀렸다. 물론 겉으로 표현은 하지 않았다. 어디까지나 나는 사우나 직원이라는 걸, 이나마 감사하게 생각해야 한다는 걸 알고 있었다. 제집과 제 식구들을 놔두고 여기서 자다니…. 대걸레를 빨며 나는 중얼거렸다. 피가 섞이지 않은 아이들과 한이불을 덮고 자면서 느꼈던 차가움, 보육원 밖을 내다보며 늘 누군가를 기다렸던 날들이 떠올랐다. 불그스레한 얼굴로 따끈한 바닥에서 자고 있는 남자를 물끄러미 바라보자 문득 이질감이 느껴졌다.

남자의 코고는 소리가 사우나 실내를 들썩였다. 손님 몇 명이 슬슬 자리를 떠났다. 그 중 한 사람이 '가련한 인생'이라면서 손가락질을 했다. 그들에게서 시선을 돌렸다. 마치 그 손가락이 나를 지목하는 것 같아서였다.

조금 전과는 달리, 말끔히 치워진 바닥을 본 사장의 얼굴에 금세 미소가 만면했다. 사장은 내 어깨를 토닥이며 먹고 싶은 거 없냐고 물었다. 나는 넙죽 먹고 싶은 게 빵이라고 말하지 않았다. 아니, 못했다. 사장이 내게 왜 이렇게 잘하는지 나는 모른다. 특별히 내가 빠릿빠릿한 것도, 깔끔한 것도 아니다. 고객들의 호감을 얻어 사우나에 손님이 느는 것도 아니다. 하산하고 운 좋게 일할 수 있는 행운을 잡았고, 뜻밖에 오랜만의 노동이 신선했으므로 신나게 일했을 뿐이었다.

내 속내를 꿰뚫은 걸까. 사장이 빵이 든 봉투를 건네주고 돌아갔다. 이마에 땀방울이 송골송골 맺혔다. 수건으로 땀을 닦고 빵을 입안에 가득 넣었다. 노동 후의 간식과 휴식은 겨울밤 이불 속에서의 따뜻함처럼 달콤했다. 움막에서의 무료가 노동을 하지 않은 때문일지도 모를 일이었다. 창문 너머로 북한산이 한눈에 들어왔다. 그녀가 그리울 때, 눈을 감고 나무둥걸에 코를 대던 기억을 더듬었다. 손님의 웃음소리에 눈을 뜨니 사우나 벽에 걸린 시계가 일곱 시를 가리켰다. 퇴근 시간이었다. 시원한 공기는 상쾌했다. 고된 노동 후의 만족감을 만끽하며 나는 날숨을 크게 쉬었다.

밖은 밤새 안개처럼 내려앉은 어둠이 서서히 걷히고 있었다. 마치 이 순간을 위해 사는 것처럼 나는 이 시간을 기다렸다. 후덥지근한 사우나에서 벗어나 시원한 공기를 뼛속 깊이 들이켜고 싶어서이기도 하지만 무엇보다 사우나 옆 주차장에서 들리는 호루라기 소리에 이끌리는 때문이었다. 호루라기 소리는, 시들어가는 거리의 나무들을 일으켜 세울 것만 같은 단비 같아서, 밤새 후덥지근한 사우나에서 늘어진 내 육신을 빳빳하게 세워주었다. 게다가 호루라기를 부는 녀석을 보는 재미도 쏠쏠했다.

오늘도 팽팽한 현악기의 줄을 잡아당긴 듯 힘차고 청아한 호루라기 소리가 고요한 주차장의 새벽을 깨웠다. 사우나 건물 계단에 앉아 담배 한 개비를 입에 물고 녀석을 바라봤다. 연신 호루라기를 불고 있는 녀석은 스물 안팎의 앳된 얼굴이다. 녀석에게 호루라기를 부는 일은 하루의 일과일지 몰랐다. 챙이 있는 모자를 쓰고 팔에 안장까지 착용한 녀석의 절도 있는 표정과 지휘는 자못 진지하여 주차안전요원보다 더 주차안전요원 같다. 물론 녀석은 주차장을 관리하는 직원은 아니다. 언제나처럼 오가는 이들이 흘끔흘끔 녀석을 쳐다보고 있다. 사실 교통정리랄 것도 없는 이곳에서 지나치게 규칙적으로 팔을 좌우로 움직이는 녀석의 과장된 행동은 사람들의 웃음거리가 된다는 걸 녀석만 모르고 있을 거였다. 도선사를 가기 위해 버스를 기다리는 신도들, 갈 길이 바쁜 등산객이나 불자들을 찾아 주차장 주위를 맴도는 택시뿐, 주차장은 결코 교통정리를 할 만큼 분주하지 않으니 녀석이 웃음거리가 되는 건 당연한 일이다. 그럼에도 굳이, 닭이 홰를 치듯 호루라기를 불며 녀석은 매일 새벽 여섯 시만 넘으면 교통정리를 하는 것이다. 이 광경을 처음 보는 사람들 중엔 생경스러운 눈빛으로 머리 위로 손가락을 빙빙 돌리기도 했다.

담배 몇 개비가 연기로 사라지는 동안 나는 녀석을 지켜보았다. 마지막 남은 담배 한 개비에 막 불을 붙이려 할 때, 머리가 흰 할머니가 눈에 들어왔다. 노인은 뜻밖에도 녀석 쪽으로 걸어가고 있었다. 한순간 허물어질 것 같은 가냘픈 노인이었다. 녀석은 팔을 잡아당기는 노인의 팔을 힘껏 뿌리쳤다. 노인이 바닥으로 폭 쓰러졌다. 노인의 안위가 걱정되는 순간, 짐을 싸서 산으로 오르는 내 팔을 잡고 애원하던 누나가 번개 치듯 뇌리를 스쳤다.

"매몰찬 것. 그래, 네 삶이니 네 갈 길을 가. 그렇지만 누구나 상처 하나쯤은 다 가슴에 품고 산다는 걸 명심해."

십수 년 전 짐을 챙겨 도망치듯 산으로 이사 가는 날 누나는 앙칼지면서도 흐느끼는 소리로 내게 말했다. 누나의 흐느낌이 아무렇지도 않았던 건 아니었다. 그렇지만 결심을 한 이상 누나에게 약한 모습을 보여서는 안된다고 판단했고 그러려면 냉정해야만 했다. 누나의 말이 가시가 되었지만, 엎질러진 물을 주워 담을 수는 없는 일이었다. 누군가를 숨어서 지켜보듯 숨죽이며 녀석과 노인에게서 시선을 떼지 않았다. 몸을 휘청대며 노인이 겨우 주차장을 빠져나가고 있고 녀석은 노인을 아랑곳 않은 채, 더욱 절도 있게 팔을 좌우로 움직이고 있었다. 노인과 녀석의 관계를 가늠하고 있을 즈음, 청아하게 들리던 호루라기 소리가 부대를 지휘하는 호루라기 소리처럼 힘차게 들려왔다. 나는 계단에서 일어나 월세방을 향해서 걷기 시작했다. 녀석과 노인이 벌이던 실랑이가 눈앞에 아른거렸다. 호루라기 소리는 내 발걸음을 따라오는 것 같다가 어느 순간 사라졌다.

방안에 햇빛이 들어찼다. 밤과 낮이 바뀐 잠자리는 쉽게 적응되지 않아 퇴근하고도 잠이 오지 않는 날이 더러 있었다. 이리 뒤척, 저리 뒤척이는 사이 점점 햇살이 창문을 통과해 방안을 비췄다. 햇살이 온몸을 휘감았다고 느껴지는 순간 움막이 가고 싶어졌다. 아직 움막은 나의 고향처럼 마음속에 자리 잡고 있던 터였다. 조그마한 갈등이나 묘한 감정에 사로잡힐 때마다 움막으로 도망치고 싶은 충동이 일었다.

절을 지나 등산로로 빠져 움막에 도착한 건 두 시간 만이었다. 막상 하산하고 처음 든 움막은 둥지를 틀고 살 때처럼 내 집이란 아늑함과는 달리 누추하고 낯설었다. 곧 찾아들리라 여겼던 곳이라는 게 이해되지 않았다. 쓰레기장으로 변해버린 듯한 때문인지, 이미 떠나 버렸던 과거의 덧없음 때문인지 알 수 없었다. 나는 이 낯섦 앞에서 어리둥절했다. 어느날 갑자기 국립공원관리소 측으로부터 움막을 철거하라는 명령을 받고 왔다는, 떡대가 좋은 남자들 앞에서 현기증이 일어났을 때도 이렇지는 않았다.

기진했다. 나무 조각과 벽지, 산산이 부서진 스티로폴 조각들이 널브러진 상황이 기진하게 만들었는지 몰랐다. 무질서하게 움막 앞을 가로 막고 있는 쓰레기들을 긴 나무막대로 치웠다. 움막 왼쪽에 붙박여 있는 바위 위에 걸터앉았다. 끼니를 때우고 나면 오롯이 앉아서 생각에 잠겼던 친구였다. 경치가 아름다울수록 아련한 그리움에 치를 떨었던 날들, 별들과 눈을 마주한 채 밤을 새웠던 수많은 날들의 기억으로 코끝이 찡했다. 바스락바스락 참나무 잎들이 부딪히는 소리가 들려왔다. 까막까치가 푸드득 나뭇가지 사이를 오가고 다람쥐가 내 발아래에 배를 깔았다. 다람쥐의 까만 눈과 내 눈이 마주쳤다. 마치 나를 기억이나 하고 있는 것처럼 다람쥐는 내 곁에서 놀고 있었다.

나는 도토리 한 알을 다람쥐에게 내밀었다. 냉큼 받아든 다람쥐가 쏜살같이 달아나더니 나무 위로 올라갔다. 나는 다람쥐가 밟고 올라간 나무 기둥에 코를 갖다 댔다. 살아 있는 것에 대한 흔적은 나를 위로했다. 싱그러운 나무 냄새가 코로 스며들었다. 그녀의 따뜻했던 손길이 생각날 때, 나무 등걸에 코를 갖다 댔던 것처럼. 나무에선 그녀의 냄새가 났다. 아니, 눈을 감으면 떠오르는 그녀 모습 때문에 그녀 냄새라고 생각했는지 몰랐다. 다람쥐와 청설모가 섞여 나뭇가지를 타고 놀고 있었다. 나뭇잎 부딪히는 소리가 가족들이 한집에서 부산하게 살아가는 것처럼 정겹게 들렸다. 누군가의 목소리가 그리워지는 순간, 어디선가 노래 소리가 들려왔다. 남자의 목소리였다. 사방을 둘러보았다. 산 위쪽에서 빨간 모자를 쓴 여자와 남자가 내려오고 있었다. 깊은 숲속인 이곳에서 사람을 만난다는 건 드문 일이었는데 뜻밖이었다. 십수 년을 살면서도 고작해야 열 손가락 안에 꼽을 정도의 등산객과 조우했을 뿐이었다.

"반갑습니다. 이렇게 깊은 산속에서 사람을 만나게 되다니요."

내가 먼저 인사를 했다.

"그러게 말입니다. 반갑군요."

남자가 악수를 청했다.

"어떻게 여길… 등산객들조차 오래도록 오르내리면서도 잘 모르는 길인데요…."

잡았던 남자의 손을 놓으며 산에 대해 내가 알은체를 했다.

"그렇고말고요. 이 길은 아는 사람이 거의 없지요. 그래서 저도 고작 몇 년에 한 번 정도 올라오곤 합니다."

"알고 계시는군요."

내가 말했다. 뜻밖이었다. 남자는 산길을 잘 아는 눈치였다.

"네, 알다마다요."

산에 오를 때부터 꾸물거리던 하늘에 잿빛 구름이 몰려들기 시작했다.

"좀 더 대화를 나누다 가고 싶은데 곧 비가 올 것 같군요, 아쉽네요. 이것도 인연인데요…."

남자가 말끝을 흐릴 때, 남자를 뒤따르던 여자의 낭랑한 목소리가 들렸다.

"얼른 내려가요, 우리. 하늘을 봐요. 깜깜하잖아요."

그제서야 나는 여자의 얼굴을 쳐다봤다. 순간, 산 정상에 오를 때처럼 심장이 뛰기 시작했다. 여자의 커다란 눈과 약간 갸름한 얼굴형이 그녀를 닮아 있었던 것이다. 나는 여자를 관찰하듯 찬찬히 뜯어봤다. 그녀는 아니었다. 뚫어져라 쳐다보는 나의 시선을 느꼈는지 여자가 도토리를 줍는 시늉을 하며 상체를 구부렸다. 그녀가 아니라는 걸 확인했지만 아직 심장은 뛰고 있었다. 나는 마음을 다잡았다. 우연히 그녀를 만나게 된다면 태연할 수 있을까.

"그, 그렇군요. 얼른 내려가야겠습니다."

긴장한 나머지 나는 말을 더듬었다. 그녀는 결혼을 약속했던 여자였고 내겐 처음이자 마지막 여자였다. 누구보다도 산을 잘 타던 여자였다. 이곳을 처음 발견한 것도 그녀와 함께였다. 은둔처로 이곳을 선택한 것도 그녀 때문이었다.

"여길 어떻게 알게 되었는지 궁금하군요."

막 내려가려는 남자에게 물었다. 아직 소나기가 쏟아질 것 같지는 않았다. 남자는 머뭇머뭇하더니 바위에 걸터앉았다.

"언젠가 죽으려고 여길 올라왔었죠."

남자가 먼 하늘을 올려다보며 말을 이었다.

"사람의 일이란 참으로 알 수 없더군요. 세상과 하직 인사를 하고 막 목을 매려는데 멀리서 불빛이 보이지 뭡니까. 이 산중에 말입니다. 처음엔 웬 불빛인가 싶어 도리어 두려웠습니다. 죽으려고 했던 내가 두려워했다니 참 우습지요? 제가 생각해도 우스웠으니까요. 죽음에 대한 생각은 까맣게 잊고 불빛이 궁금해지기 시작했습니다. 어이없게도 말입니다. 그런데 이상한 일이었습니다. 아련하게 비치는 불빛이 내게 삶의 의욕을 불러일으키더란 말입니다. 그래, 죽을힘을 다해 살아보자고 마음을 먹었지요. 그 불빛이 아니었다면 나는 이미 이 세상 사람이 아니었을 겁니다. 그다음부

턴 마음이 답답하고 하는 일이 앞뒤가 꽉 막힐 때면 여길 찾아왔지요. 그리고 나면 내가 가야 할 길이 보이는 듯했습니다."

나는 내가 본 불빛을 떠올렸다. 남자와 내가 본 불빛은 분명 다른 것일 텐데…. 묘한 생각이 들었다. 남자가 본 불빛이 내 움막에서 샌 가느다란 불빛일지 모른다는 말은 하지 않았다. 움막에서 살았던 건 자랑할 일이 아니었다. 어쨌거나 세상을 등진 일은 따지고 보면 사회 부적응자라는 얘긴데 굳이 생판 모르는 사람에게 편견을 주고 싶지는 않았다.

"여긴 아무나 오는 길이 아닌데 만났으니 정말 인연이군요. 사실, 산길이 알고 보면 수백 군데는 된다고 하더군요. 등산객들은 고작 몇 군데만 알 뿐이지만 말입니다. 다른 사람들이 가던 길만 따라가니 새로운 길을 찾아낼 재간이 없는 것이지요."

남자가 말했다.

"저도 알고는 있습니다. 산속 길이 수백 군데는 된다는 것을요."

알 수 없이 우울해지는 날이면 나는 하루 종일 산속을 쏘다녔다. 아직 사람 발길의 흔적은 없었지만, 곳곳에 길이 있다는 것을 알게 되었다. 새로운 발견이었다. 길은 쉽게 드러나지 않았고 눈여겨봐야 보였다.

"알고 있군요. 산을 좋아하니 오늘 여기서 만났겠지요. 아이구, 그나저나 비가 곧 떨어질 폼새군요. 그건 그렇고 이젠 정말 내려가야겠습니다. 함께 내려가지 않겠습니까?"

남자가 손바닥을 펼쳐들며 말했다.

"먼저 내려가시지요. 저는 좀 더 있다가 내려가겠습니다."

어쩌려고 안 내려가느냐는 표정을 지으며 남자가 여자의 손을 잡고 내려갔다. 나는 남자를 보며 중얼거렸다. '새로운 길….'

그녀와 이별을 하고 산으로 도망치듯 왔던 것이 새로운 길이었을까. 아니면 삶의 도피였을까. 죽음을 생각하면서 날마다 북한산을 오르던 어느 날이었다. 산을 오를 때만 해도 화창한 날이었는데 오후에 접어들면서 흐려지더니 마침내 빗방울이 떨어지기 시작했다. 그때, 저만치 한줄기 빛이 눈에 들어왔다. 이상한 일이었다. 머리와 옷이 비에 젖고 있는데 빛이라니. 나는 빛을 찾아서 걷기 시작했다. 아니, 빛에 이끌렸다는 말이 옳았다. 점점 숲은 우거져 나뭇가지를 헤치고 걸어야만 했다. 그러나 금방 닿을 것 같던 빛은 가도 가도 끝이 없었다. 결국 빛을 찾지 못하고 하산할 수밖에 없었다. 그날 이후 나는 산으로 가야 한다는 강박관념에 시달렸다. 그뿐만이 아니었다. 며칠 동안 똑같은 꿈을 내리 꾸기도 했다. 언제나 꿈속에서 나는 산속을 헤매고 있었다. 그런데 이상하게도 무섭다기보다 황홀했다. 이내 정신을 차리고 보면 빛이 나를 비추고 있었다. 잠에서 깨어서도 그 여운이 오래 남아 있었고 잊을 수도 없었다. 나는 빛을 찾고 싶었다. 그곳에서 살고 싶었다. 아니, 거기서만 숨을 쉴 수 있을 것만 같았다. 움막생활의 시작은 나로서도 불가항력이었다.

그즈음 내게는 세 번째의 겨울이 찾아왔다. 첫 번째의 겨울은 초등학교 때 맞은 어머니의 죽음이었고, 두 번째의 겨울은 어머니를 잃고 술로 세월을 보내던 아버지의 가출이었다. 누나와 하루아침에 고아의 처지가 되어 입소했던 보육원은 의식주와 교육은 해결해 주었지만 가정은 아니었다. 어린 나이에도 보육원 식구와 아이들의 표정은 돌덩이로 조형된 장식물 같았다. 그리고 먹어도 먹어도 늘 헛헛한 배고픔과의 싸움이었다. 그나마 누나와 함께였을 땐 나았지만 웬일인지 누나는 다른 보육원으로 가게 되었다. 누나조차 없는 보육원은 마음 붙일 만한 곳이 못되었다.

그렇게 자란 내게 그녀와의 만남은 겨울에서 봄으로 갈 수 있는 길이었다. 그녀는 회사의 동료였고 바로 내 옆자리에 앉았었다. 함께 일을 하면서 그녀에게 조금씩 마음이 끌리는 걸 나 자신도 어쩔 수가 없었으나 나는 아무런 표현도 하지 못했다. 누구 앞에서도 자신이 없었다. 그러나 그녀를 사랑하게 되면서 아버지를 이해하고 용서할 수 있을 것 같았다. 나는 그때 그동안 내가 어두움에 갇혀 살았던 게 사랑의 부재였다는 것을 알게 되었다. 그러나 그런 마음은 오래 가지 않았다.

"부모 없이 자란 그 상처가 마음 어딘가에 분명 남아있을 거다. 그것이 그 자신을 힘들게 할 뿐 아니라 너까지 힘들게 할 거다. 사람은 환경을 넘어서지 못하는 법이다."

우연히 듣게 된 그녀 아버지의 말은 나를 절망스럽게 만들었다. 어쩌면 한 치도 틀림없을지 모른다는 내 환경과 자신에게 화가 났는지 몰랐다. 정신없이 그녀의 집을 뛰쳐나온 이후, 나는 그녀를 단념했다. 처음엔 자존심 때문이었지만 나중엔 언젠가는 그녀가 나를 떠날지도 모른다는 두려움에 그녀에게서 뒷걸음질 친 것이었다. 세 번째의 겨울은 그렇게 찾아왔고 한순간에 닥쳤지만 가장 혹독했다.

오랜만에 단잠을 자고 눈을 뜨니 오후였다. 나는 밖으로 나갔다. 한가로운 마음처럼 햇살 가득한 거리와 오가는 사람들의 표정도 한가로워 보였다. 햇빛과 그늘이 공존하는 동네 곳곳을 어슬렁거리는 건 즐거운 일이었다. 행인들을 구경하는 것보단 덜 하지만. 낮엔 딱히 해야 할 일도, 만날 이도 없는 내게 시간을 보내기엔 썩 좋았다. 산에서 살던 내게 사람들의 손짓과 표정은 어떤 면에선 신선함이기도 했다. 우선 사람들을 관찰하는 것만으로도 무료함에서 벗어날 수 있었다. 사람들과 등졌던 시간만큼 사람들의 여러 모습들은 하늘과 나무와 바위와 야생동물을 감상하는 것처럼 따뜻해졌다. 음료수를 사려고 편의점을 갔다. 편의점 문을 열면서 슬몃 골목을 돌아보다가 불량스러워 보이는 학생들을 발견했다. 삥 둘러선 학생들 사이로 누군가 웅크리고 앉아 있었다. 까까머리를 한 학생이 웅크리고 있는 누군가를 발길로 걸어차고 있었고, 비쩍 마른 학생이 이리저리 피하는 그의 바지를 벗기고 있었다. 왠지 낯익은 모습이었다.

"야, 이 새꺄, 누가 너더러 교통정리 하래? 촌스럽게. 웬 호루라기를 불어 동네 시끄럽게 하고 난리야."

우렁찬 남자의 목소리가 뚜렷하게 들려왔다. 나는 그들 가까이 갔다. 예상대로 웅크리고 앉은 녀석은 호루라기를 부는 녀석이었다. 학생들은 녀석을 동물원의 원숭이 놀리듯 바라보고 있었다. 학생들의 낄낄대는 소리와 녀석이 간간이 부는 호루라기 소리가 주위 사람들의 인상을 찌푸리게 했지만 그 누구도 참견하는 이는 없었다. 녀석은 잔뜩 겁먹은 표정으로 나를 바라봤다. 구원의 눈길이었다. 내가 학생들을 헤집고 녀석을 잡아끌 때, 갑자기 녀석이 호루라기를 꺼내 힘껏 불었다. 정작 놀란 건 학생들 쪽이었는지 눈동자를 이리저리 굴리며 침을 바닥에 탁 뱉고는 슬그머니 사방으로 흩어졌다.

녀석을 사우나로 데리고 왔다. 뼈에 가죽을 씌운 듯 녀석은 비쩍 말라 있었다. 보육원 있을 때 뼈만 앙상했던 나를 보는 듯했다. 누군가 등을 살짝 밀기만 하면 금방 추수를 끝낸 볏단처럼 쓰러질 것 같은 녀석이 눈을 깜빡거렸다. 불안한 걸까. 조심스럽게 녀석의 목을 씻어 주면서 호루라기를 만지자 내가 빼앗는다고 생각했는지 녀석이 호루라기를 냉큼 잡아챘다. 나는 범접할 수 없는 경계의 눈빛을 한 녀석에게 씩 웃어 주었다. 그제서야 녀석이 경계의 눈빛을 풀었다.

"밥 먹으러 가자."

녀석에게 따뜻한 찌개를 먹이고 싶었다. 가끔이었지만, 움막에서 살기 전까지 사람들을 만나면 식당으로 데리고 가던 버릇이 튀어나왔다. 처음이었다. 가까운 이들에게 식사를 권하는 버릇은 먹어도 먹어도 늘 헛헛했던 보육원에서 도망쳐 나온 후부터였다. 순순히 나를 따라온 녀석은 식당 테이블에 앉아 앙팡지게 밥숟가락을 연신 입에 넣었다. 목에 대롱대롱 매달린 호루라기가 시계추처럼 흔들거렸다.

"호루라기는 누구도 건드리지 못해. 자기 분신처럼 여기거든."

단골식당 아주머니가 묻지도 않은 말을 했다.

"뭣 때문에요?"

"말을 못하니 그걸로 제 뜻을 비치는 거겠지. 호루라기를 불면서 교통정리를 하는 것도 뭐랄까, 사람들과 같이 살고 싶은 표현 아니겠어? 그래도 얼마나 대견해. 새벽부터 사람들 군기를 넣어주니 말야. 사람이 살아가는 방식은 다양한 거니까."

"살아가는 방식이요?"

"그래, 맞아 살아가는 방식. 생각해 봐. 호루라기를 불지 않으면 누가 녀석이 슬픈지 위험해 처해 있는지 그런 사람이 옆에서 살고 있는지 알겠어. 안다 해도 상대나 해주겠어 벙어리에게? 게다가 약간의 정신적 장애도 있고. 장애가 있긴 하지만 제 살길을 궁리하는 거라구. 다만 새벽마다 호루라기를 불면서 주차관린가 뭔가를 하는 게 할머니로선 마음이 편치 않거나 남들을 의식해서 말리는 거겠지만. 여태까지 키운 할머니가 고생이지 뭐."

"그렇겠군요."

나는 밥을 먹는 둥 마는 둥 했다. 녀석이 초등학교 오학년 때, 명절을 맞아 부모와 함께 할머니 할아버지 댁에 내려가다가 자동차 사고로 녀석만 살아남았다는 얘기, 그 후로 함묵증으로 언어를 잃어버렸다는 얘기를 더 듣고는 밥알이 목으로 넘어가지 않았다. 나는 녀석을 데리고 식당에서 나왔다. 씩 웃으며 골목길로 들어서는 녀석의 뒷모습이 작은 아이 같았다. 녀석이 보이지 않을 때까지 나는 녀석을 지켜보았다.

의자에 앉아 졸고 있을 때, 김씨가 들어왔다. 김씨는 대개의 손님이 돌아가고 사우나가 휑한 한밤중에 오는 때가 많았다. 잠이 쏟아지는 그 시간에 김씨와 대거리를 할 수 있는 것만으로도 즐거운 일인 데다 두런두런 얘기를 나누다 보면 졸음을 견디기가 수월했다. 아직 배를 쑥 내밀고 코를 드르릉 골며 정신없이 자는 손님들을 피해 김씨와 나는 휴게실로 갔다. 움막에서 살았다는 것이 손님들에게 어느 정도 알려졌는지 좀 특별한 인생을 사는 사람들이 내게 말을 걸어오곤 했다. 김씨도 그런 손님 중의 한 사람이었

다. 우선 직장이 없고, 사십이 넘도록 장가들지 못하고 사는 것만

해도 내겐 편한 사람이었다. 나는 그런 사람들이 반가웠다. 김씨

가 자동판매기에서 커피 두 잔을 뽑아 식탁 위에 올려놓았다.

"움막에선 살 만하던가요?"

김씨가 커피 한 모금을 마시며 물었다.

"살 만하지 않았으니 다시 세상으로 내려왔지요."

강제로 하산했다는 얘기를 굳이 하지 않았다.

"다리는 좀 어때요, 오늘은?"

이번엔 내가 물었다.

"늘 똑같지요. 날이 궂으면 쫌 더 아픈 걸 빼고는."

"다행이군요, 이만하길."

"다행이라구요? 저 깜깜한 걸 보세요."

어두운 창밖을 가리키며 김씨가 눈을 부릅떴다. 내가 당황하고

있는 걸 알았는지 김씨가 커다란 눈을 내리깔았다.

"밤이나 낮이나 깜깜한 굴속에서 살았다구요, 나란 놈은. 깜깜

한 밤만이 어두운 건 아니지요. 환한 대낮도 어떤 사람에겐 밤이

되기도 하지요. 특히 건강을 잃은 나 같은 놈에겐 말이지요."

김씨의 말투는 부드러웠지만 세상의 끝자락에 사는 사람의 절

망이 묻어있는 듯했다. 여자는 믿을 게 못된다면서 아프기 전 결

혼을 약속한 여자가 떠났다던 김씨였다.

"그 여자 때문인가요?"

나는 용기를 내어 물었다.

"웬걸요. 그깟 사랑이 뭐 대순지 알아요? 그것도 다 등 따시고 배부르고 두 다리가 멀쩡할 때 얘기지요. 젠장, 건강만 잃지 않았어도…. 한창 일할 때, 다리에 힘이 없어 오래 걸을 수 없는 병에 걸렸어요 난. 겨우 쉬엄쉬엄 산이나 오르내리며 살아왔고 지금도 그렇게 살고 있지요. 산에 다니면서 사주에 능통한 노인에게 어깨 너머로 배운 얕은 지식으로 가끔 바람난 년들 운세나 봐주는 게 직업이라면 직업이지요. 변변치는 못하지만. 나도 이렇게 살고 싶지는 않았어요."

김씨가 커피 한 모금을 마신 후 다시 입을 열었다.

"여자를 안아보기나 했어요? 나 같은 놈에겐 이제 몸 줄 년이 없지만 그쪽은 그래도 건강만은 타고난 것 같으니 말이요."

좀전과는 아주 색다른 생뚱맞은 질문에 나는 킥킥댔다. 그녀가 떠나고 여자에 대한 관심이 이상하리만치 뚝 끊어졌다. 그러다 산으로 올라갔으니 여자를 구경할 처지가 못되는 상황이었다. 하여튼 재밌는 소리였다.

"뭘 그리 웃어요. 다 그런 거지요. 나는 여자를 이 년을 굶어봤어요. 미치겠습디다. 지나가는 년들만 보면 가슴이 벌렁거리고 몸이 후끈 달아오르던걸요. 어떤 년이든 허락만 된다면 그 짓을 하겠습디다. 그래서 나는 마누라가 바람났다고 이혼합네, 남편이 기집질 했다고 이혼합네 하는 것들을 보면 웃깁니다. 그게 뭐 그리

대수라고. 내가 만일 결혼하여 마누라가 바람났다면 그깟 일로 이혼까진 않을 겁니다. 마누라와 자유롭게 하고 싶을 때, 그 짓을 할 수 있는 게 얼마나 고마운 일인지 다들 모르지요. 가진 것 없고 건강 잃어 봐요. 어떤 년을 안아볼 수나 있나. 다들 복에 겨워서 그러지요."

김씨의 말은 마치 내가 복에 겨워 산속으로 들어갔다는 말을 빗댄 핀잔 같았다. 가만히 생각해 보면 아주 틀린 말도 아니었다. 사실 그녀와의 이별이 꼭 움막생활로 이어져야 할 문제만도 아니었다. 그 흔한 이별로 방황한 것도 살 만한 데서 오는 오만일지도 몰랐다. 나는 자리에서 일어났다. 속이 거북하고 뭔가 죄를 짓다가 들킨 것 같은 석연치 않은 불편함에 김씨와 더 이상 마주할 수가 없었다. 일거리를 찾아 나서면서도 마음이 무거웠다. 고립된 움막 생활이 인간에 대한 그리움의 또 다른 표현이었음을 어느 날 알게 되었다. 환장하도록 휘영청 밝은 달밤, 금방이라도 내 머리 위로 쏟아질 것만 같은 무수한 별들을 보고 있노라면, 사람이 무섭도록 그리웠던 날은 수도 없었다. 어느 날 아침이었다. 날씨는 상쾌했고 모든 게 괜찮았다. 그런데 어쩐 일인지 속절없는 외로움이 가슴에 파고들었다. 어찌할 수 없는 눈물은 한나절이 지나도록 그쳐지지 않았다. 그 후, 며칠을 시름시름 앓았다. 그렇대도 사람과 더불어 살고 싶지는 않았다. 내 안에 또아리를 틀고 앉아 있는 오기 같은 것이 꿈쩍도 하지 않았다.

갑자기 낯선 남자의 목소리가 사우나에 울려 퍼졌다. 나는 소리를 향해 튀어 나갔다.

"사장 나와. 나오란 말야."

좌우로 몸이 흔들리는 중년 남자가 고래고래 소리를 지르고 있었다.

"왜 그러세요, 손님?"

내가 머리를 조아리는 동안 사우나 손님들이 남자에게 몰려들었다.

"바닥에 물이 있지 뭐야. 술 취한 저것이 미끄러졌다구. 누가 술 처먹고 사우나를 오래? 다 지 실수지."

누군가의 말이 들려왔다. 넘어진 남자는 계속해서 사장을 찾았다.

"죄송합니다, 손님."

내가 또다시 머리를 조아리는 순간 홍길동처럼 나타난 사장이 막무가내 소리를 지르고 있는 남자에게 머리를 조아렸다.

"죄송합니다, 손님. 고정하십시오. 직원이 아마 미처 물을 못 본 모양입니다."

"직원 교육 똑똑히 시켜. 응?"

술 취한 남자가 바닥으로 고꾸라졌다. 화살이 내게 쏟아진 건 그때였다.

"이봐, 박씨. 바닥을 잘 닦으라고 했지? 언제나 손님이 미끄럽지 않도록 말야. 월급은 그냥 주는 줄 알아? 월급 값을 해야지, 월급 값을! 벌써 두 번째야, 눈감아 준 게. 알아?"

말이 끝나기가 무섭게 사장의 발길이 내 정강이를 쳤다. 단호하면서도 차분했던 사장의 목소리에서 느꼈던 두려움이 머리를 스쳤다. 무방비 상태인 나는 그 자리에서 툭 쓰러졌다. 사장이 쓰러진 내 정강이를 또 한 번 걷어찼다. 나는 일어설 수가 없었다. 사장이 운동을 했다는 말은 헛소문이 아니었다. 나는 이를 악물고 일어나려다가 쓰러지기를 몇 번 반복하고서야 포기를 했다.

"산에서 살았다기에 불쌍해서 일을 시켰더니만…."

"그럼 그만두겠습니다."

주저앉은 채 나는 또박또박 말했다.

"그만두겠다고? 그래, 니 맘대로 해. 조그만 일에도 세상을 도망치는 게 취미군. 그러니까 산으로 도망을 쳤겠지만 말야."

나는 겨우 몸을 일으켜 세우고 출입구 쪽으로 걸어 나갔다. 등 뒤에서 사장의 욕설이 들렸지만 뒤돌아보지 않았다. 어차피 기회가 되면 다시 산으로 오르려던 내게 일을 집어치운다는 건 큰 문제가 아니었다.

간단한 도구를 챙겨 산을 오르기 시작한 건 오후 네 시쯤이었다. 산을 내려오고 두 번째 방문이었다. 처음엔 움막이 그리워서였는데 이번엔 사람이 싫어서였다. 사장에게 그만두겠다고 말하고 나서 움막으로 가야 한다는 확신이 섰다. 국립공원에서 철거를 했지만 시간이 지나고 나면 다시 움막으로 이사를 하리라 마음먹은 터였다. 처음 산으로 도망칠 때의 분노 같은 것이 내 안에서 용솟음쳤다. 사람들은 보이지 않았고 어느새 움막 앞에 다다랐다. 이번에도 움막 주위엔 널브러진 나무 조각, 두고 왔던 옷가지들이 아무렇게나 처박혀 있었지만 누추하거나 낯설지는 않았다. 사장의 발길질이 눈앞에 어른거릴수록 움막은 친근했다. 밤을 보낼 자리부터 만들었다.

숲속은 구름이 흘러가듯 소리 없이 어두움이 내려앉았다. 바닥은 찼고 엉성하다는 느낌이 들었다. 깍지 낀 두 팔을 베개 삼았다. 피로감에 쏟아질 것 같았던 잠은 막상 눈을 감자 정신이 또렷했다. 이상한 일이었다. 사우나에서 만난 이들의 얼굴이 하나씩 하나씩 떠오르는 것이었다. 잠은 점점 천리만리 달아났다. 사장이 나에게 소리 지를 때, 은근히 사장에게 눈을 대신 흘겨 주던 매점 주인, 나만 보면 반갑게 인사를 하는 김씨와 손님들, 눈을 부라리며 언성을 높인 사장이지만, 때론 열심히 살다 보면 좋은 일이 있을 거라며 어깨를 툭툭 치던 일까지 아슴아슴했다. 예상하지 못한 감정이었다. 사람들의 모습을 떨쳐버리려고 머리를 흔들어 댔다. 그러나 그러면 그럴수록 그들의 표정 하나하나가 더욱 선명해졌다. 얼마나 시간이 흘렀는지 어느새 산의 풍경들이 어슴푸레 눈에 들어오기 시작했다. 뜬눈으로 밤을 보낸 것이다. 움막 밖으로 나와 담배 한 개비를 피워 물었다. 그런대로 평화로운 아침을 맞던 예전과는 달리 가슴 깊은 곳에서 찬바람이 휘몰아쳤다. 다음 순간, 나 혼자만이 고립된 느낌이라니! 어서 움막을 벗어나고 싶어졌다. 몇십 분 혼란스러웠다. 이내 마음이 조금씩 가라앉았을 때 내가 산을 내려가고 있다는 것을 인식했고 마침내 사우나 입구에 다다랐다.

"푹 쉬게. 집보단 여기가 나을 테니. 사내가 그깟 일로 삐치면 쓰나. 세상 살다 보면 그깟 일은 아무것도 아닌데…. 앞으로 잘해 보자구."

땀으로 옷이 흠뻑 젖은 내 어깨를 사장이 투덕이며 말했다. 콧등이 찡했다. 고개를 떨군 채 나는 휴게실로 갔다. 등이 따뜻해지면서 눈이 감겼다. 얼마나 잤을까. 창밖에서 들이친 햇빛이 얼굴을 감쌌다.

"그래, 득도를 하려구 산엘 가셨나?

언제 왔는지 김씨가 나를 내려다보면서 말했다. 입은 비아냥대는 웃음을 흘리고 있었다. 나는 며칠 앓아누워 기운이 소진된 사람처럼 기신 일어나 앉았다.

"한땐 세상을 등지려고, 아니 세상일을 잊으려고 했었지요. 남들이 말하는 도는 나는 모르지요. 다만…."

나는 말끝을 흐렸다.

"다만 뭐요? 도피하면 속의 울분이 사라지는 줄 알았나요? 모든 걸 세상에서 해결하려고 했다면, 혼자 움막에서 사는 외로운 부피만큼 세상에서 견뎠다면, 형씨는 아마도 지금쯤 가정도 꾸리며 잘 살았겠지요. 적어도 나처럼 몇 분 걷고 쉬지 않으면 안되는 다리를 갖지는 않았으니까요."

늘 사람 좋아 보이는 평소의 김씨와는 다른 강한 말투와 눈빛에 압도된 나는 죄인이나 된 듯 할 말을 잃었다.

"언젠가 헛것을 봤다고 했지요? 그래서 산으로 올라가서 살았다구요. 형씨가 산에서 보았다는 그 빛 때문에 움막에서 살았다고요. 그게 헛것일 거요. 형씨가 도피하고 싶어 한 간절한 마음이 만들어 낸 허상 말이요."

누군가 망치로 내 뒤통수를 친 것처럼 아찔했다. 삶을 포기하고 벼랑 위에 섰을 때도 이렇지는 않았다.

"나는 간절했어요. 내 눈에 정말 빛이 비쳤고….'

다른 할 말이 없었다.

"현실을 버틴다는 건 그저 닥쳐온 일에 순응하는 거지요. 마음먹기에 달렸다는 겁니다. 형씨가 나처럼 다리병신이 되었다면 건강하고자, 아니, 살고자 몸부림 쳤을 겁니다. 따지고 보면 형씨의 움막에서의 생활은 허세에 불과하단 말입니다. 산다는 거 그거 별거 아닙니다. 형씨와 내가 마주보고 얘기하는 것만으로도 충분히 살 만한 겁니다. 이렇게 다리가 아파도, 앞날이 깜깜해도 난 늘 사람이 그리워 찾아다닙니다. 더러운 세상이라고 원망하면서도 말입니다."

내 어깨를 툭 치고 김씨가 자리에서 일어났다. 여느 때와는 달리, 뚜벅뚜벅 절도 있고 힘 있게 사우나 입구 쪽으로 걸어 나갔다. 걸어가는 김씨의 발걸음에서 저렇게 힘이 느껴진 건 처음이었다. 몸이 갑자기 오그라드는 것 같았다. 손과 발이 저릿저릿했다. 거울 앞에 섰다. 내 모습은 그대로였지만 표정은 일그러져 있었고 금방이라도 눈물을 쏟아낼 것 같은 눈이었다.

퇴근을 하기 위해 사우나 문을 나섰다. 언제부터 비가 내렸는지 호루라기 소리와 빗소리가 투박하게 주차장의 새벽을 깨웠다. 빗속에서도 자세를 흩뜨리지 않고 팔을 움직이는 녀석의 모습이 경건하게 느껴졌다. 잠시 후 사이렌 소리가 들려오더니 이내 사이렌 소리를 낸 경찰차가 주차장 안으로 들어왔다. 비와 사이렌 소리로도 불길했다. 이어 한빛정신병원이라고 쓰인 봉고차가 따라 들어왔다. 차에서 내린 하얀 가운을 입은 남자가 경찰관과 무슨 말인가를 주고받았다. 경찰차 안엔 흰머리의 노인이 넋을 잃은 듯 창밖을 내다보고 있었다. 녀석의 할머니가 분명했다.

경찰과 의사가 차에 타지 않으려는 녀석과 실랑이를 벌이고 있었다. 나는 자신도 모르게 녀석 앞으로 달려갔다. 그러나 내가 어쩔 수 있는 상황이 아니었다. 녀석을 그저 지켜보기만 했다. 녀석이 억지로 끌려가며 나에게 손을 내밀었다. 나는 생각할 겨를도 없이 녀석이 주는 걸 받아들었다. 호루라기였다. 녀석이 안심한 듯 희미하게 웃었다. 녀석은 결국 차에 올라탔고 경찰차가 사이렌 소리를 내며 주차장을 빠져나갔다. 녀석을 실은 병원차가 뒤를 따랐다. 나는 사이렌 소리가 들리지 않을 때까지 꼼짝도 않고 그 자리에 서 있었다. 그리곤 중얼거렸다. '충격으로 말을 잃은 녀석은 아마도 치료를 받고 나면 언어를 되찾을지도 몰라. 녀석에게 병원은 끝이 아니라 새로운 삶의 시작일 거야.'

곧 비는 그쳤고 난리가 난 듯 소란했던 주차장은 평온을 되찾았다.

나는 바지 주머니에서 지갑을 꺼냈다. 지갑 깊숙이 박혀 둔 종이를 찾아냈다. 소용이 없는 줄 알면서도 버릴 수 없었던 종이였다. 종이는 누렇게 색이 바랬다. 종이가 퇴색되어 그녀의 이름은 흐릿한 흔적만 남아 있었다. 라이터를 컸다. 종이에 갖다 대자 불붙은 종이는 순식간에 재로 변했다. 공중으로 땅으로 회색빛 재가 뿔뿔이 흩어졌다. 그때, 호루라기 소리가 내 귀에 들렸다. 이상한 일이었다. 사방을 둘러봐도 녀석은 보이지 않았고 호루라기는 내 손 안에 그대로 있었다. 오가는 사람들도 아무 일 없듯이 지나가고 있었다. 나도 모르게 내가 호루라기를 분 건 아닐까 의심을 해 봤지만 분명 호루라기는 내 손 안에 있었고 입에 댄 적이 없다는 것을 생각해 냈다. 사이렌을 울리던 봉고차도 당연히 보이지 않았다. 어리둥절해하는 상황에서도 호루라기 소리는 더욱 크게 들려왔다. 빙글빙글 내 몸이 도는 것 같았다. 내가 돌고 있는 것인지 지구가 도는 것인지 분간이 가지 않았다. 나는 머리를 마구 흔들었다. 지나가는 행인들이 나에게 손가락질 하는 것 같았다. 교통정리를 하는 녀석에게 하듯이. 그때서야 나는 알았다. 호루라기 소리가 내게만 들린다는 것을. 오직 나에게만.

파란 고무신

장호원행 버스에 오르는 순간 코가 시큰해 왔다. 모든 걸 잃었다고 느꼈을 때 고향이 먼저 떠올랐고, 마침내 가야 한다는 어떤 신념이 귀향에 이르게 한 건 사실이었다. 그렇대도 이런 감정은 뜻밖이었다. 감정을 추스르고 앞 좌석에 앉았다. 드문드문 앉은 승객들의 표정은 누구에게도 관심 없다는 듯 무표정이었다. 그럼에도 승객들 모두 내 고향 사람이거나 고향 언저리로 간다는 것 하나만으로도 나는 그들에게 친밀감을 넘어 위로를 받았다. 손이라도 덥석 잡으며 말을 걸고 싶었으나 내겐 그런 용기나 배짱은 없었다. 고향을 떠나기 전 친구일 수도, 동네 사람일 수도 있는 그 누군가를 만난다면 너덜너덜해진 가슴이 조금이나마 기워질 것 같았던 기대를 했었다. 그것만으로도 마음이 설레었는데 아는 얼굴도 아닌, 그저 고향 언저리에 살 것만 같은 사람이 위로가 된 것은 고마운 일이었다.

버스가 움직이기 시작하자 심장이 빠르게 뛰었다. 가슴을 지그시 누르고서야 창밖을 편안하게 볼 수 있었다. 애써 잊고 싶었던 고향의 풍경이었지만 이미 내 머릿속엔 벼가 누렇게 익은 들판, 마루에 앉아 있는 엄마와 나를 비추던 달빛이 남실댔다. 고향이란 대개, 그리운 추억을 연상케 하는 낭만의 이름이겠으나 내겐 덜 아문 생채기였다. 고향을 간다는 일이 자칫 상처를 건드리는 일을 자초할지도 모른다는 생각에 찾지 않았지만 그렇다고 마음이 마냥 편한 것도 아니었다.

버스가 터미널을 빠져나가면서 몸이 좌우로 흔들렸다. 버스 내부에 부착된 손잡이, 선반 위의 물건들이 이리 쏠리고 저리 쏠렸다. 도시적인 세련미와는 다르게 소박해 보이는 승객 한 사람 한 사람을 다시금 일별했다. 머리가 희끗희끗한 남자와 청년, 퍼머를 한 여자들, 피부가 탱탱한 젊은 여자 몇이 눈에 들어왔다. 동질감을 넘어선 안도감이 또다시 느껴졌다.

버스가 고속도로에 진입했다. 이제부터 복잡한 도시 한복판을 벗어난 것이다. 버스는 순식간에 산과 들을 지나쳤다. 여러 장면이 눈에 들어왔다가 이내 사라지는 풍경들 속에서 지나온 날들이 한올 한올 풀어졌다. 멀리 보이는 산은 가슴을 탁 트이게 했지만 산속의 많은 나무와 새와 꽃들은 어떻게 살아가고 있을지 궁금했다. 아름답게 보이지만 날마다 온갖 생명이 태어나고 매일 죽어

가는 삶과 죽음의 산, 두 나무의 뿌리가 하나가 되어 가는 산, 이웃 둥지의 새끼를 떨어뜨리고 제 새끼를 대신 올려놓는 새가 사는 산을 상상한 것이다. 인간들에게 아름다운 자연으로만 각인되어 있는 현상과 실체가 다른 모순의 산. 나는 그 안에서 벌어지고 있을 희로애락의 진상을 상상하며 내 안의 산속을 떠올렸다.

그로 인해 막막해 하던 때에도 고향의 흙을 밟고 싶다는 강한 충동이 일었다. 경제적 어려움과 겹쳐진 상황이었다. 나는 아직 삶의 의미를 모르던 어린 시절이 사뭇 그리웠다. 물론, 마냥 낭만에 젖은 향수나 아름다운 추억 따위의 그리움과는 전혀 다른 것이었다. 잃은 무게만큼의 절실한 그리움이었다. 또 다른 그리움의 배후는 엄마였다. 그리다 만 그림처럼 어느 순간 단절된 엄마의 죽음은 낭만적이어야 할 고향에 대한 추억을 어두움으로 뒤덮었다. 그래서인지 고향을 떠올리기만 해도 나는 고독해졌다. 흰 구름, 멀리서부터 몰려드는 비 오기 전의 먹구름, 청아한 가을 하늘, 산과 들은 내 앞에서만은 미소를 잃지 않았던 엄마를 떠오르게 하는 것들이었다.

고향이 가까워지면서 승객들의 고개가 흔들거렸다. 나는 잠시의 졸음도 허락하지 않았다. 노곤했지만 정신만은 말짱했다. 평소 불면증이 원인이기보단 시골의 풍경들을 눈으로 담아 비워진 내 속에 그것들을 대신 채워 넣고 싶었다. 그러고 나면 횅한 가슴에 따뜻함이 자리잡을 수도 있을 것 같은 티끌만한 기대 때문이었다.

장호원 터미널에 도착했다. 얼굴에 열기가 훅 달아오르더니 또다시 울컥했다. 해가 저물면 엄마를 찾으며 우는 아이처럼 이렇게밖에, 이런 상황이 되어서야 고향을 찾은 것에 대한 회한이 일었다. 행여 사람들에게 들킬까 얼른 얼굴을 투덕거렸다. 고향집으로 가려면 버스를 타고 이십 분은 더 가야 했다. 머리와 얼굴을 매만지며 나는 버스를 갈아탔다.

마을 입구에 들어섰다. 왼쪽에 있는 방죽의 은빛 물이 반짝였다. 장마철이면 둑을 삼켜버렸던 기세와는 달리, 마을 아이들이 물장구 칠 수도 없을 만큼 방죽의 물은 졸아 있었다. 하지만 무성해진 수초 때문에 수척해진 방죽은 쓸쓸하면서도 더없이 평화로운 마을과 닮아있었다. 오른쪽으로는 사찰의 일주문처럼 우람한 느티나무가 마을을 수호하듯 버티고 서 있었다. 나의 유년을 한순간 불러들인 느티나무를 두 팔로 안았다. 내 유년의 낱낱을 기억하고 있을 느티나무에서는 엄마의 살냄새가 났다. 서걱거린 나무 등걸에선 일에 떠밀려 산 엄마 손의 감촉이 느껴졌다. 밀려오는 그리움으로 마음이 급해진 나는 서둘러 마을 안으로 걸어 들어갔다.

고향집으로 가는 동안 사람은 보이지 않았다. 곳곳에서 뛰어놀던 아이들 대신 적막함이 마을을 넘실거렸다. 여러 채의 한옥에선 가느다란 불빛이 새어 나왔고 다 쓰러져 가는 슬레이트집은 커다란 물건에 검은 천을 씌워놓은 듯 음산했다. 폐가처럼 간신히 땅을 지탱하고 있는 고향 집은 가냘픈 엄마처럼 작고 초라했다. 듬성듬성 빠져 있는 지붕의 기왓장, 작은 봉당과 마루에서 엄마가 걸어나올 것만 같았다. 어느 한곳도 엄마의 삶이 배지 않은 곳이 없었다. 엄마가 누워 있기나 한 듯 방문을 활짝 열어젖혔다. 엄마가 있을 리 없었다. 방안에는 낡은 가구들만 있었다. 서까래를 받치고 있는 도리만 기울어져 가는 집을 지킨 건 아니었다. 뽀얀 먼지를 차곡차곡 받아들인 유물 같은 가구와 고추를 말리느라 드나든 사람들의 훈기도 집을 지킨 모양이었다. 대충 가구와 방을 닦아냈다. 한숨 자고 밖으로 나가 들뜬 아이처럼 마당을 서성거리는 동안 어둠이 내려앉았다. 점점 짙어가는 어둠은 적막하다 못해 겨울밤 비를 흠딱 맞은 듯 스산했다. 갑자기 허기가 졌다. 스산함이 허기지게 했는지, 허기가 스산하게 했는지 모를 일이었다. 목이 메도록 빵을 먹고 나니 피로가 몰려왔다. 양팔을 위로 뻗고 방바닥에 누웠다. 엄마와 누워 있던 아랫목에 몸을 누이자 어린시절로 돌아간 듯했고 나를 옥죄고 있는 시름에서 놓여났다. 얼마나 누워 있었을까. 불끈 삶의 의욕이 솟아났다. 내 것이라곤 오로지 육신뿐인 상황이 별 게 아니라는 자신감마저 들었다. 순간적인 객기일지는 모르겠으나 무모한 용기를 허락해 주는 고향은 역시 나를 배신하지 않았다.

천장 벽지의 꽃무늬 숫자를 하나둘씩 세었다. 불면증에서 벗어나려는 나만의 방법이었다. 저녁이 어둑어둑해지기 시작하면 벌써 밤을 보낼 일로 불안감이 엄습해왔다. 겨우 버티던 가게를 접기까지 내 심신은 만신창이가 되어 있었다. 그래도 살아야 했으므로 일을 찾아야 했다. 중년의 여자가 쉽게 일할 수 있는 식당엘 들어갔지만 쉬운 일은 아니었다.

사내들은 추파를 던졌다. 해장국 한 그릇, 소주 한 병을 시켜 놓고 마냥 앉아서 북한에서 왔나, 연변에서 왔나 놀리듯 나의 국적을 물었다. 그리곤 서빙을 할 때마다 음탕한 눈빛을 보내며 농지거리를 했다. 나는 나도 모르는 사이 아무렇게나 불려지고 아무렇게나 농지거리를 해도 되는 여자로 전락하여 있었다. 사내들의 그 음탕한 눈빛을 막아 주리라 믿었던 그는 강 건너 불이었고 나의 존재는 퇴색된 벽지의 꽃처럼 하루하루 지워져 가고 있었다.

산소에 가는 길은 어둠이 걷히지 않은 이른 아침이었다. 뼈만 남았을지언정 엄마에게 위로를 받고 싶었다. 따뜻한 봄날의 햇빛보다 더 따뜻한 눈빛으로 엄마가 나를 어루만져줄 것 같았다. 좁은 논둑길을 지나고 도랑을 지나 부모님의 산소가 있었다. 무덤은 웃자란 수풀에 덮혀 봉분이 보이지 않았다. 이토록 풀들이 자라는 동안 엄마의 영혼은 얼마나 외로웠을까. 엄마를 찾지 않은 자책이 들었다. 묘 주변의 풀을 손으로 뽑고 발로 밟고 나서야 둥그런 봉분의 형태가 드러났다. 풀을 뽑을 때마다 울컥했다. 이 세상 사람이거나 저세상 사람이거나 엄마는 나의 마지막 안식처였다. 팔과 다리에 맺힌 핏방울, 깊게 뿌리 내린 억새가 손바닥에 빨간 선을 그었지만 아픈 줄도 몰랐다. 그때 언제 왔는지 모를 육촌 언니가 핏방울이 맺힌 내 손을 잡았다.

"풀을 뽑느라 손을 비었구먼. 쓰리겠네. 이따 약 줄 테니 발라. 그나저나 이제라도 왔으니 다행이지 뭐야. 얼마나 좋아하시겠어, 아줌니가."

육촌 언니의 말 속엔 고향을 찾지 않은 나에게 은근한 책망이 섞여 있는 듯했다. 사실 누구와의 마주침도 꺼렸던 내게 그녀의 책망은 속을 불편하게 했다. 게다가 갑작스런 귀향의 이유를 묻는다면 무어라 설명해야 할지 마땅한 구실을 찾지 못한 불편함까지 보태졌다. 다행히 그녀는 나의 방문에 대해 묻지 않았다. 이런저런 입장에서 놓여나고서야 나는 몰라볼 정도로 살이 내리고 자글자글한 주름이 햇빛에 도드라진 그녀 얼굴이 눈에 들어왔다. 몇 년 전 남매를 둔 그녀의 맏아들이 심장마비로 세상을 떠난 일이 떠오르자 그녀의 안부와 늙음에 대해 물을 수가 없었다. 유년시절 나의 일부분인 그녀에게 잠시지만 격을 둔 게 미안했다.

"이제 친정 좀 자주 들려, 아줌니가 얼마나 기다리겠어. 와서 풀도 좀 뽑아 드리고 그래."

또다시 고향에 발길을 끊은 걸 책망하는 듯했지만, 한편으론 자식이 그리운 어미의 간절한 바람이라는 생각이 뒤미쳤다.

"살아 숨 쉬는 게 죄라는 생각이 안 들면 살 만한 거여."

나를 위로하는 말 같았다. 내 얼굴에 아픔이 쓰인 것인지, 오랜만의 방문이 짐작케 한 것인지 모르겠지만 한편으론 그녀 자신을 향한 소리 같기도 했다. 한동안 나를 물끄러미 바라보던 그녀는 내 손을 어루만지곤 논두렁길로 걸어갔다. 재바르게 걷던 예전과는 달리 그녀의 발걸음은 힘이 빠져 있었고 무엇보다 더뎠다. 그녀의 모습이 보이지 않자 나는 무덤 쪽으로 고개를 돌렸다. 돗자리 위에 막걸리잔과 북어포를 올려놓았다. 두 번 절을 한 뒤 무릎을 꿇고 앉았다. 기일이나 차례를 지낸 다음 날 아침이면 다듬잇돌에 두드린 북어포로 국을 끓여주던 엄마의 무덤 앞에 올려놓은 북어포가 낯설었다. 이런 상황이 처음은 아닌데 오늘은 무엇이 엄마 산소 앞에 놓인 북어포가 낯선 것인지 알 수 없었다. 엄마가 마시지도 못하는 막걸리를 무덤 주위에 뿌렸다. 그러나 생각해보면 엄마는 여흥을 누릴 여유가 없었으니 자신이 술을 좋아하는지 아닌지조차 알 수 없었으리라. 딱 한 번 엄마의 곧잘 부르는 노래를 들은 적이 있었고 막걸리 한 잔을 마셨던 걸 본 일이 있었다. 그것이 내가 본 엄마가 누리는 여흥의 처음이자 마지막이었다. 막걸리를 다 부어내면서 이제라도 엄마가 취기를 느끼며 즐겁기를 바랐다. 엄마이기 이전에 한 여자, 한 인간에 대한 이해는 너무도 늦은 것이었다. 자식이란 부모에겐 끝없이 부모로만 남아 있기를 바라는 이기적인 동물이었다. 돗자리를 말고 북어포와 빈 병을 봉투에 담으며 엄마의 영혼을 아프게 했다는 생각이 들었다. 딸의 아픔을 듣는다는 자체가 고통일 텐데 말이다. 때늦은 후회는 이중으로 내 가슴을 짓눌렀다.

산소에서 내려와 맞닥뜨린 집은 K의 집이었다. 부식된 철대문 앞이었다. 페인트가 군데군데 떨어져 나간 초록대문은 열려 있었다. 누군가 나의 침입을 안다고 해도 도둑으로 몰지는 않을 것이었다. 철대문을 살며시 열어젖히자 햇살이 내려앉은 집안은 고요했다. 단지 사람이 없어서만은 아닌, 오래도록 지속 되어 오던 쓸쓸한 고요였다. K가 있던 시절만 해도 사람의 기운으로 넘쳐나던 집이었다. 봉당에 앉아 지나가는 사람들에게 소리를 지르던 K는 마을 여기저기를 쏘다녔다. 자기보다 아래인 아이라면 누구라도 눈을 부라리며 쫓아가거나 돌을 던지는 게 일상이었다. 동네 강아지에게조차 돌을 던져 짐승들도 그를 슬슬 피해 다닐 정도였다. K는 다리를 질질 끌면서 걷는 지체 장애에다 언어장애까지 있었다. 그가 왜 언제나 분노에 차 있었는지, 흰자위로 가득한 눈빛으로 아이들을 겁에 질리게 했는지 생각하자 어찌할 수 없었을 그에게 연민이 솟구쳤고 이내 그의 모습은 삶에 무방비 상태인 내 현실로 되비쳤다.

집안을 둘러보다가 K가 앉아 있던 아랫방 문을 열었다. 잡동사니들로 어질러진 방이었다. 누구든지 걸리기만 하면 잡아먹을 듯

부라리던 K의 눈빛에 나는 뒷걸음질 쳤다. 내 가슴이 허한 탓이었다. 섬뜩한 기분에 사로잡힌 나는 몇 발짝 걸어 나와 허름한 창고 쪽으로 갔다. 창고 안은 허술했다. 너저분한 무질서와 낡음이 정겨웠다. 자신을 지키기 위해 단단히 무장한 듯한 도시의 높고 견고한 건물이 몰인정한 사람이라면, 대문이 열려 있는 시골집은 후덕하고 소박한 사람 같았다. 볼품없이 흙을 묻힌 채 놓여 있는 쇠스랑과 삽과 호미, 작은 창문으로 비친 포근한 햇살이 나의 긴장된 세포를 이완시켜 주었다. 창고를 나오려는 순간, Y자로 된 나뭇가지에 노란 고무줄이 매어진 새총이 눈에 띄었다. 그것은 어떤 기억을 불러왔다.

K가 사춘기 무렵, 나는 단발머리 중학생이었다. 언제부터일까, K는 산을 다니며 나뭇가지를 꺾기 시작했고 봉당에 앉아 나무껍질을 벗겨내고 있었다. 무엇을 하려는 건지 궁금했지만 도리어 나의 관심이 분노를 자극 할지도 몰라 그냥 지나쳤다. 얼마 후, 장에 간 엄마 마중을 가다가 새총으로 어딘가를 조준하고 있는 K와 마주쳤다. 나는 밤중에 무서운 짐승을 만난 듯 긴장하며 떨었다. 엄마가 나타나기를 간절히 빌었지만 그건 바람일 뿐이었다. 그런데 뜻밖에도 K는 따뜻하면서도 부드러운 미소를 지어 보였다. 나는 고개를 갸웃하곤 마을을 향해 마구 뛰었다. 그가 뛰어가는 나를 향해 돌팔매질하는 건 아닐까 켕겼지만 마을을 내려오는 동안 아무 일도 일어나지 않았다.

그 일을 까맣게 잊고 있던 어느 날, 작은 마을이 붉게 물든 저녁 무렵이었다. 친구와 놀다가 집으로 뛰어가는데 갑자기 나타난 K가 내 앞을 가로막았다. 두려웠던 나는 발길을 멈췄다. 그런데 그 때도 내 앞에 선 그의 눈빛은 따뜻하고 부드러웠다. 그때 그가 작디작은, 그래서 더없이 가여운 참새 한 마리를 내게 내밀었다. 거절이 그의 심기를 건드리는 결과를 초래할지 몰라 얼른 참새를 받아들었다. 야릇했다. 마땅히 먹거리가 귀했던 농촌에선 참새도 별미던 시절이었다. 행여 그가 쫓아오지 않을까 불안에 떨며 나는 집으로 뛰었다. 그리고 언 땅을 파고 조막만 한 그 참새를 집 뒤의 동산에 묻어 주었다. K의 사랑을 색깔로 분류한다면 하얀색이라는 생각이 문득 들면서 목에 가시로 남아 있는 그의 말이 내 신경을 건드렸다.

"아이들이 결혼은 반대를 해. 당신 자식이 있는 게 걸리는가 봐. 내 자식들에게 또다시 상처를 주고 싶지는 않아. 그리고 요즘은 서로 얽매이지 않고 사는 게 유행이잖아."

자식을 핑계 삼았지만 그의 생각이라는 것쯤은 나도 알고 있었다. 다수의 사람들이 살아가는 형태라고 해도 말이 바뀐 그를 나는 이해할 수 없었다.

"아이들? 그럼 당신과 나의 관계는 뭐지요? 구속이 없는 자유? 적당히 필요한 부분만 취하는 거? 그럼 아예 거래를 하지 그래요."

나는 비아냥댔다. 결혼이라는 형식에 얽매인 것은 아니었지만 변한 그의 태도를 이해할 수 있는 근거가 내게 없었다.

"감정만 앞세우지 말고 냉철한 판단을 해봐, 합리적으로 말야. 왜 당신은 언제나 그 진실 타령이야. 당신의 말을 들으면 나는 언제나 이 세상에서 가장 나쁜 놈처럼 느껴져, 지금도 그렇고. 나는 사회에 잘 적응해 나가는 그저 평범한 이 시대의 남자일 뿐인데 말이야."

나를 쳐다보며 그가 자동차에 올라탔다. 사랑에도 손익분기점을 계산하는 그에게서 찬바람이 돌았던 기억이 생생할수록 내 앞에 참새를 내밀던 순수했던 K가 떠올랐고 마침내 K의 눈빛이 엄마의 따뜻한 눈빛과 겹쳐졌다. K가 앉아 있던 봉당을 되돌아보며 나는 살며시 문을 지치고 밖으로 나왔다.

무심코 닿은 곳은 산소에서 본 육촌 언니네 집이었다. 여기도 대문이 열려 있었다. 집안에선 아무런 기척이 없었다. 안방 문을 빼꼼 열자 육촌 언니가 앉아 있었다. 그녀는 들여다보고 있던 사진을 바닥에 내려놓았다. 그리곤 검은색 바지와 시계, 휴대폰, 모자를 그러모으더니 그 위에 얼굴을 파묻었다. 아들의 유품인 듯했다. 그녀의 흐느끼는 소리에 나는 숨을 죽였다. 더 이상 그 자리에 있을 수도, 알은체도 할 수가 없었다. 그냥 돌아서려는 찰나 그녀의 눈과 내 눈이 마주쳤다. 어쩔 줄 몰라 하는 나와는 달리 그녀는 담담했다. 나는 그냥 왔다는 말을 하고 억지웃음을 웃어 보였다. 그녀도 억지 미소를 지었다. 커피를 앞에 놓고 그녀와 나는 기도하듯 방바닥만 내려다보고 있었다. 내가 머뭇머뭇하자 그녀가 먼저 말했다.

"사람에게 일어나는 일은 그 어떤 일이라도 인간이기 때문에 그럴 수 있다고 언젠가 큰애가 그랬어. 제 녀석이 간 뒤 나를 위해서 한 말 같아. 에미를 앞세울 줄 알았는가 봐. 난 그래도 그 말로 위로 받고 살어."

잠시 커피 한 모금을 마신 그녀가 한 마디 덧붙였다.

"살아 숨 쉬는 게 죄인이라는 생각이 들지 않으면 괜찮은 거여."

산소 앞에서도 한 말이었다. 나의 문제가 뭔진 몰라도 자신의 아픔에 비하면 아무것도 아니라는 것을 또다시 에두른 말 같았다. 산소에서와는 달리 순간적으로 그녀의 말이 거슬렸다. 나는 언니만 슬픈 게 아니라고 반박하고 싶었지만 내색은 하지 않았다. 여태 내 가슴에 숨어 있었던 그녀에 대한 뾰족함이 삐져나온 것이었다. 사실 그녀는 엄마가 죽은 뒤 밥을 먹고 그런대로 멀쩡하게 지내는 나를 보고 놀라워했다. 나는 아가씨가 기절할 줄 알았어. 엄마밖에 모르고 살았잖아. 그 말은 갓 스무 살을 넘은 내게 엄마와의 끈끈한 모정이 가짜며 마치 내가 살아 있다는 게 몹쓸 죄인이라는 소리로 들렸다. 듣고 보니 그녀의 말이 아주 틀린 것만은 아닌 듯 했고 마침내 내가 삶을 모독했다는 생각까지 들게 했다. 누가 봐도 엄마와 나는 유별난 모녀지간이었다. 잠시도 엄마와 떨어지기 싫었던 나는 친구들과 몰려다니던 아이들과는 다르게 오로지 엄마만 따라다녔다. 엄마의 사랑을 독차지 하는 막내의 기질과 엄했던 아버지에 대한 두려움을 보호받으려는 본능이 엄마에게 매달리게 했는지 모를 일이었다. 하여간 내 손을 떼어낼 정도로 지겨워하는 엄마의 치맛자락을 붙잡고 늘어진 나는, 학교에서 돌아오면 가방은 팽개치고 엄마를 찾아 산이나 들로 이리저리 뛰어다녔고 엄마를 발견하고서야 안심이 되었다. 그랬던 엄마가 세상을 떠난 것이었다. 그녀의 말이 아니더라도 나도 하늘나라가 있다면 엄마를 따라갈 수 있을 것 같았다. 아니, 따라가고 싶었다. 그러나 하늘나라가 있다는 증거를 나는 찾을 수가 없었다. 그러다 하루 이틀 시간이 지나면서 미온에도 녹는 빙수처럼 엄마가 없다는 사실은 시나브로 무뎌져 갔던 것이다. 내가 과거 속에 있는 동안 그녀의 눈가에 물기가 젖어 들었다. 그때서야 그녀를 본다는 게 미안했고 수십 년 전 일을 가슴에 품었던 자신이 부끄러웠다. 더욱이 자식을 잃은 그녀 앞에서라니.

서둘러 온 방은 어젯밤보다 냉기가 조금 누그러들었다. 불을 지피지 않았는데도 온기가 느껴진 건 나의 느낌일지 몰랐다. 고작 이틀째 머무른 방안이 벌써 적응되어 갔다. 방안의 물체들이 서서히 드러나기 시작할 즈음, 천장을 지나가는 빠른 움직임의 소리가 들려왔다. 쥐일 것이었다. 어린시절 간혹 들었던 소리였다. 소리는 두려움도, 시끄러움도 아니었고 도리어 나의 죽어 있는 감각기관을 깨웠다. 온전히 혼자였고 살아 움직이는 그 무엇에라도 위안받고 싶었던 때 나타난 그처럼, 쥐는 계속해서 천장 여기저기를 쏘다녔다. 어두움 속에서도 소리는 점점 왕성해졌다. 뭔가 새로운 내가 태어날 것도 같은 가느다란 빛이 내 안에 스며들었다.

눈을 떴을 땐 밖이 훤했다. 오랜만에 든 편한 잠이었다. 빵으로 간단하게 아침 끼니를 때우고 외출을 서둘렀다. 고향의 길과 흙, 풀들을 조금이라도 더 밟고 싶었다. 집에서 가까운 샘터로 먼저 가기로 했다. 초등학교 등하굣길에 매일 만나던 샘터였다. 평소엔 바닥의 모래까지 보이던 찰랑거리는 하늘색 물은 장마철이면 황토물로 변했고, 이윽고 길가로 범람하여 등골을 오싹하게 했다. 그랬던 샘터가 초개 같은 고향집처럼 작은 웅덩이로 변해 있었다. 사람의 발길이 뜸해지면서 수초들이 영역을 넓혀 간 때문이었다. 그렇지만 끊임없이 물이 솟아나는 화수분의 샘터에서는 쪽빛 물이 반짝이고 있었다. 영원히 사라지지 않을 샘터의 물소리를 들으려고 귀를 세웠을 때 어디선가 개구리들의 울음소리가 들렸다. 점점 커지는 소리는 여럿이 한뜻을 모은 함성이었고 아름다운 시골의 정취를 불러왔다. 곧 그것이 환청이라는 것을 자각하면서 나는 어떤 생각을 했다. 미물도 이렇듯 함께 아름다운 소리를 내는데 세상과 나, 그와 나는 왜 조화롭지 못하고 어긋나야만 했을까. 빈 수레를 끌고 가듯 텅 빈 가슴으로 터덜터덜 마을 쪽으로 걸었다. 마을은 조용했다. 아침 해만 뜨면 마을회관으로 가는 모양인지 한 사람도 보이지 않았다. 내심 다행이다 싶으면서도 집집마다 북적이던 아이들 소리가 그리웠다. 아이들의 웃음소리, 뛰어다니는 발짝 소리는 그나마 내게 남아 있는 고향의 아름다운 추억이었다. 그러고 보면 침묵보다 더 고독한 아이들의 웃음이 사라진 고향, 드문드문 비어 있는 집들도 내가 잃은 것 중의 하나였다. 밤과 낮 구분 없이 산과 들을 헤매던 아이들을 떠올린 나는 빈집 앞에 멈춰 섰다. 사촌의 집이었다. 오래전 도시로 이사를 간 빈집은 주인을 기다리는 강아지의 애처로운 눈 같았다. 오래도록 방치한 집은 한쪽으로 기울어 있었다. 그런대도 그 안에서 작은 엄마가, 사촌들이 걸어 나올 것만 같았다. 집성촌이던 고향은 가가호호 집안이었다. 어느 집이든 사촌이거나 육촌이거나 팔촌 안에 속해 있었고 친척이란 굴레에 거미줄처럼 걸려 있었다. 너와 내가 아닌 우리였다. 우리였던 과거로 돌아갈 수 없다는 사실에 막막해졌다. 봄이 와도 꽃을 피우지 못하는 고목 같은 집. 주인이 도시로 이사를 가고 새 주인을 찾지 못해 저 혼자 쓰러져 가고 있는 북적거리던 방과 마루에는 먼지가 뽀얗게 내려앉았다. 마당엔 웃자란 풀들만 무성했다.

집 뒤란에 있는 동굴로 발길을 옮겼다. 동굴은 몇백 년 전의 고적처럼 아득히 먼 과거 속으로 나를 불러들였다. 옴 식과 곡식의 저장고였지만 때로 아이들의 놀이터이기도 했던 동굴에서 금세

라도 숨바꼭질하던 아이들이 튀어나올 것만 같았다. 의식주가 부족했지만 움트기 시작하는 아파리처럼 아이들은 얼마나 활발했는가. 허리를 반으로 접고 동굴 안으로 들어갔다. 갱도처럼 무너지지 않을까 걱정되었지만 그냥 돌아가고 싶지는 않았다. 내친김이었다. 동굴 중간쯤에서 대롱대롱 매달려 있는 알전구와 맞닥뜨렸다. 동굴은 근래에 사용한 흔적은 없었고 예전 그대로의 형태를 갖추고 있었다. 어릴 때의 떨림처럼 무엇인가 내게 생동감을 줄 것 같은 기대감으로 더 깊이 들어갔다. 숨바꼭질할 때 숨어들었던 동굴의 끝쯤에 발길을 들여놓은 순간, 뭔가 발부리에 부딪혔다. 원형으로 된 사기그릇 같았다. 물건을 들고 서둘러 동굴 밖으로 나왔다. 파란 난초가 그려진 작은 항아리였다. 엄마가 간장 그릇으로 쓰던 항아리가 분명했다. 설렌 마음으로 닦아낸 항아리에선 윤기가 흘렀다. 난초에서는 빛이 났고 단아한 자태에서 오로지 자식만 보고 살았던 엄마 삶의 궤적을 보는 듯했다. 엄마의 궤적을 따라가 보고 싶었을까. 갑자기 주술가의 보이지 않는 듯한 어떤 힘에 끌린 나는 어딘가로 가고 싶었다. 논을 가로질러 좁은 논두렁길로 가다가 발길이 멈춘 곳은 동산 아래의 도랑 앞이었다. 샘터처럼 나를 두렵게 했던 도랑은 마른 흙과 뒹군 흔적이 있는 낙엽들로 덮여 있었다.

학교가 파하고 집으로 돌아가는 길이었다. 마을과 산을 뒤덮은 먹구름이 몰고 온 바람은 발끝부터 머리끝까지 나를 훑어 올렸다.

나는 숨을 제대로 쉴 수가 없었다. 나무젓가락같이 가냘팠던 어린 나는 헉헉대며 집으로 가고 있었다. 집은 산등성을 넘어야 갈 수 있었다. 금방이라도 소나기를 쏟아낼 것 같은 어두컴컴한 잿빛 하늘과 바람이 무서웠지만 그 순간에 나를 집으로 데려다줄 구원자가 없다는 것을 인정해야 했다. 울 수도, 주저앉을 수도 없었다. 거기다가 평소엔 별문제 되지 않았던 도랑은 황토물로 변했고 둑까지 차오른 물은 콸콸 소리를 내며 숨가쁘게 흐르고 있었다. 나는 쏟아내리는 도랑물을 보는 것만으로도 숨이 찼고 두려웠다. 건너뛰어야 하는데 도랑은 아직 짧은 내 다리가 건너뛸 만큼 만만한 물이 아니었다. 그렇지만 도랑을 건너뛰어야만 했고 아무리 무서워도 내가 해내야 할 일이었다. 할 수 없이 '엄마'를 부르면서 껑충 도랑을 건너뛰었다. 착지는 좋았지만 벗겨진 파란 고무신 한 짝이 센 물살에 둥둥 떠내려가고 말았다. 저항도 할 수 없이 나는 맹하게 파란 고무신 한 짝을 잃어버렸다.

파란 고무신은 처음으로 아버지가 서울에서 사다 준 선물이었다. 파란 고무신을 마루에 놓고 아침을 기다리는 밤은 참으로 길기만 했다. 까만 고무신만 신던 시골아이에게 맑은 하늘색 파란 고무신은 흙을 묻히기도 아까웠다. 파란 고무신을 신으면 남실대는 바다 위를 걸을 수도 있을 것 같았고 가끔 시골 하늘을 나는 비행기처럼 나도 하늘을 날 수 있을 것 같았다. 그랬던 파란 고무신 한 짝이 신은 지 하루 만에 황토 물살에 둥둥 떠내려간 것이었다. 내가 잃어버린 건 그뿐만이 아니었다. 그 무렵, 제대로 생긴 우산을 학교에 쓰고 갔다가 영락없이 잃어버렸던 일, 추운 겨울 날 목에 두르고 간 털목도리를 허무하게 잃어버렸던 일들은 모두 첫날 일어난 일이었다. 그렇게 소중했던 것들은 내게 머물러 있을 시간도 없이 나를 떠나고 말았다. 그가 이별의 여운을 남기고 떠나려 할 때, 나는 가느다란 끈이라도 잡고 싶었다. 갈등이 이별을 예고한다고는 생각지 않았다. 그는 꿈속에서 전화를 받지 않거나 전화를 걸려고 하면 그의 전화번호가 생각나지 않았다. 도랑물 앞에서 어린 시절의 내가 두려움에 떨고 있던 꿈을 꾸던 즈음이었다. 그를 처음 만났을 때, 나는 레코드 가게에서 하루하루를 버티고 있었다. 음악은 인터넷이나 휴대폰에서 얼마든지 들을 수 있어서 더 이상 돈을 주고 레코드 가게에서 구입할 필요가 없게 되었다. 적자를 견디며 온종일 음악만 틀어 놓고 지낸다는 것은 긴장과 기다림의 연속이었다. 오지 않는 손님을 기다리는 동안, 출입문 밖에서 나는 작은 소리에도 나는 몸을 벌떡 일으켰다. 손님이 아니고 행인이나 센바람에 굴러다니는 물건이 어딘가에 부딪히는 소리라는 걸 알았을 때, 가슴은 무너져 내렸고 마침내 눈물까지 핑 돌았다. 그런 나날이 반복되면서 누군가에게 육신을 의탁하고 싶었다. 내 스스로 살 수 있다고 믿었던 그동안의 삶이 교만이었음을 깨달았고 나는 세상에 두 손 두 발을 다 들었다. 항복이었다.

작은 알갱이의 모래와 낙엽들이 뒤엉켜 있는 도랑을 들여다봤다. 나는 그 앞에 당당히 섰다. 도랑은 그저 작은 웅덩이 같은 배수로로 한 발짝으로 뛰어넘을 수 있는 좁은 도랑일 뿐이었다. 그 속에는 산등성을 마구 뛰어 내려가던 소녀, 급기야 장마에 분 도랑과 만나 처음으로 두려웠던 세상과 마주친 소녀, 엄마를 잃어 살아 숨 쉬는 것조차 죄인이었던 소녀, 모든 걸 잃고 육신만 끌고 다니는 내가 있었다. 나는 도랑 안으로 들어가 흙을 움켜쥐었다. 흙은 내 손아귀에서 마음대로 움직여졌다. 이제 장마에 물이 분다 해도 내가 충분히 건널 수 있는 도랑이었다. 그러자 내 안의 웅크린 욕망들이 기지개를 켰다.

그와의 소통에 유일한 도구였던 휴대폰을 꺼내 들었다. 수신 음악을 들었다. 백조의 호수가 흘러나왔다. 백조의 호수는 그와 만났을 때부터 휴대폰에 설정된 음악이었다. 음악의 선율은 그를 만나는 또 다른 통로였고, 그에 대한 감정을 되살리는 고정된 신호 같은 것이었다. 이를테면 학창시절에 들었던 노래는 언제나 그때를 추억하게 만드는 것 같은 것이었다. 백조처럼 발레를 하는 남자 무용수와 여자 무용수의 움직임과 음악의 선율에서 그의 목소리가 들려오는 듯했다. 가시 하나 없는 연체동물처럼 무용수의 부드러운 움직임에 맞춘 음악 속에 그에 대한 잔상들이 섞여들었다. 나도 일어나 춤을 추기 시작했다. 한참을 추고 나니 온몸이 흠

뻑 땀이 젖었다. 숨은 가빴고 몸은 늘어졌다. 미끄러져 나가는 물고기처럼 그가 내 손에서 미끄러져 나갔다. 꿈인지 현실인지 알 수 없었다. 그때, K가 준 참새가 생각났다. 나는 퍼뜩 참새를 묻었던 동산으로 갔다. 그곳은 수풀이 엉켜 있는 것 말고는 달라진 게 없었다. 참새를 묻었던 자리를 찾아 풀을 뽑았다. 이내 아주 작은 민둥산이 드러났다. 알몸을 드러낸 흙을 파헤쳤다. 사금파리로 흙을 더 파냈지만 참새의 형태는 물론 작은 뼛조각조차 보이지 않았다. 구덩이 안을 들여다보자 K의 붉으스레한 얼굴, 따뜻했던 눈빛이 아른댔다. 이윽고 언 땅을 녹일 듯한 엄마의 따뜻한 눈빛들이 현기증을 일으킬 만큼 오락가락했다. 엄마는 어디서나 나를 지켜보고 있을 거라는 확신이 들자 알 수 없는 빛이 내 안으로 들어오는 것 같았다. 나는 파헤쳐진 구덩이에 흙을 덮었다.

채광이 살아 있는 항아리가 깨지지 않도록 신문지로 몇 겹을 쌌다. 항아리를 넣은 가방은 불룩했지만, 생각보다 가벼웠다. 올 때보다 가벼워진 가방을 메자 평생 체중이 40킬로를 넘지 않았던 엄마를 등에 업은 듯했다. 남편이란 그림자일 뿐이었지만 자신의 자리를 놓지 않았던 엄마의 말이 떠올랐다. 애야, 이것 좀 봐라. 밟고 밟아도 이렇게 살아나는구나. 그것도 파랗고 예쁘게 말야. 질경이를 뜯으며 말하던 엄마가 나를 채찍질하고 있는 듯했다. 정신이 번뜩 들었다. 누군가 등을 떠밀기나 하듯 나는 서둘러 집을 나섰다. 얼마쯤 걷다가 하늘을 올려다봤다. 낮달이 잠시 보이다가 사라졌다. 한길에 도착하는 사이 사위가 점점 어두워지더니 달이 뜨기 시작했다. 내 가슴속에서 생의 욕망이 벅차올랐다.

주변부적인 삶의 비정한 현실과 자아

–안명지 소설집『뚜언의 얼음』

김성달(소설가)

1.

안명지 작가의 소설 『뚜언이 얼음』에 나오는 인물들은 어떠한 꿈이나 기대도 없이 갈 곳 없는 삭막한 공간에 내던져져 있다. 그들이 있는 곳은 따스함이나 아늑한 평온과는 거리가 멀다. 우리가 흔히 말하는 정상적이라는 삶의 중심에서 멀리 튕겨 나간 인생이 외로운 고독과 무거운 피로의 더께가 쌓인 공간에서 살고 있다. 그들은 삶의 중심에 끼어들려는 욕망조차 허용되지 않는다. 남편이 부재하거나, 집을 나오거나, 고아이거나 하는 인물들은 가난과 적막한 고독이 만연한 일상의 공간에서 아무런 기대나 기약 없이 살고 있다. 「과녁」의 폐휴지를 줍는 여인과 무명 시인, 결혼할 나이가 지나도록 혼자 살면서 간암 말기의 오빠를 지켜보아야 하는 「설해목」의 여자, 「철로 너머의 수평선을 보다」의 성격이 전혀 다른 두 자매, 「우이령」의 우이동 노숙자들과 기인들, 「카타 (chatah)에 관한 이론異論」의 여자와 동서, 「뚜언의 얼음」 뚜언과 재희, 「호루라기 소리」의 나와 호루라기를 부는 아이, 「파란 고무 신」의 고향을 찾아가는 여자. 이들은 모두 피로와 상실감에 찌든 삶 속에서 존재 소멸의 공포를 느끼면서도 그것을 넘어서려는 안 간힘을 보여준다. 인물들이 느끼는 존재 소멸의 공포는 안명지 작 가의 소설에서 인상적인 표정의 음영을 만들어 내는데, 우리 소설 에서 흔히 보이는 낭만주의적인 태도나, 드라마적인 감성이나 자 기 위안의 나르시즘적인 정서, 현대인의 소외라는 상투성과는 거 리가 먼 건조하고도 황량한 세상이다.

『뚜언의 얼음』은 겉보기에 눈부시게 화려한 자본주의 사회의 이면에 드리워진 주변부 리얼리티의 진실을 드러내려고 특정한 정서적 인물들을 동원하고 있다. 그렇기에 우이동이라는 특별한 지명에서 살고 있는 사람들의 주변부적인 삶의 이야기들이 소설 을 통해 강렬한 개성을 발산하고 있다. 이 소설에서 도드라지게 나타나는 인물들의 고독과 적막의 공포는, 역설적으로 동정 없는 세상 한가운데에 홀로 던져진 삶의 비루함을 짓누르고 있는 비정 한 현실을 어떠한 믿음이나 환상에도 기대지 않고 정면으로 직시 하고자 하는 힘으로 나타난다. 현실에 덧씌워진 관념적인 목소리 를 걷어내고 황량한 사막 같은 삶의 실재와 그 한가운데 홀로 던 져진 인물들의 고통과 공포 속에 들어 있는 비정한 주변부 리얼리티를 물기 없는 언어로 드러내놓고 있다.

그래서 인물들은 하루하루를 반복적으로 살아가면서 삶을 지탱하거나 견디게 해주는 어떤 환상이 없다. 또한 현재 진행형인 사랑도 없다. 낭만적인 사랑은커녕 정상적인 남녀들이 만나 사랑하고 아이를 낳아 가정을 이루는 그 평범하고 일상적인 삶의 과정조차 찾아보기 힘들다. 그것에 무관심하거나 아니면 너무나 피로한 삶 때문에 그것을 돌아볼 여지나 여유가 없다. 이처럼 이들에게 더이상 의미가 있을 수 없는 가혹한 세계는 자아와 욕망의 상실이라는 모습에 그 자신의 그림자를 새겨넣는데, 그것은 주변부적인 삶의 자아가 겪는 아픔이자 고통이다.

그러면서도 이상하게 인물들이 하나같이 선하게 읽힌다. 심지어 시어머니를 죽이려고 한 여인까지도 그렇게 읽힌다. 아마도 몸속에 천성적으로 체화된 선함을 통해 세상을 들여다보고 발견하려는 작가의 심성 탓이고, 그것이 소설에 주는 영향은 크다. 그것은 안명지 작가가 인물들의 서사 속에서 화자의 '선'한 신조와 크게 어긋나지 않는 경험적 사실의 구체성을 부각하는 전략으로 소설을 형상화하고 있기 때문이다. 인물들은 저마다 자신이 신뢰하고 믿은 선을 체화하고 있었기에, 최소한 선의 부정성에 침식당하지 않으면서, 선에 대한 일관된 의미를 규율하고 통섭할 수 있는 자아의 능력에 대한 믿음이 있다. 하지만 세상에서 그 믿음이 사라진 지금, '선'에 대한 믿음은 더욱 자각적이고 예민할 수밖에 없을 터이다. 선에 대한 작가의 그 믿음이 주변부적인 삶이 가지기 마련인 폐쇄성을 극복한 인물과 삶의 공간으로 구체화되고 있는 것이다. 안명지 작가 소설의 힘은 바로 이곳에서 나오는 것이다.

2.

「**과녁**」은 자신의 집을 온갖 잡동사니 물건들로 가득 채운 폐지 줍은 여인의 삶을 그리고 있다. 세를 살던 남자에게 생각 없이 도장을 찍어준 월세 계약서의 보증금이 이천만 원에서 삼천만 원으로 둔갑했지만 고스란히 내줘야 했던 여인은 그 후 세를 놓지 않는다. 빈방이 허전했지만 그녀의 가슴을 날카롭게 찌른 세입자들의 행위를 잊을 수 없기 때문이다. 어느 날 우연히 팔과 다리가 하나씩 빠진 채 버려진 마네킹을 발견한 여인은 마치 버려진 자신을 보는 것 같아 집으로 가져왔는데 뜻밖에도 빈방에 생기를 불어넣는다. 그때부터 여인은 거리에 버려진 폐지나 쓸만한 물건들을 주워 집으로 가져온다. 초등학교 2학년 때 바람나 집을 나간 어머니, 역시 집을 나가 객사한 남편 때문에 자신이 버려졌다는 의식을 온몸에 화상처럼 달고 사는 여인은 혼자라는 외로움에 집 안 구석구석 무엇이든 채워야 마음이 놓인다. 하지만 집 안팎에 쌓아놓은 물건에서 풍기는 악취 때문에 동네 사람들의 원성과 욕을 먹고, 자식들은 곁을 떠난다. 동네의 무명 시인만이 '누구나 다 내 방식

대로 살아가는' 것이라고 유일하게 그녀를 두둔하고, 여인은 그에게 꽃씨를 건넨다. 꽃을 좋아하는 여인은 봄이면 집 옥상에 각종 꽃을 심었는데, '꽃은 쇠처럼 단단해져 가는 그녀의 심장을 말랑말랑하게 만들어 주었'기 때문이다. 소나무에 관한 시를 쓰는 무명 시인은 봄이면 옥상의 꽃을 눈여겨보았고 이따금 폐지와 빵을 그녀에게 전해준다. 여자관계가 복잡했던 아버지 때문에 결혼을 하지 않은 시인은 여인과 이야기를 하면서 과녁판 중앙의 비켜난 자리에 못을 박고는 '연습할 수 없는 게 인생이라지요?'라고 한다. 그 말에 여인이 '저도 연습이 있었다면 아이들과 이렇게 되지는 않았겠지요?' 묻자 시인은 기다렸다는 듯이 지금도 늦지 않았다고 대답한다. 옥상 꽃밭에 물을 주고 내려오던 여인은 발을 헛디뎌 곤두박질쳤고 정신을 차리고 보니 병원이다. 여인은 연락을 받고 달려온 딸에게 쓰레기가 넘쳐나는 집안 단속을 잘했는지부터 묻는다. 며칠 후 퇴원한 여인은 너무나 깨끗해진 집 모습에 망연자실해 눈물을 흘리면서 몇 번이나 무릎이 꺾인 지 모른다.

그녀가 울먹이자 딸이 뒤에서 그녀를 안았다. 딸의 따뜻한 체온과 팔딱이는 심장소리가 정중하게, 부드럽게 그녀를 대하던 시인에게서 느꼈던 감정을 불러들였다. 그녀 자신에게도 놀라운 일이었다. 시인을 떠올리자 요동치던 그녀 마음이 봄눈 녹듯 사그라들었다. 이내 시인이 내밀던 과녁판이 어른거렸다. 그러자 과녁을 비켜 꽂혔던 화살이 그녀가 잘못 쏜 화살이라는 생각이 들었고 폐품을 주웠던 일이 자식보다 네 자신을 위한 일이 아니었느냐고, 버리는 것에 대한 두려움 때문이 아니었느냐고 그녀 가슴이 자신을 향해 소리쳤다. (「과녁」 중에서)

이 작품은 폐지 줍은 여자와 무명 시인을 비롯한 각기 다른 고단한 개체의 삶이 서로 공명하여 만들어내는 주변부적인 인생의 상호 공감을 찾아가는 서사이다. 내 앞에 지금 버젓이 존재하는 이 삶이 아닌 다른 가능한 대안의 삶을 한 번쯤 상상해보는 마음을 과녁이 빗나간 과녁판의 상징으로 짜임새 있게 나타내고 있다. 잘못 당겨진 과녁 같은 지금의 현실을 극복하려는 여자의 의지가 잔잔하면서도 선명한 리얼리티를 발산하고 있다.

「**설해목**」은 폭설이 내리는 날 솔밭공원을 찾아가는 여인의 심리가 돋보이는 소설이다. 하얀 눈이 흉기처럼 쏟아지는 솔밭공원에서 '막 잡은 생닭처럼 싱싱한 살빛을 드러내고 있는 부러진 소나무 가지와' 눈이 맞닥뜨린 여자는, 그토록 공포를 자아내던 '찌지익 찌익 찌익' 하는 소리가 소나무의 생살이 찢기는 죽음의 소리였다는 것을 확인하고 불길하다. 여자는 그런 공원 안에서 뜻밖에도 새에게 먹이를 주는 털모자를 쓴 남자를 만난다. 별의별 특별한 사람들이 모여 사는 우이동이지만 털모자를 쓴 남자는 그런 부류들과는 다르다고 생각한 여자는 그와 커피를 마시면서 이야기를 하다가 헤어졌는데, 그가 앉았던 자리에서 '화엄경'이라는 책을 발견한다. 책의 여백에는 깨알 같은 글씨로 윤회, 아이, 그리움, 후회 같은 단어들이 적혀있다. 여자는 일주일에 한 번씩 간암 말기의 오빠와 조금이라도 추억을 쌓기 위해 그의 집을 찾아간다. 죽음을 기다리면서도 '딱 오 년만 살 수 있으면 얼마나 좋을까, 커피를 마실 수 있으면 얼마나 좋을까?' 중얼거리는 오빠는 여자를 볼 때마다 옷을 잘 입으라고 잔소리를 하면서 코트 단추를 손수 채워주는데, 여자는 그것이 '손놀림으로 하는 유언' 같아 속울음을 삼킨다. 오랜만에 북한산 인수봉을 찾은 여인은 그곳에서 솔밭 공원에서 만난 털모자 남자를 만난다. 여자는 산장에 물건을 배달하는 지게꾼을 통해 그가 고등학교 영어 선생이었고, 딸이 아파트에서 자살한 이후 북한산을 오르내리며 청소를 하고 겨울에는 새들에게 먹이를 주고 있으며, 딸의 죽음 이후에 불교에 심취해 딸이 환생했다고 믿는 새를 유난히 사랑하면서, 수십 년이 지난 지금까지 하루도 빠짐없이 매일 같은 시간에 산을 오른다는 사실을 알게 된다. 털모자 남자의 사연을 들으며, 여자는 오빠의 또 다른 생과 윤회를 생각한다. 또다시 폭설이 쏟아지는 날 여자의 오빠는 긴급수술을 받고 겨우 깨어났지만 삼 개월 정도 남은 시간이 주어진다. 눈이 그친 후 솔밭공원은 다시 평온하던 예전의 모습으로 돌아왔지만, 공원 안에는 아직도 군데군데 부러진 솔가지가 쌓여 있다.

솔밭은 너무도 태연했다. 소중한 것을 잃고도 태연하게 살아가는 인생들과 닮아 있었다. 그러나 미풍에 흔들리고 있는 소나무들은 어딘지 모르게 야위어 보였다. 속살을 드러내며 부러지던 기억에 몸서리친 때문일지 몰랐다. 복숭아뼈에 박힌 오빠의 옹이처럼, 소나무에도 옹이가 박혀 속울음을 삼키고 있는 것 같았다. 그때 어디선가 야호! 소리가 들려왔다. 애절하게 누군가를 부르는 듯한 목소리였다. 털모자가 새먹이를 주는 걸까. 두리번거렸지만 털모자는 보이지 않았다. (「설해목」 중에서)

이 작품에서 인상적인 것은 서사 차원에서 무엇보다도 중요하게 부각되는 육체의 문제(간암말기 오빠)로 일깨워지는 인간적인 감정을 솔직히 드러내면서 평소의 신념이 균열되는 지점을 고통스럽게 성찰하고 있는 지점이다. 벗어날 수 없는 가혹한 삶과 자아의 진실이 어떤 경우나 지점에서 명시적이든 그렇지 않든 일종의 존재론적 운명의 차원으로 전환되어 받아들여지는 과정에서 나오는 우울, 아픔, 허무가 밑바닥에 깔려 있다. 그러면서 현재의 이 삶을 비롯한 모든 것이 앞으로도 크게 변하지 않을 것이며 자아 역시 별다를 수 없을 것이라는 운명론적 체념이 그 배경에 있다는 점도 무시할 수 없다. 이는 그 자체로 긍정적이라고 할 수 없는 태도이지만, 그럼에도 불구하고 여기에는 일종의 반전 계기가 보이지 않게 숨어있다. 그것을 찾아가는 것이 이 작품을 읽어내는 묘미이기도 하다.

「철로 너머의 수평선을 보다」는 어느 한구석 닮은 곳이 없는 자매의 이야기이다. '사람의 마음을 헛짚어 손해를 보는 나에 비해, 언니는 남에게 빈틈의 여지를 주지 않는 야무진 여자'이다. 힘들게 가게를 운영하면서 한 달에 두 번 쉬는 것도 호사인 동생과 '검소'라는 말이 사치일 만큼 저축을 하면서 재산을 조금씩 불려 중산층 정도의 삶을 살아가는 언니는 동생이 모든 것이 대조적이다. 늘 누군가에게 의지가 되는 언니는 마음에 들지 않은 남자를 만나 결혼을 하고, 사람들 돈 심부름하다가 이자까지 물어 주고, 남편의 외도를 알고도 묵묵히 살아가는 것을 보며 애물단지라고 부른다. 그런 언니이지만 뇌출혈로 쓰러진 남편을 아이처럼 돌봐야 하고, 딸이 낳은 아기까지 맡고 있어 한시라도 쉴 틈이 없다. 그 모습을 본 동생은 일만 하는 엄마에게 주변머리가 없다는 모진 말을 뱉던 언니가 엄마로 보인다. 동생은 그런 언니의 노고가 스스로 몸을 불사르는 촛불의 운명 같다는 것을 뒤늦게야 깨닫는다.

나는 컵에 물을 따랐고 언니의 커피를 타왔다. 언니는 커피를 마시고 나는 물을 마셨다. 내 컵 속에서 하얀 물이 흔들렸고 언니의 컵에선 갈색의 커피가 흔들렸다. 내용은 다르지만 두 개의 컵은 같은 형태를 갖춘 커피잔이었다. 나는 싱거운 나의 삶을 마시고, 언니는 쓰고 달고 야무진 언니의 삶을 마셨다. 같으면서도 다르고 다르면서 같은 두 여자의 삶이 자그마한 컵이 되어 앉아 있었다. 만들어진 대로, 내용물이 담기는 대로 살 수밖에 없는 운명을 가진 두 컵을 보며 가슴이 먹먹해졌다. (「철로 너머의 수평선을 보다」 중에서)

동생은 언니의 집에서 빠져나오고 싶은 이기적인 마음에 서둘러 나오지만, 언니는 동생에게 줄 것을 챙기느라 바쁘다. 여자는 언니의 집에 올 때처럼 '저 멀리 끝이 보이지 않는 철로를 한참 바라보자 차갑지만 부드러운 곡선의 철로가 하나로' 보인다.

이 작품의 미덕은 언니와 동생이 자기 자신을 어느 것에도 내어주지 않고 태연하게 주어진 자신만의 운명을 견디면서 스스로 자신의 삶을 서술하고 있다는 것이다. 언니에 비추는 자신의 모습을 보며 일종의 비애를 느낄 수 있지만 그에 대한 과잉된 자의식을 갖지 않는 동생의 형상이 값지다. 따라서 언니나 동생이나 삶은 비록 슬프고 하찮지만 또 그런 만큼 그 자체로 존엄하며, 나누어져 있으면서도 환원할 수 없는 각기 다른 차이를 발산하고 발견한다. 자매는 그렇게 개인주의적인 삶을 살면서도 결코 자기 폐쇄적이지 않다. 비록 소박하기는 하지만 타인이 자신과 별반 다르지 않다는 공감에의 의지를 동반한다. 그래서 언니의 집을 나온 동생의 눈에 철로가 하나로 보이는 것이다.

「우이령」은 우이동의 한 공원에서 살아가는 노숙자들과 기인들의 이야기이다. 이들은 아침은 도선사, 점심은 봉화사, 저녁은 다시 도선사에서 해결하면서 살아간다. 회사에서 권고사직을 당하고 식당을 하다가 실패를 하고 서울역에서 노숙자 생활을 시작한 나는 그곳에서 도사견이라 불리는 녀석과 싸우고 흘러든 게 이곳이다. 여기에서 위장 이혼을 한 서 씨, 건설사 일용직을 하다가 노숙자가 된 박 씨와 만나 함께 절을 드나들며 끼니를 때운다. 우이동에는 예술가, 정착할 곳이 없는 떠돌이, 인생의 쓴맛 단맛을 본 이들, 자살을 하려고 찾았다가 눌러사는 이, 건강을 잃고 맑은 공기를 찾아 들어온 이들이 들끓는다. 또한 수영복 차림으로 뒷걸음질로 산을 올라 '야녀' '빠꾸'로 불리는 여자, 월드컵의 기쁜 감정을 잊지 못해 아직도 빈 패트병을 발로 차면서 산을 오르내리는 '발로차', 365일 마스크를 벗지 않고 산을 오르는 '마스크맨' 등의 기인이 산다. 어느 날 나는 절에서 철학자로 불리는 남자를 만나 이야기를 하고 싶어 무작정 뒤를 따라가다가 그가 사는 집에 들어가게 된다.

폐가나 다름 없었지만 방의 모양을 갖춘 것만으로도 알 수 없는 안정감이 느껴졌다. 지하도에서 박스나 신문지를 덮고 잘 때, 누군가 들여다보기만 해도 혹시 아내가 아닐까 싶어 화들짝 놀라기 일쑤였는데, 시간은 아내와 아이들 얼굴조차 가물가물하게 만들었다. 시간이란 모든 걸 수용하는 아량 넓은 성인과도 같았다. 고통의 감정이 변하지 않는다면 멀쩡하게 살 사람은 아무도 없으리라. 우주가 순환하듯 감정의 순환이 고맙다는 것을 깨달은 건 노숙자 생활이후였다. (「우이령」 중에서)

누구와도 말을 하지 않는 철학자는 여전히 나에게 무관심했고, 나는 그가 특별한 사람이라고 중얼거리며 그곳을 나온다. 이튿날 공양간에서 만났는데도 내게 눈길조차 주지 않고 그는 공사가 한

창 중인 곳에서 돌을 주워 배낭에 넣고 봉화사 아래쪽으로 걸어간다. 철학자 뒤를 따라간 나는 뜻밖에도 그의 집에서 막걸리를 얻어 마시며, 당신에게는 아직 생기가 남았으니 더 늦기 전에 돌아가라는 그의 말을 듣고 하룻밤 자고 나온다. 북한 공비 침투 사건 이후 막혔던 우이령이 개통되는 것을 축하하는 마라톤 대회가 열리는 날 일행을 따라 우이령에 도착한 나는 숲속 사이에서 삼각형을 이룬 돌탑을 발견한다. 쌓다가 중단 되었지만 세월을 두고 쌓은 흔적이 역력한 그 돌탑을 보며 나는 가방에 돌을 넣던 철학자를 떠올렸고, 그가 며칠 동안 보이지 않는다는 사실도 기억한다. 며칠 후 우이동 토박이를 통해 철학자가 산에서 떨어져 죽었다는 소식과 함께 산악부대원이었던 그의 아들이 실족사했고, 그때부터 입을 닫아버린 그는 결국 아들이 실족사한 자리에서 추락했다는 것이다. 철학자는 우이령이 개통되기 전에 쌓고 있던 돌탑을 완성하려고 서둘렀던 모양이었다. 철학자의 장례식에 참석한 나는 가방을 꾸려 솔밭공원을 빠져나온다.

우이동에서 주변부적인 삶을 사는 인물들은 여전히 궁핍하고 고독을 숙명처럼 떠안고 있지만 짐짓 아무렇지 않은 듯 꿋꿋하고 태연하다. 그것은 슬픔은 힘이 되는 상투적인 감동의 드라마와는 아무런 상관이 없다. 고통과 슬픔을 밖으로 밀어내는 간접화법의 담담한 어법이다. 화자를 비롯한 박씨, 서씨, 우이동 토박이, 철학자는 무겁게 짓누르는 궁핍과 고독의 고통을 담담하게 받아넘기고자 하는 삶의 태도를 보인다. 그 순간만큼은 그들이 가진 고통이 별로 무겁지 않은 사소한 것으로 탈바꿈되고 있다. 그들은 고독과 슬픔을 숙명처럼 안고 살아가지만 작가의 시선은 그 안으로 잠겨 들지 않는다. 그로부터 나오는 상대적인 거리에 힘입어 소설은 비정한 세상에 짓눌린 외롭고 슬픈 인물의 삶을 이야기하는데도 역설적으로 경쾌하게 읽힌다. 슬픔을 간접화하면서도 한편으로는 담백하게 받아넘겨 딛고 가는 특유의 어법은 인물들에게 독특한 개성적인 질감을 부여하고 있다.

「**카타(chatah)에 관한 이론(異論)**」은 함께 살던 시어머니를 목 졸라 죽이려 했던 여자의 심리와 공포를 심도 깊이 서술하고 있다. 미투 사건에 연루된 교수가 동네 다릿목 아래 우람한 소나무에 목을 매고 죽은 모습을 본 여인은 마치 무엇에 쫓기듯이 집으로 돌아오지만 불안한 마음이 좀처럼 진정이 되지 않는다. 그래서 창문을 활짝 열자 목을 맨 남자가 그네를 타듯 그녀 눈앞에서 오락가락한다. 평소 문을 열어주지 않던 전도하는 여자들을 집안으로 들여 구원에 관한 이야기를 나눈 여자는 그녀들이 돌아가자 교회를 찾아 예수님을 간절히 부르며 눈물을 쏟은 후 빠져나온다. 벚꽃이 흐드러지게 피던 어느 봄, 가출한 남편이 삼 년 만에 추레한 몰골로 돌아왔다. 여자는 어느 년하고 뒹굴다가 그 꼴로 나타났냐고 목소리를 높였고, 시어머니는 살아 돌아온 아들이 반가워 버선발로 뛰어나와 반기면서 죽은 것보다 낫지 않느냐고 아들 편을 들었다. 참다못한 여자가 시어머니에게 악을 쓰는 사이 밖으로 뛰쳐나간 남편은 그림자조차 보이지 않았다. 남편을 놓치고 집으로 돌아온 여자는 시어머니 방으로 뛰어들었다.

그리곤 자신이 무엇을, 어떤 짓을 했는지 알지 못했다. 다만, 동서와 눈이 마주친 순간 자신의 손이 시어머니의 목을 죄고 있었고, 숨을 헐떡이는 시어머니의 눈이 늙은 호박 같은 누런색을 띠고 있었다는 것밖엔. (「카타(chatah)에 관한 이론(異論)」 중에서)

평생 집 밖에서 살았던 남편을 매일매일 원망하며 살면서도 아들이 기집질 한 것이 죄가 아니라는 시어머니의 말에 자신도 모르게 시어머니 목을 졸랐던 여자는 그 이후로 불면에 시달린다. 잠을 자려고 하면 시어머니의 목을 누르고 있던 자신의 손이 보이고 그때마다 마음이 쇠사슬로 묶인 것 같아 집 밖을 떠돌았다. 가족을 지키기 위해 그 사실을 숨기기로 시어머니와 함묵적 합의를 했지만 여자는 자유로울 수 없었다. 시어머니가 돌아가신 후 북한산 아래로 이사를 했지만 그 일은 잊히지 않았고, 여자는 동서에게 내 목을 조이는 쇠줄로 보이니 제발 얼씬도 말라며 연락을 끊었다. 신이 그녀를 용서해줄 것 같다가도 동서의 눈빛이 떠오를 때마다 자신이 살인미수자라는 것을 인식하게 되어 고통스럽다. 목을 맨 시체를 본 이후 견디다 못한 여자는 밤늦게 동서를 찾아가 가슴에 박힌 대못을 빼주라고 울부짖는다. 동서는 그런 여자에게 자신은 시대에 순응하는 사람이었고, 여자는 불합리한 시대에 대적한 삶이었을 뿐이라고 한다. 여자는 그런 동서를 끌어안고 흐느낀다. 동서를 만나고 온 여자는 오랜만에 시장에 나가 걸으면서 행인들의 시선을 피하지 않는다. 사람들의 눈이 아름다웠고, 여자의 굴절된 마음이 펴지는 듯했다. 어느덧 교수가 목을 맨 소나무 앞에 다다른 여자는 그 나무에 기대앉아 성경책을 읽고 있는 교수의 아내를 만난다.

여자가 긴 머리를 묶은 전도사로 얼비친 건 그때였다. 그녀는 여자의 손을 덥석 잡았다. 오래 알고 지낸 사람처럼 여자도 그녀의 손을 뿌리치지 않았다. 도리어 차분하고 따뜻한 눈으로 그녀를 바라봤다.
"일생을 살면서 누구나 길을 잃을 가능성은 갖고 살아요. 우리는 불완전한 인간이니까요. 구약성경에 나오는 카타(chatah)는 죄라는 뜻이지만 실상 '길을 잃다'이지요."
여자의 말은 점점 그녀의 마음을 흔들어놓았다. (「카타(chatah)에 관한 이론(異論)」 중에서)

이 작품에서는 여자의 절망적인 고독과 고통이 절묘한 시각적 표현을 얻고 있다. '비탈진 곳에 뿌리를 내린 우람한 소나무에서 그네를 타듯 매달린 사람이 흔들거리고 있었고' '정신이 혼란스러운 그때, 목을 맨 남자가 그네를 타듯 그녀 앞에서 오락가락했다. 구름처럼 떠있으면서도 형체는 분명했고 남자였다가 이내 여자로 바뀌는 것이었다.' '다만, 동서와 눈이 마주친 순간 자신의 손이 시어머니의 목을 죄고 있었고, 숨을 헐떡이는 시어머니의 눈이 늙은 호박 같은 누런색을 띠고 있었다는 것밖엔.' 등과 같은 묘사가 작품 곳곳에 이미지의 형태와 의미를 달리하여 흩어져 있다. 이 같은 이미지들이 여자의 고독과 고통을 효과적으로 보여주면서 소설 전체의 음조에 여자의 감정을 느낌표로 새겨넣는 효과를 발휘하고 있다.

「**뚜언의 얼음**」은 외국인 노동자와 그와 동거를 한 한국인 여자의 이야기이다. 뚜언은 경찰서로부터 김재희 씨가 1호선 청량리역에서 투신해서 사망했다는 소식을 듣고 찾아간다. 영안실에 행려변자사 시신으로 보관되고 있는 그녀의 얼굴은 몰라볼 지경으로 끔찍했지만 뜻밖에도 평온해 보인다. 그녀에게서 느껴지는 그 평온이 의외인 뚜언은 그녀의 볼을 쓰다듬었는데 살갗이 얼음처럼 차가워서 눈물이 흐른다. 잠깐 함께 산 적이 있는 그녀는 불법 체류자인 뚜언을 인간답게 대해준 여자이다. 뚜언은 그녀가 투신했다는 지하철역으로 가보고, 그녀와 함께 다녔던 편의점에서 그녀가 좋아하던 아이스크림을 사서 먹으며 냉동실에서 만져본 차디찬 그녀의 살갗 촉감을 되살리고, 함께 고아원에서 자란 그녀의 유일한 친구 N을 찾아간다. N으로부터 그녀가 난소암이었다는 말을 듣고 뚜엔은 충격을 받는다. 그런데도 왜 자신에게 연락하지 않았는지 야속하다. 그녀의 전 남편인 박스공장 사장이 그녀에게 전화를 하기 시작한 것도 그 무렵이다고 한다. 그녀가 이혼하면서 받은 위자료가 탐나서였고, 무슨 영문인지 재희는 그 돈을 사장에게 맡겼는데 그 후로 사장과 연락이 끊어지는 바람에 병원비가 없어 N에게 빌릴 지경이었다는 사실을 알고 뚜언은 사장에 대한 분노가 불같이 일었다. 걸핏하면 고아라고 무시하고 바람을 피우는 남편을 견디다 못해 이혼을 한 재희는 뚜언을 찾아왔다. 그날 그녀는 비에 젖은 한 마리 작은 새처럼 야윈 모습이었다. 그때부터 그녀와 함께 지낸 그 시간이 뚜언은 한국에 온 이후 가장 행복한 시간이었다. 동거한 지 한 달쯤 되었을 때 그녀는 전남편과 통화를 하기 시작하고, 뚜언은 자꾸 불안했다. 불안은 결국 현실이 되어 그녀가 집을 나가 돌아오지 않았다. 암에 걸린 자신의 존재가 부담이 될까 봐 집을 나갔지만 뚜언은 그런 사실을 알지 못했다. 뚜언은 현관문 비밀번호도 바꾸지 않고 퇴근할 때마다 두근거리는 마음으로 불꺼진 방을 올려다보곤 했었다. 비가 내리는 날 재희의 장례식을 치르고 뚜언은 그녀를 행려시들만 보관하는 추모의 집 차디찬 스테인리스 서랍에 넣어둘 수 없어 항아리에 담아 유골함에 넣었다. 모든 장례 절차가 끝난 후 뚜언은 버스를 타고 박스공장을 찾아간다. 뚜언은 그녀에게 잔인했던 사장, 노동자들의 불법 체류라는 약점을 이용하여 노동을 갈취한 사장을 두들겨 패면서, 끈적거리는 폭염을 시원한 바람이 식혀 주듯 시원함을 느낀다.

그녀를 위해 뭔가 해냈다는 만족감은 순간이었다. 몇 발짝 걷던 나는 그 자리에 털썩 주저앉고 말았다. 허술한 담벼락이 바람에 겨워 허물어지듯 마음이 와르르 무너져 내렸다. 바닥에 주저앉아 한참을 멍하니 있었다. 어디로 가야 할지, 또 가야 한들 내가 설 자리가 있을지 알 수 없었다. 바람이 멈춘 공기는 후덥지근했다. 떼어내려야 떼어낼 수 없는 소외감처럼 몸에 끈적한 땀이 달라붙었다. 하늘에 떠 있던 별조차 구름에 가려졌다. 곧 비가 올지도 모를 일이었다. 그러나 정착할 곳을 몰라 이방인 같은 소외를 떨쳐버릴 수 없는 내게 더위나 비 따윈 아무것도 아니었다. 가슴엔 얼음이 가득하듯 나는 오돌오돌 떨었다. (「뚜언의 얼음」 중에서)

제 한몸 건사하기도 힘든 이주노동자 뚜언의 삶이 손에 잡힐 듯이 생생하게 그려지고 있다. 불법체류자라는 이유로 빈곤과 차별을 대책 없이 몸으로 감당해야 하는 뚜언의 생존 공포가 만들어내는 자기보존을 위한 눈물겨운 몸부림과, 한국인이면서도 고아라는 이유로 이혼을 당하고 난소암 말기에 걸려 스스로 삶을 마감하는 재희의 모습은 우리 시대를 살고 있는 주변부적인 인물들의 충실한 상황 보고서로도 읽힌다. 작가는 그들의 몸부림에서 묻어나는 인간의 상처와 인간됨의 열망을 외면해서는 안 된다는 사명감으로 그들의 모습을 생동감 있게 형상화하여 서술하고 있다.

「호루라기 소리」는 산에서 살다가 내려와 사우나에서 일하는 보육원 출신의 사내의 삶을 다룬다. 나는 하산 직후 운 좋게 일할 수 있는 행운을 잡았고, 뜻밖에 오랜만에 하는 노동이 신선하다. 나는 일과가 끝나고 퇴근하는 오전 7시에 들리는 호루라기 소리에 자꾸 마음이 끌린다. '시들어가는 거리의 나무들을 일으켜 세울 것만 같은' 호루라기 소리이다. 그것을 부는 것은 스물 안팎의 앳된 얼굴의 남자이다. 챙이 있는 모자를 쓰고 팔에 안장까지 착용하고 절도 있는 표정과 지휘를 자못 진지하게 하는 그는 매일 새벽 여섯 시만 되면 호루라기를 불면서 교통정리를 한다. 나는 아침에 퇴근하면서 그를 한참 바라보고는 했는데 오늘 아침에는 할머니가 나타나 그를 잡아끌지만 힘껏 뿌리친다. 순간, 나는 십수 년 전 도망치듯 산으로 이사 가는 내 팔을 잡고 애원하던 누나의 앙칼지면서도 흐느끼던 목소리가 떠오른다. 월세방으로 돌아온 나는 산속의 움막이 그립다. '조그마한 갈등이나 묘한 감정에 사로잡힐 때마다 움막으로 도망치고 싶은 충동이' 인다. 참지 못하고 산속 움막으로 찾아간 나는 남녀 등산객을 만난다. 여자의 얼굴을 본 순간 산 정상에 오를 때처럼 심장이 뛴다. 여자의 커다란 눈과 약간 갸름한 얼굴형이 그녀를 닮았기 때문이다. 그녀는 나와 결혼을 약속했던 여자였고, 나에겐 처음이자 마지막 여자였다. 그녀는 누구보다도 산을 잘 탔고, 이곳을 은둔처로 선택한 것도 그녀 때문이었다. 나는 그녀와 헤어진 후 산으로 도망치듯 왔던 것이 새로운 길이었을까? 아니면 삶의 도피였을까? 생각하면서 날마다 북한산을 오르면서 죽음을 떠올렸다. 나는 초등학

252

교 때 어머니가 죽었고, 어머니를 잃고 술로 세월을 보내던 아버지가 가출을 하는 바람에 누나와 함께 보육원에 들어가 늘 헛헛한 배고픔과 싸웠다. 그런 나에게 그녀와의 만남은 추운 겨울과 작별하고 따뜻한 봄으로 가는 길이었다. 하지만 '사람은 환경을 넘어서지 못하는 법이라'는 그녀의 아버지 말은 나를 절망스럽게 했고, 결국 그녀가 자신을 떠날지도 모른다는 두려움에 먼저 도망쳤다. 폭행당하는 호루라기 부는 아이를 구해 밥을 먹으러 간 식당에서 나는 그가 함묵증으로 말을 못 하고, 정신 장애가 있다는 것을 알게 된다. 손님의 항의로 사우나를 그만두게 된 나는 다시 산의 움막으로 가지만 밤이 되자 정신이 더욱 또렷해지며 사우나에서 만난 이들이 하나둘씩 떠오르면서 잠이 달아난다. 예상하지 못한 감정이다. 그들의 모습을 떨쳐버리려고 할수록 표정 하나하나가 더욱 선명해졌다. 뜬눈으로 밤을 보내고 아침이 되자 혼자라는 고립감에 어서 움막에서 벗어나고 싶다. 나는 다시 사우나로 가서 일을 한다. 그날도 내가 호루라기 소리에 귀를 기울이는데 사이렌 소리가 들리고 정신병원이라고 쓰인 봉고차가 들어와 차에 타지 않으려는 아이와 실랑이를 벌인다. 그걸 본 내가 달려갔지만 어찌할 상황이 아니다. 나는 억지로 끌려가는 아이가 손을 내밀어 주는 걸 받는다. 호루라기이다. 나는 바지 주머니에서 지갑을 꺼내 그녀의 이름이 적힌 종이를 찾아내 불태운다.

그때, 호루라기 소리가 내 귀에 들렸다. 이상한 일이었다. 사방을 둘러봐도 녀석은 보이지 않았고 호루라기는 내 손 안에 그대로 있었다. 오가는 사람들도 아무 일 없듯이 지나가고 있었다. 나도 모르게 내가 호루라기를 분 건 아닐까 의심을 해봤지만 분명 호루라기는 내 손 안에 있었고 입에 댄 적도 없다는 것을 생각해 냈다. 사이렌을 울리던 봉고차도 당연히 보이지 않았다. 어리둥절해하는 상황에서도 호루라기 소리는 더욱 크게 들려왔다. 빙글빙글 내 몸이 도는 것 같았다. 내가 돌고 있는 것인지 지구가 도는 것인지 분간이 가지 않았다. 나는 머리를 마구 흔들었다. 지나가는 행인들이 나에게 손가락질하는 것 같았다. 교통정리를 하는 녀석에게 하듯이. 그때서야 나는 알았다. 호루라기 소리가 내게만 들린다는 것을. 오직 나에게만. (「호루라기 소리」 중에서)

이 소설의 화자는 고독한 삶의 희망 없는, 희망을 가질 수 없는, 그래서 희망을 가지기를 포기하는 삶이다. 혼자이고, 그나마 있는 가족은 별 의미가 없다. 그처럼 사회에서 홀로 소외된 그의 고독은 육체 깊숙이 새겨진다. 그래서 도망치듯이 산속으로 숨어들지만 그가 앓고 있는 절망과 고독의 밀도는 대책이 없다. 산이라는 정적인 프레임과 사우나의 화자 서술이 흥미롭게 구조화되어 절묘하다. 화자가 지닌 밖으로 곧 터져 나올 것 같은 절망과 그것을 억눌러 깊숙이 가라앉히려는 안간힘이 갈등하면서 만들어 내는 조용하고도 격렬한 내면의 긴장이 시종일관 작품을 압도하고 있다. 그 내면의 긴장을 풀어내는 호루라기 소리의 상징은 울림이 깊고도 크다.

「파란 고무신」은 삶의 고난을 겪는 중년의 여자가 고향집을 찾아가는 과정을 그리고 있다. 여자가 그리워하는 고향의 배후에는 엄마가 있다. 하지만 엄마의 죽음은 낭만적이어야 할 고향에 대한 추억을 온통 어둠으로 뒤덮었다. 그래서 고향을 떠올리기만 해도 고독하다. 마을 입구에 들어서자 유년을 기억하는 느티나무에서 엄마의 살냄새가 난다. 서걱거린 나무 등걸에선 일에 떠밀려 산 엄마 손의 감촉이 느껴진다. 여자는 밀려오는 그리움으로 서둘러 마을 안으로 들어선다. 여자는 오랜만에 찾은 엄마의 산소에서 육촌 언니를 만나지만 다행히 그녀의 고향 방문 까닭을 묻지 않는다. 남매를 둔 육촌언니는 몇 년 전에 심장마비로 맏아들을 먼저 떠나보냈다. '살아 숨 쉬는 게 죄라는 생각이 안 들면 살 만한 것'이라는 육촌 언니의 말이 여자는 자신을 위로하는 소리로 들린다. 산소를 내려온 여자가 맞닥뜨린 것은 K의 집이다. 그의 집에서 Y자로 된 나뭇가지에 노란 고무줄이 매어진 새총을 보는 순간 여자는 어떤 기억을 떠올린다. 다리를 질질 끌면서 걷는 지체장애에다 언어장애까지 있는 K는 지나가는 사람에게 소리를 지르고 쫓아가 돌을 던지고는 했다. 단발머리 중학생 무렵 여자 앞에 불쑥 나타난 K는 따뜻하고 부드러운 눈빛으로 더없이 작고 가여운 참새 한 마리를 내밀었다. 여자는 불안에 떨면서도 받아 집 뒤의 동산에 묻어주었다. 여자는 그런 K의 사랑을 색깔로 분류하면 하얀색이라는 생각이 들면서 "아이들이 결혼을 반대해. 당신 자식이 있는 게 걸리는가 봐. 내 자식들에게 또다시 상처를 주고 싶지는 않아. 그리고 요즘은 서로 얽매이지 않고 사는 게 유행이잖아." 하던 남자의 말이 신경에 거슬린다. 여자는 장사가 안되는 레코드 가게에서 하루하루 버티고 있을 때 남자를 만났다. 여자는 사랑에도 손익분기점을 계산하는 그에게서 찬바람이 돌던 기억이 생생하다. 그러면서 자신 앞에 참새를 내밀던 순수했던 K가 떠올랐고, 마침내 K의 눈빛이 엄마의 따뜻한 눈빛과 겹친다. 집 뒤란의 동굴로 걸음을 옮겨 그곳에서 엄마가 간장 그릇으로 쓰던 파란 난초가 그려진 작은 항아리를 발견한 여자가 엄마의 궤적을 따라가다가 발길을 멈춘 곳은 동산 아래의 도랑 앞이다.

나는 쏟아내리는 도랑물을 보는 것만으로도 숨이 찼고 두려웠다. 건너뛰어야 하는데 도랑은 아직 짧은 내 다리가 건너뛸 만큼 만만한 물이 아니었다. 그렇지만 도랑을 건너뛰어야만 했고 아무리 무서워도 내가 해내야 할 일이었다. 할 수 없이 '엄마'를 부르면서 껑충 도랑을 건너뛰었다. 착지는 좋았지만 벗겨진 파란 고무신 한 짝이 센 물살에 둥둥 떠내려가고 말았다. 저항도 할 수 없이 나는 맹하게 파란 고무신 한 짝을 잃어버렸다. (「파란 고무신」 중에서)

여자가 잃어버린 것은 파란 고무신뿐만이 아니었다. 우산을, 추운 날 목에 둘렀던 털목도리를 모두 잃어버리기도 했다. 그렇게 소중했던 것들은 여자에게 머물러 있을 시간도 없이 그녀를 떠나고 말았다. 여자는 항아리를 깨지지 않도록 신문지에 몇겹 싸서 넣고 가방을 메자 평생 40킬로를 넘지 않았던 엄마를 업은 듯하다. '얘야, 이것 좀 봐라. 밟고 밟아도 이렇게 살아나는구나. 그것도 파랗고 예쁘게 말야.' 엄마가 질경이를 뜯으며 한 말이 마치 자신을 채찍질하는 듯해서 정신이 번쩍 든 여자는 누군가 등을 떠밀기나 하듯 서둘러 집을 나선다.

이 소설에서 여자가 고향을 찾아가는 여정은 예사롭지 않다. 그것은 그 여정이 여자가 자신의 절망을 스스로 장면화하여 연출하는 것으로 읽히기 때문이다. 여자는 그 행위를 통해 어떻게든 견디면서 자아를 놓지 않으려는 의지를 나타내고 있다. 이 소설집에서 인물의 의지적 행위가 특히 강렬하게 나타나는 작품이다. 여자에게 귀향은 더이상 견디기 힘든 고독한 현실과 자아의 절망을 극단적인 방식으로 재확인하는 행위이다. 그 행위를 통해 역설적으로 냉혹한 세상에 지지 않고 맞서 살아남으려는 의지를 확인하는 의식이기도 하다. 그런 측면에서 이 소설은 과도한 자기연민 없이, 감미로운 동정이나 환상도 없이, 어떠한 수동적인 정념에 흔들리지 않으면서 존재 소멸의 공포를 이기며 비정한 세상을 견뎌내야겠다는 의지의 표현으로 충분히 읽히는 소설이다.

3.

안명지 작가의 소설집 『뚜언의 얼음』은 이처럼 주변부적인 삶을 사는 인물들이 자신의 운명적 조건에 묶여 있는 자아의 결여와 무력에 대한 자각이 역설적이게도 자아에 대한, 그리고 인간에 대한 더욱 집요하고도 철저한 탐구의 가능성으로 나타나고 있어 인상적이다. 특히 모든 인물들이 내포하고 있는 고독과 상실의 자아감각은 우리 삶에 만연한 고통스러운 상실에 더욱 예민하게 귀를 열어 숙고하고 반성하는 것을 가능하게 하는 감각적 토대로 작용한다. 그 과정에서 안명지 작가는 좀처럼 소설의 인물들에게 자기 감정을 드러내지 않는다. 그 인물들에 대한 어떤 감정에 휘둘리면 작품을 훼손할 수 있다는 우려 때문이다. 주변부적인 삶의 비정한 세계를 살아가는 인물들에 대해 연민을 꼭꼭 여민 채 우아하거나 아름답기보다는 정확하고 섬뜩한 언어구사를 통해 아픈 진실의 속살을 헤집는 날카로운 비수의 궤적이 이 소설을 더욱 값지게 만든다.

주변부적인 삶을 에워싸고 있는 비정한 현실에 자아를 내주지 않고 스스로 자기 자신의 개체적 자아를 찾으려는 몸부림의 현장이 바로 『뚜언의 얼음』이다. 고단한 주변부적인 삶의 고통과 슬픔에 침윤되지 않고 그것을 온몸으로 받아들여 묵묵히 견디고 헤쳐나가려는 인물들의 자기 태도는 모두 그들의 선함에서 기인한 것이리라. 그것은 안명지 작가가 주변부적인 삶을 사는 사람이 감당하는 슬픔이나 고통에 대해 멋대로 의미나 가치를 덧씌우지 않고, 작의적인 규범이나 권위에도 얽매이지 않으며, 멋진 명분이나 환상도 만들지 않고, 불필요한 감정의 과도한 표현도 없이 자기 자신이 정해놓은 인생에 대한 선함을 기준 삼아 담담하게 서사를 그리기 때문이다.

『뚜언의 얼음』은 우리 사회의 주변부적인 삶을 교란하는 떨쳐버릴 수 없는 운명이나 숙명 같은 실체와 그것을 그 자체로 포용하는 소극적 윤리에 대한 치열한 반성적 감각을 요구하고 있다. 안명지 작가는 그 요구를 안이하게 넘겨버리지 않고 깊이 있는 시선과 개성적인 독자성으로 우리 사회의 주변부적인 삶의 그늘을 치열하게 응시하고 있으며, 어느 순간 그 좁은 틈새를 비집고 들어가 시대 현실의 진실을 읽어내고 있다.

우리는 앞으로 안명지 작가가 한층 육화된 감각과 치열한 시선으로 만든 소설을 자신과 독자들 앞에 내놓는 시간을 기다릴 것이다. 그는 그런 기대를 충분히 감당할 수 있는 작가이기 때문이다.

뚜언의 얼음

초판 1쇄 인쇄 2023년 2월 8일
초판 1쇄 발행 2023년 2월 10일

저 자 안명지
발행인 박지연
발행처 도서출판 도화
등 록 2013년 11월 19일 제2013 - 000124호
주 소 서울시 송파구 중대로34길 9 - 3
전 화 02) 3012 - 1030
팩 스 02) 3012 - 1031
전자우편 dohwa1030@daum.net
인 쇄 유진보라

ISBN ┃ 979 - 11 - 92828 - 08 - 4*03810
정가 15,000원

도화道化, fool는
고정적인 질서에 대한 익살맞은 비판자,
고정화된 사고의 틀을 해체한다는 뜻입니다.